가장 가까운 유럽, 핀란드

Finland
가장 가까운 유럽, 핀란드

따루와

연희의

사적이고

주관적인

핀란드

길라잡이

따루 살미넨 ★ 이연희 지음

VIABOOK
ViaBook Publisher

Lapland

Åland

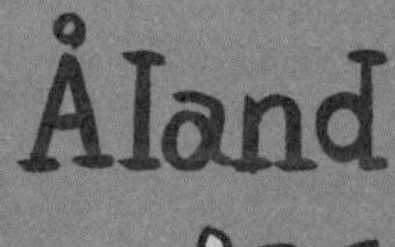

Turku Helsinki

프 롤 로 그

가장 가까운 유럽, 핀란드

1998년에 처음 한국을 방문했고 정착한 지도 어느덧 10년이 넘었습니다. 한국에 살면서 최소한 1년에 한 번은 핀란드에 다녀왔는데, 직항 노선이 없었던 탓에 한동안은 영국이나 독일, 프랑스나 네덜란드를 경유해야만 했습니다. 나중에는 비행기가 헬싱키 상공을 지날 때쯤 낙하산을 매고 뛰어내리고 싶다는 생각이 들기도 했습니다.

그러던 중 드디어 2008년에 핀란드로 가는 직항이 생겨 얼마나 기뻤는지 모릅니다. 하지만 출발할 때 비행기를 꽉 채운 승객은 대부분 유럽의 다른 도시로 향하는지라 헬싱키에서는 홀로 내려 입국 수속을 받는 일이 많았습니다. 그토록 바라고 반가웠던 헬싱키 직항편이 그저 유럽으로 가는 경유 목적으로 쓰였던 것입니다. 물론 프랑스, 이탈리아, 독일 등에 인류의 찬란한 유산이 많은 것은 사실이지만 핀란드도 기꺼이 시간을 내서 여행할 만한 가치가 있는 곳임을 사람들에게 알리고 싶었고, 그것이 이 책을 쓰게 된 가장 크고 중요한 이유입니다. 또한 많은 한국 사람들이 핀란드는 엄청 멀고, 춥고, 물가가 비싼 나라라고 생각합니다. 하지만 알고 보면 핀란드는 유럽 국가 중에서도 비행시간이 가장 짧은 나라이며, 사계절이 뚜렷해서 생각하는 것만큼 춥지도 않고, 물가 또한 한국보다 저렴한 경우가 많습니다. 무엇보다 핀란드에 대한 이런 오해와 선입견을 풀고 싶었습니다.

고정관념을 깨고 들여다보면 한국과 핀란드 사이에는 놀라운 공통점이 있습니다. 첫째, 공부는 나의 힘! OECD 국가 중 1, 2위를 다툴 정도로 두 나라 모두 교육에 대한 욕구와 성취도가 높습니다. 둘째, 두 나라 모두 강대국에 둘러싸여 다른 나라의 지배를 받은 아픈 과거가 있지요. 셋째, 냉온탕을 번갈아 입수하는 화끈하고 시원한 목욕 문화를 갖고 있으며 넷째, 사람들과 어울려 한잔 즐기는 음주 문화가 발달했습니다. 다섯째, 남는 건 사람뿐! 두 나라 모두 사람의 '두뇌'가 가장 중요한 자원이고, 이를 적극 활용한 각종 IT 산업이 발달했습니다.

이토록 한국과 닮은 점이 많은 핀란드의 모습을 제대로 전달하고자 연희 언니와 저는 2014년부터 2015년 초까지, 3번에 걸쳐 핀란드를 여행했습니다. 봄에 한 번, 늦여름에 한 번, 겨울에 한 번. 다양한 계절을 경험해야 온전한 핀란드의 모습을 전달할 수 있을 것 같았기 때문입니다. 그렇게 연희 언니가 우리의 여행을 기록한 것이 이 책의 본문이 되었고, 저는 현지의 볼거리, 놀거리, 먹거리 등 핀란드인이 아니면 결코 알 수 없는 정보를 독자들에게 충실히 전달하고자 노력했습니다. 한국은 안 가본 데가 없을 정도로 두루 돌아다녔지만 내 나라를 이렇게 열심히 여행한 것은 어린 시절 이후 처음이었고 덕분에 핀란드 사람인

저도 핀란드에 대해 몰랐던 여러 가지를 배울 수 있었습니다.

요즘은 인터넷만 있으면 웬만한 정보는 다 찾을 수 있습니다. 하지만 핀란드에 대한 정보는 상대적으로 그렇지 않습니다. 찾는다 해도 대부분 핀란드어로만 되어 있어 그 내용을 정확히 알기 어렵습니다. 그래서 이 책에는 단순히 우리의 여정만을 담는 데 그치지 않고, 한국 사람들이 직접 찾기 어려운 정보를 제공하고자 하였습니다. 이 책을 읽고 독자들이 핀란드의 매력에 흠뻑 젖어들기를 기대해봅니다. 물론 여행의 모든 순간순간을 포착할 수는 없었기에 아쉬움이 많이 남고 혹시라도 기회가 주어진다면 이번에 다루지 못한 것들을 더 깊이 있게 소개하겠노라 다짐해봅니다.

이제, 여행이 시작됩니다.

2016년 2월

핀란드 코리아에서 따루 살미넨

FINLAND HIGHLIGHTS

북유럽에 자리 잡은 산타의 나라 핀란드는 한반도의 1.5배 정도인 338,145km²의 면적을 가진 나라로, 유럽에서는 7번째, 세계에서는 65번째로 큰 나라다. 반면 인구는 550만 명으로 한국에 비해 인구밀도가 굉장히 낮은 편이다. 숲과 호수의 나라답게 국토의 70%가 산림으로 이루어져 있으며, 호수는 약 19만 개, 그리고 섬은 약 18만 개에 이른다. 한국처럼 사계절이 뚜렷하며 겨울은 기온이 낮지만 북대서양 해류와 발트 해, 호수 등의 영향으로 생각보다 춥지 않다. 스웨덴, 러시아 등 강대국 사이에 위치해 있어서 역사적으로 긴 고난의 세월을 겪어야 했다. '은근과 끈기'를 뜻하는 시수Sisu정신이 긴 세월 핀란드인의 삶을 지탱해왔다. 핀란드인을 꼭 닮은 캐릭터 무민과 자일리톨 껌, 그리고 첨단산업과 디자인의 나라로 우리에게 잘 알려져 있으며 국가경쟁력 1위, 교육경쟁력 1위, 국제학력평가 1위, 반부패지수 1위 등을 기록하며 전 세계의 부러움을 사는 나라다.

- **위치** : 북구, 스칸디나비아 반도의 오른쪽에 위치. 발트 해를 끼고 동으로 러시아, 서로는 스웨덴, 북으로는 노르웨이와 접경
- **언어** : 핀란드어 91.2%, 스웨덴어 5.5%, 사미어 또는 러시아어 3.3%
- **기후** : 북극 온대성 기후
- **수도** : 헬싱키(Helsinki)
- **정부 형태** : 대통령중심제에 내각책임제를 혼합한 이원집정부제
- **건국(독립)일** : 1917년 12월 6일(러시아로부터 독립)
- **종교** : 루터교 73.8%, 동방정교회 1.1%, 기타(무교 포함) 25.1%
- **교육** : 초등학교에서 대학교까지 무상교육 실시

일러두기

1. 책의 지명, 인명, 건물명 등은 저자와 협의를 통해 최대한 원어 발음에 가깝게 표기하였습니다.
2. 유명 관광지 등은 독자의 이해를 돕고자 한국어로 번역하고 옆에 원어를 병기하였고 상호는 따로 번역이 필요한 경우를 제외하고 원어 발음 그대로 표기하였습니다.
3. 이 책에 수록되어 있는 장소들에 대한 보다 자세한 정보를 원하는 독자는 저자의 블로그 blog.naver.com/nearfinland를 참고하시기 바랍니다.

contents

01 헬싱키 Helsinki

여행은 헬싱키에서 시작된다

지구상에서 가장 북쪽에 위치한 핀란드의 수도, 헬싱키.
이곳은 핀란드의 수도인 동시에 유럽 대륙을 거치는 가장 가까운 정거장이다.
그 덕에 여기서는 모두 환승 게이트로 향하는 동안
홀로 입국 수속을 밟는 경험을 하게 되기 쉽다. 많은 사람이
잠시라도 꼭 들러보고 싶어 하는 뉴욕이나 파리, 런던처럼 화려하지는 않지만
충분히 매력적인 도시, 이곳 헬싱키에서 우리 여행은 시작된다.

축제는 시작되었다

핀란드의 노동절, 바뿌Vappu

헬싱키 공항으로 마중 나온 따루와 함께 드디어 핀란드의 첫 여행지인 헬싱키 도심으로 출발한다. 운 좋게도 내가 도착한 날은 핀란드의 노동절, 바뿌Vappu 전날인 4월 30일이었다. 전야제와 축제 당일을 함께한다고 생각하니 어린아이처럼 설레고 떨렸다. 그동안 영국 런던, 프랑스 니스 · 망통, 이탈리아 베니스에서 축제를 경험했다. 어느 나라, 어느 지역에서든 축제는 가장 즐거운 순간임에 틀림없다. 더구나 핀란드의 가장 커다란 축제라니, 이런 행운이 없다.

공항에서 헬싱키 시내까지는 30분 정도가 걸리는데, 먼저 따루가 예약해놓은 숙소에 짐을 풀기로 했다. 짐을 싣기 위해 따루의 자동차 트렁크를 여니 그 안에는 무엇인지 모를 짐이 침으로 많았다. 따루 말로는 내일 축제를 제대로 즐기기 위한 음식들이라고 했다. 한 번도 핀란드의 축제 음식을 접해본 적 없는 나에 대한 배려일 것이다. 과연 핀란드 사람들은 바뿌 축제 기간 동안 어떤 음식을 먹고 무엇을 하는지, 축제에는 어떠한 볼거리들이 있는지 궁금했다.

숙소에 도착해서 난 수오미Suomi(핀란드어로 '핀란드'가 수오미다. Korea가 한국어로 '한국'인 것과 같다)에 이어 두 번째로 핀란드 단어를 배우게 되었다. 호텔 이름이 오메나Omena였는데 간판 위에 빨간 사과가 그려져 있었던 것이다. 눈치껏 오메나라는 단어의 뜻이 '사과'임을 알아챌 수 있었다. 오메나는 지금도 절대 잊지 못하는 단어 중 하나다.

대부분 음식과 관련된 단어이기는 하지만 나는 언어에 관심이 많다. 핀란드어도 관심 있게 들어보니 꾸, 까, 끄, 떼, 따 등 된소리로 발음되는 단어가 많았다. 그러한 사실을 알고 나니 단어를 발음하는 데 많은 도움이 되었다. 또한 전치사가 없고 한국어처럼 조사도 많이 사용해서 왠지 조금만 노력하면 금방 배울 수 있을 것 같은 느낌이 들었다.

핀란드는 다양한 축제로 가득한 나라다. 4월 30일에는 바뿌 전야를 성대하게 보내고, 5월 1일 바뿌 당일에도 사람들이 끊임없이 거리로 쏟아져 나온다. 침착하고 조용하게만 보였던 평소의 핀란드와는 너무나 다른 모습이 놀라울 따름이었다. 헬싱키에 도착한 날이 바로 바뿌 전날이었으니, 한 나라의 수도라고는 믿기지 않을 정도로 평소 조용하던 도시가 그야말로 인산인해, 이게 무슨 일인가 싶을 정도였다. 예전에 나 혼자 왔던 헬싱키가 아니었다.

숙소에 짐을 풀고 시내로 나오니 거리마다 즐거운 표정의 사람들이 손에 음료나 술을 들고 핀란드 국민의 자랑이자 전통과도 같은 하얀색의 고등학교 졸업 모자를 쓰고 있었다. 예전에는 고등학교를 졸업한다는 것이 커다란 의미이자 자랑이었기 때문에 이를 기념하기 위하여 1865년부터 학생들이 졸업 모자를 쓰기 시작했고 서서히 국민 전체가 여기에 동참하게 되면서 이러한 전통이

바쁘 전날의 원로원 광장. 거리로 쏟아져 나온 사람들로 가득하다.

지금까지 이어져오고 있다는 것이다.

즐거운 음악 소리가 들리고 앵그리버드와 무민이 그려진 풍선이 하늘을 향해 날아가고 항구 앞 시장은 다양한 먹거리와 재미있는 놀이들로 가득했다. 와우, 확 트여 조용하기만 하던 공간이 이렇게 바뀌기도 하는구나. 그동안 헬싱키는 다른 나라의 수도와 달리 조용하고 여유 있고 한산한 곳이라고 생각했는데, 내가 서 있는 이곳은 내 생각과는 전혀 다른 모습이었다. 마치 우리에게는 이런 모습도 있다는 것을 사랑이라도 하는 듯했다.

그리고 지금 이 순간, 매우 활기차고 생기 넘친다. 살아 있다는 느낌이 든다. 축제를 즐기기 위해 줄지어 행진하는 사람들 틈에 내가 있다. 평소 사람 많은 곳에 있는 것, 사람들과 함께하는 것을 조금은 불편하게 생각하는 편인데 그런 내가 심지어 즐거운 마음으로 이들과 함께 걷고 있는 것이다. 인간이 그동안 하지 않던 무언가를 새로이 시도하는 데는 분위기라는 요소가 하나의 중요한 동기부여가 될 수 있다는 생각이 든다. 특히 오랜만에 다시 찾은 핀란드, 일을 위해 온 것이 아니라 여행을 위해 이곳에 왔다는 사실, 그리고 유명한 바뿌에 내가 있다는 사실이 새로운 것에 도전할 수 있는 힘을 주었다. 그뿐만 아니라 축제를 함께하는 많은 핀란드 사람과 그들의 역사와 문화를 공유한다고 생각하니 또한 감개무량했다.

5월 1일 바뿌는 핀란드의 노동절이자 길고 추웠던 겨울을 보내고 진정한 봄을 맞이하는 축제다. 1년 중 가장 활기찬 명절이라 할 만하다. 핀란드에도 사계절이 있지만 이곳의 겨울은 유난히 길고 해가 짧다. 그만큼 봄을 맞이하는 기쁨과 즐거움은 더 배가 되는 법. 이들에게 화창한 봄을 기다린다는 것은 커다란 설

대학생들이 자기네끼리 맞춰 입은 옷이 참 화려하고 예쁘다. 딱 내 스타일이다!

렘이다. 그리고 바뿌가 다가온다는 것은 긴 겨울이 지나 소풍을 나갈 만큼 따뜻해졌다는 의미다.

물론 우리에게도 5월 1일 노동절이 있다. 그러나 우리의 노동절은 직장에 다니는 노동자들이 하루를 편히 쉬는 날 정도의 의미다. 이에 반해 1944년부터 정식 휴일로 정해졌다는 바뿌는 단지 5월 1일 하루만의 축제가 아니다. 사람들은 2주 전부터 바뿌를 기다린다. 긴 겨울, 많은 시간을 집 안에서 보낸 사람이 어디 노동자뿐인가. 남녀노소 불문하고 바뿌는 모두가 주인공이 되는 날이다. 그야말로 전 국민의 축제다. 직장인에게도, 학생에게도, 어린 꼬마에게도, 졸업 연도를 한참 되새겨봐야 하는 노인에게도 바뿌가 가져다주는 의미는 상당하다.

'바뿌'라는 이름에는 오랜 역사가 숨어 있다. 핀란드에는 '이름 기념일'이 있어, 달력을 보면 매일 다른 이름이 날짜와 함께 적혀 있다. 그중 5월 1일은 '발부르그Valburg 날'이다. 발부르그는 영국 출신의 수녀인데, 생전에 선한 일을 많이 하여 그녀를 따르는 사람이 많았고 유럽 곳곳에서 존경을 받았다고 한다. 이에 교황은 그녀를 성녀로 시성하였다. 그리고 그 이름에서 핀란드어로 '바뿌'라는 이름이 만들어져 지금까지 불리고 있는 것이다. 바뿌는 봄의 축제, 학생들의 축제, 노동자들의 축제 등 여러 의미가 합쳐지면서 오늘날 핀란드를 대표하는 명절로 자리 잡았다.

바뿌 전날인 4월 30일 오후 6시가 되면 헬싱키 중심가인 에스쁠라나디Esplanadi 공원에서 바다의 여신이라고 불리는 하비스 아만다Havis Amanda 동상에 바뿌 모자, 즉 흰색 졸업 모자를 씌우는 행사가 열린다. 그리고 이것이 바로 바뿌의 시작이다. 1921년에 학생들이 장난으로 동상에 모자를 씌운 이후로 연

에스쁠라나디 공원에 있는 하비스 아만다 동상. 이 동상의 머리에 졸업 모자를 씌우는 것이 바뿌의 시작이다.

례행사처럼 되었다가 1951년부터 정식 행사가 되었다. 그래서 이날만큼은 흰색 모자를 쓴 사람들의 물결을 볼 수 있다. 너무 오랜 시간을 함께해온 탓에 흰색인지 노란색인지 구분이 안 될 정도로 빛이 바랜 모자를 쓴 어르신도 있었지만 내 눈에는 그 모자가 어린 친구들이 쓰고 있는 새하얀 모자보다 몇 배는 더 아름답게 보였다.

이런 날에 우리도 가만히 있을 수 없지. 나도 따루와 함께 헬싱키 대성당 앞에서 '끼삐스(건배)'를 외치며 간단히 바뿌를 축하했다. 축제의 열기를 더 느끼지 못하는 것이 아쉬웠지만 내일, 축제 당일 소풍을 위해 일찍 자기로 했다.

"다들, 내일 보자."

누가 핀란드인은 말이 없고 조용하다고 한 거야?

다름을 인정하고 더불어 살아가는 사람들의 축제

어젯밤 숙소 근처가 조금 시끄러웠다. 물론 우리 숙소만 그랬던 것은 아니다. 신나는 축제를 위해 삼삼오오 모여든 청춘들의 열정은 세계 어디서나 비슷한 것 같다. 잠자는 것은 사치라고 여기며 1년에 한 번뿐인 축제 전야를 밤새도록 즐긴 사람들이 대부분이었을 것이다.

바뿌 당일, 누군가는 지난밤 마신 술의 숙취에, 여운에 젖어 있겠지만 우리는 공원으로 소풍을 나섰다. 중간중간 지나치며 보아 하니 아무래도 어젯밤을 여기서 보낸 것 같은 사람이 많았다. 화려한 색깔의 우주복이나 고양이, 너구리 등의 각종 동물 옷을 입고 수다를 떨며 공원으로 걸어가는 학생도 많이 보였다. 다들 손에 풍선을 들고 머리에는 하얀 졸업 모자를 썼다. 모두가 주인공인 축제이지만 대학생들은 주인공 중에서도 주인공이라 할 수 있다. 이들은 본인의 전공에 따라 관련 잡지를 만들어 판매하고, 학생들이 운영하는 미니 라디오 방송국도 축제에 맞춰 개국한다고 한다.

그동안 핀란드 사람들은 조용하고 말수가 없는 줄로만 알았는데 바뿌를 직접 경험해보니 그러한 생각은 오해였다. 역시 선입견이란 무섭다. 내가 보기에 핀란드 사람들은 그 어떤 국가의 사람들보다 정(情)이 많다. 단지 표현에 서투를 뿐이다. 따라서 예의를 갖추어 서서히 말을 걸고 진심을 다해 나의 감정을 표현하다 보면 그들도 다정하고 수다스러운 면모를 보여줄지 모른다.

즐거운 축제는 계속되었고 우리도 준비한 음식과 함께 까이보뿌이스또 Kaivopuisto 공원에 올랐다. 공원에는 이미 수많은 사람과 주인을 따라온 강아지, 고양이 들이 자리를 잡고 있었다. 어제 못지않게 사람들의 얼굴에 웃음이 한가득이었다.

축제에는 음식이 빠질 수 없는 법! 자고로 축제란 좋은 사람들과 맛있는 음식을 함께 먹는 것이다. 따루가 바뿌 시즌에만 나온다는 띠빠레이빠Tippaleipä 빵과 집에서 직접 만든 도넛인 뭉끼Munkki, 물과 흑설탕 · 이스트 · 레몬 · 건포도로 만든 씨마Sima라는 달달한 음료를 준비해 와 함께 맛보았다. 띠빠레이빠와 씨마, 뭉끼는 바뿌를 맞아 가정에서 만들어 먹는 대표적인 음식이다. 한국에서 추석 때 집집마다 송편을 빚어 먹는 것과 비슷하다.

여기저기 사람들이 모인 틈을 타 간식거리를 팔거나 제품을 홍보하는 천막이 보였고, 학생들은 각자 전공에 맞게 다양한 색상의 오버올(작업복)을 입고 물건을 팔거나 여러 이벤트를 열고 있었다. 한국에서는 자동차 정비소에서나 볼 수 있는 이 복장이 여기서는 어디에서나 보인다. 이토록 생생하게 걸어 다니는 대규모의 오버올 군단이라니! 이 유쾌한 오버올 군단은 자신들이 모은 패치나 액세서리 등으로 개성을 드러내며 축제를 즐기고 있었다.

그런데 그 유쾌한 축제의 틈바구니 속에 웬 통나무집이 눈에 띄었다.

"따루야. 저 통나무집은 뭐야? 굴뚝도 있는데?"

"아, 저거? 이동식 사우나야. 핀란드 사람들이 사우나를 워낙 좋아해. 축제 때도 피곤 푼다고 사우나 하는 사람들이 꽤 있거든."

공원에서의 피크닉을 뒤로 하고 걷다 보니 다양한 악기를 연주하는 사람들 뒤로 각자 제복을 갖추어 입은 사람들이 커다란 플래카드를 들고 행진하고 있

축제의 틈바구니에서 발견한 이동식 사우나.
이동식 사우나까지 있는 것을 보면 정말 사우나의 나라가 맞나 보다!

었다. 마치 올림픽 개막식 때 입장하는 각국 선수단 같았다.

"저 사람들은 지금 뭐 하는 거야?"

"본인들이 지지하는 당을 대표해서 행진하는 거야. 그중에는 공산당도 많이 있고."

"공산당도 자유로운 의사 표현이 가능해?"

"그럼, 전혀 상관없어. 정치에 있어 자신들이 지지하는 것을 자유롭게 말하고, 설사 본인이 좋아하지 않는다 하더라도 비난이나 폭력 같은 것은 행하지 않아."

"와, 신기하네. 우리 같으면 난리도 아닐 텐데. 모든 면에 있어서 서로 다르다는 것을 인정해주는 거네. 억지로 강요하지 않고."

행진은 꽤 오랜 시간 동안 이어졌다. 당당하고 거침없이 자신의 의사를 표현하는 모습이 참으로 배울 만했다.

시내에서는 세계적으로 유명한 도자기 브랜드 이딸라Hittala 매장, 핀란드 대표 제빵 · 제과 빠제르Fazer 카페를 볼 수 있었다. 다른 상점은 모두 문을 닫은 데 반해 파제르는 실속 있는 브런치 메뉴를 선보이고 있었다.

중앙역 앞 소꼬스 백화점에서 10분 정도 걸어 도착한 곳은 거대한 바위 한가운데를 파서 완성한 암석 교회, 뗌리아우끼오 교회Temppeliaukio Church였다. 자연 상태를 그대로 이용한 교회 내부와 달리 지붕은 동판과 유리로 덮음으로써 인간의 기술이 자연과 어디까지 조화를 이룰 수 있는지 보여주는 건축물로 알

지지하는 당을 대표해 행진하는 사람들.
자유롭게 의사 표현을 하는 사회 분위기가 내심 부러웠다.

려져 있다. 가까운 거리의 헬싱키 대성당The Helsinki Cathedral은 순백의 벽과 녹색의 원형 지붕으로 간결미와 고결함을 자랑하고 있었다. 헬싱키에서는 그 밖의 수많은 건축물이 조명보다 아름다운 빛을 냈다. 그 아름다운 빛 속에서 우리의 축제는 서서히 막을 내리고 있었다.

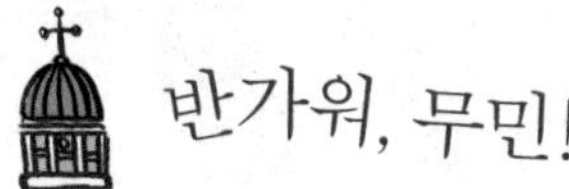

반가워, 무민!

토베 얀손Tove Jansson 탄생 100주년 기념 전시회

운 좋게도 헬싱키에 머무는 동안 토베 얀손Tove Jansson 탄생 100주년 기념 전시회가 아테네움 미술박물관Ateneum Art Museum에서 열린다는 소식을 들었다. 토베 얀손은 단순한 만화 작가를 넘어 핀란드를 대표하는 국민 작가로 인정받고 있다. 사실 나는 열렬한 무민Moomin 바라기다. 어느 날, 흰색 하마를 닮은 녀석이 내 마음속 깊숙이 자리 잡았다. 몸매가 좋은 것도 아니고, 화려하지도 않은 외모. 하지만 절대 사람을 배신하지 않을 것 같은 인상에 선한 눈매를 지닌 무민에게 나는 어느 순간부터 마음을 빼앗겨버렸다. 지금은 나의 침대, 잠옷, 티셔츠 등 내 일상생활까지 점령해버린 녀석이다. 그 무민을 제대로 만날 수 있다는데 당연히 가야 하지 않겠는가.

12유로(약 15,000원)의 입장료를 내고 입장권 역할을 하는 스티커를 받아 전시장에 입장했다. 토베 얀손의 인생이 다섯 시기로 구분되어 있었는데, 먼저 그녀에 대한 설명과 함께 사진들이 정리되어 있었다. 여러 흥미로운 그림이 많았지만 박물관 내부에서는 촬영이 금지되어 있었기에 눈과 마음으로 감상할 수밖에 없었다. 눈치를 보며 몰래 카메라 셔터를 눌러대는 사람이 아주 가끔 보였지만, 지킬 것은 지키고 싶었다. 그게 핀란드다웠다.

전시회에는 초기 작품부터 전쟁 포스터의 일러스트레이션, 태피스트리 회화를 거쳐 말년에 그린 초상화가 일목요연하게 정리되어 있었다. 1940년 이전의 초기작들은 2차 세계대전 시기에 만들어낸 작품인 만큼 조금은 우울한 느낌의 삽화가 대부분이었다. 하지만 1950년대 이후부터는 가족의 일상을 표현한 그림이나 전쟁 이후의 기쁨을 표현한 프레스코 작품들이 나타나면서 분위기가 변화되었다. 그리고 드디어 무민이 토베 얀손의 손끝에서 탄생했다.

핀란드 국민 캐릭터를 만든 토베 마리카 얀손Tove Marika Jansson은 헬싱키 출신의 예술가다. 예술가 가정에서 태어나 어린 시절부터 또래 아이들과 달랐다고 한다. 10대 때 이미 그림책을 만드는가 하면 잡지에 삽화를 기고할 정도로 일찍 그 재능을 드러냈다. 무민은 2차 세계대전 직후인 1945년에 발표한 무민 동화 『무민 가족과 대홍수』가 선풍적인 인기를 끌면서 세상에 그 이름을 알리게 되었다.

무민은 얀손이 어린 시절에 들었던 괴물 이야기, 즉 싱크대 뒤에 살면서 사람들의 목에 입김을 분다는 '트롤'에 대한 이야기에서 시작되었다고 전해진다. 어둡고 무서운 분위기의 괴물이 오늘날의 귀엽고 통통한 캐릭터의 시작이라고 하니 뭔가 어울리지 않지만, 결과적으로 무민은 많은 사람에게 사랑받는 존재가 되었고, 여기에는 토베 얀손의 가족, 친구 등 사랑하는 사람들과의 경험이 많은 영향을 끼친 것으로 알려져 있다.

무민 시리즈는 우리나라를 포함하여 전 세계 30여 개 언어로 번역되었고, 만화영화로도 만들어져 큰 인기를 끌고 있다. 무민의 창조자 토베 얀손의 탄생 100주년을 맞아 핀란드에서는 물론 영국, 프랑스, 독일 등 유럽 전역에서 관련 행사가 쏟아져 나온 것을 보면 그 인기가 어느 정도인지 짐작할 수 있다.

핀란드 정부는 '토베 얀손 탄생 100주년'을 맞아 기념우표를 발행하는 등 다양한 행사를 마련했고 이처럼 헬싱키의 아테네움 미술박물관에서는 토베 얀손의 생애와 작품들을 한자리에서 살펴볼 수 있는 전시회가 열렸으며 관련 서적도 쏟아져 나왔다.

한국에서는 2013년에 무민 영화가 개봉되면서 동화와 만화가 번역·출간되었고, 이후 한 도넛 회사에서 무민 인형을 판매하면서 인지도가 높아졌다. 일본에는 우리보다 한발 앞서 알려졌기 때문에 이미 일본인들의 사랑을 많이 받고 있다.

전 세계의 사랑을 받는 무민의 모습을 본다면 얀손은 분명 행복감을 느낄 것이다. 동시에 나는 핀란드 대표 작가의 삶과 작품, 더 나아가 핀란드의 예술 세계를 조금이나마 이해하게 된 것 같아 뿌듯했다.

"근데, 토베 얀손이 동성애자였대."

따루의 말을 들으며 지금보다 윤리적 기준이 엄격했던 그 시절에 동성애자로 살아가면서 겪었을 삶의 굴곡이 짐작되어, 문득 무민은 토베 얀손 스스로의 삶을 조금이라도 밝게 만들고자 한 노력의 결과였을지 모른다는 생각과 함께 무민이 분명 그녀 자신에게도 큰 위안이 됐을 것이라는 생각이 들었다.

강화도를 닮은 섬

수오멘린나 요새Suomenlinna Fortress

헬싱키에 왔다면 반나절의 여유만 내어 방문하기 좋은 곳이 있다. 바로 수오멘린나 요새Suomenlinna Fortress로, 헬싱키에서 배를 타고 20여 분이면 갈 수 있을 정도로 가까운 곳이다. 하지만 가까운 지리적 여건에 비해 헬싱키와 너무나 다른 분위기를 자아내는 장소이기도 하다.

배를 타고 섬에 도착하자 항구 바로 앞에 위치한 관광안내소의 분홍색 벽이 눈에 띄었다. 같은 건물에 수오멘린난 빠니모Suomenlinnan Panimo라는 양조장 레스토랑이 있었다. 일반적으로 양조장이라고 하면 술을 만드는 장소로만 생각하게 마련인데, 핀란드의 양조장은 대개 식당을 겸하고 있어 손님들에게 다양한 서비스를 제공하고 있었다. 각 지방을 다니며 그 지역의 전통주와 음식을 함께 맛보는 것은 커다란 즐거움이 아닐 수 없다.

아침 일찍 서두른 관계로 허기가 느껴지려던 찰나 따루가 나를 카페 바닐라Cafe Vanille로 안내했다. 그리 크지 않은 카페였지만 우리처럼 모닝커피를 마시는 관광객이 가득했기에 우리는 어쩔 수 없이 야외 테라스에 자리를 잡아야 했다. 그런데 주문한 수프와 커피를 받아 보니 그 이유를 알 수 있었다. 호밀빵과 함께 나온 수프와 커피는 한 끼 식사로 충분할 정도의 양이었고 가격도 저렴했다.

식사를 하고 밖으로 나서니 이제야 풍경이 눈에 들어오기 시작했다. 저 멀리 보이는 겨자 빛깔 건물이 매우 인상 깊었다. 열어놓은 창문과 코발트 빛 지붕이 조화를 이루어 참으로 멋스러웠다. 들어가 보니 기념품 가게였다. 다양한 수공예품과 액세서리와 직접 만든 옷, 반갑게도 대표적인 핀란드 음식이자 내가 좋아하는 쌀빵 까르얄란삐라까Karjalanpiirakka 모형도 있었다. 더 걸어가니 조그만 언덕이 나타났고 거기에 자리 잡은 거대한 나무가 보였다. 새파란 여름 하늘과 초록 빛깔 나무와 잔디, 그늘 밑 흰색 벤치를 보니 잠시 쉬어 가야 할 것 같았다. 그야말로 환상이었다. 글로는 차마 표현이 되지 않는 풍경과 분위기였다.

수오멘린나 요새의 기본적인 볼거리는 당시의 군사 시설물이다. 대포와 성곽, 방어를 위해 만들어진 참호, 무기를 저장했을 것으로 보이는 창고 등이 그야말로 장관이었다. 하지만 이런 역사적 유물들의 배경을 제대로 알지 못한다면 특별히 눈에 들어올 것이 많지는 않을 것 같다.

수오멘린나 요새는 헬싱키 항구 입구에 있는 섬들을 연결하여 건설한 요새로 1991년 세계문화유산에 등록되었다. 18세기 유럽의 가장 뛰어난 군사 건축양식을 보여준다는 점만으로도 한 번쯤 직접 가서 볼 만한 곳이다. 18세기 중반 핀란드가 스웨덴의 지배를 받고 있을 때 만들어진 이 요새는 핀란드 역사에서 중요한 역할을 맡아왔다. 1748년부터 1772년까지, 만드는 데만 25년의 세월이

언덕에 오르니 저 멀리
시원한 빛깔의 바다 위로
지나가는 돛단배가 보인다.

걸렸다고 하니 이곳에 얼마나 많은 공을 들였을지 짐작이 갔다.

스웨덴은 17세기 중반의 연이은 전쟁을 통해 유럽의 강국이 되었고 발트 해의 여러 나라를 지배하였다. 18세기에는 러시아와 전쟁을 치렀는데, 이때 동쪽 국경의 요새들이 대부분 러시아 쪽으로 넘어가자 당시 스웨덴 왕이었던 프레드릭 1세는 아우구스틴 에렌스베르드Augustin Ehrensvärd 육군 원수에게 요새 구축을 명령했다.

에렌스베르드는 요새를 짓는 데 당시의 최첨단 설계 방식을 도입했고, 죽을 때까지 요새에서 일했다고 한다. 심지어 죽어서 묻힌 장소도 이 요새라고 하니, 그야말로 일생을 수오멘린나에서 보냈다고 해도 과언이 아니다.

하지만 그가 평생에 걸쳐 완성한 이 요새는 너무나 허망하게도 러시아의 수중에 떨어졌다. 1808~1809년의 스웨덴-러시아 전쟁에서 이곳의 스웨덴군이 거의 저항도 하지 않고 러시아 군대에 항복해버린 것이다. 러시아의 공격에 대비하기 위해 한 사람이 평생을 바쳐 만든 요새에 이후 100여 년 동안 러시아 군대가 주둔하게 되었다는 사실은 역사의 아이러니가 아닐 수 없다. 요새는 그 후 크림전쟁(1853~1856) 중 영국-프랑스 연합군의 함대가 가한 포격으로 심각하

대포 구멍에 머리를 집어넣고 웃고 있는 천진한 모습의 따루

게 파괴되었으나 전쟁 끝에 수리 · 증축되었고, 1973년부터 민간에서 관리하게 된 이후 오늘에 이르렀다고 한다. 그리고 오늘날 핀란드의 중요한 랜드마크이자 역사와 문화를 접할 수 있는 복합 공간으로 자리 잡았다.

'수오멘린나'는 직역하자면 '핀란드의 요새'라는 의미인데, 지금은 핀란드 해군사관학교가 자리하고 있는 것을 제외하면 더 이상 군사적인 기능을 담당하지 않고 있다. 대신 6km에 이르는 성벽과 수백 명의 주민이 거주하는 주택, 학교, 극장 등을 포함하는 200여 개의 건축물, 6개의 박물관을 갖춘 관광 명소이자 시민들의 휴식처로 활용되고 있다.

수오멘린나 요새의 가장 중요한 가치는 세계 어디서도 볼 수 없는 독특한 군사 건축 시설이다. 여러 시대에 걸쳐 지어진 다양한 건물이 조화를 이루며 섞여 있다는 것은 이곳의 또 다른 매력이다. 하지만 개인적으로 붐비지 않는 휴식처로서의 매력 또한 그에 못지않았다. 실제 수도 헬싱키와 가깝고, 해수욕장을 갖추고 있으며, 녹색의 들판과 한가로운 풍경 때문에 결혼식장으로 인기가 많다.

수오멘린나 요새를 둘러보고 있자니 우리의 강화도가 문득 생각났다. 이국의 경치를 보면서 한국을 떠올린 데는 강화도 호국교육원에서 연구사로 근무하신 아버지의 영향을 무시할 수 없다. 한강 · 예성강 · 임진강의 3대 하천 어귀에 있으면서 서울의 관문이었던 강화도는 여러 수난을 거치면서 상처투성이의 땅이 되었다. 강화도의 역사가 수오멘린나 섬의 우여곡절 많은 역사와 겹쳐지면서 이런저런 감정이 뒤섞였다. 난 그다지 애국자도 아닌데, 이상하네….

하지만 점점 강화도와는 다른 모습들이 눈에 들어왔다. 핀란드 현지인보다 많은 외국인 관광객, 그중에서도 특히 러시아인과 독일인이 많았고 점차 중국인과 일본인 등 동양인도 눈에 띄었다. 다양한 국적의 관광객을 위해 관광안내소에는 영어는 물론 러시아어, 독일어 심지어 일본어로 된 안내 책자와 지도 등이 비치되어 있었다. 따루가 조만간 한국어로 된 안내 책자가 만들어지면 좋겠다는 희망을 걸었다. 문득 과거의 상처를 숨기려 하기보다 이렇듯 관광자원으로 적극 활용하는 핀란드인들의 마음 자세에 관심이 갔다.

아름다운 풍경에 취해 있다 보니 어느새 시간은 점심때가 되었고 우리는 아까 점찍어둔 수오멘린난 빠니모에서 맥주 한잔으로 목을 축인 후 다시 헬싱키행 배에 올랐다. 멀어져가는 수오멘린나를 보며 다시 강화도에 대한 생각을 떠올렸다. 고인돌을 비롯한 수많은 문화유산을 우리들끼리도 제대로 공유하지 못하고, 더욱이 외국인에게는 소개조차 하지 않고 있는 강화도의 현실과 세계적인 관광지가 된 수오멘린나의 상황이 너무 비교가 되어 속상하고 답답했다. 강화도에 비하자면 너무나 작은 면적일 뿐인데도 수오멘린나는 세계인의 마음속에 자리 잡고 있지 않은가. 다른 문화를 받아들이고 접하기 전에 자신들의 역사를 제대로 안다는 것이 얼마나 중요한지를 되새기며 멀어져가는 수오멘린나를 눈 안에 담았다.

갑과 을이 평등하게 공존하는 세상

헬싱키 야외시장 탐방기

헬싱키 시내가 가까워졌다는 것은 헬싱키 대성당The Helsinki Cathedral과 동방정교회 우스스키 대성당Uspenski Cathedral이 눈에 보이는 것만으로도 알 수 있다. 언덕 위에 위치해 있어 멀리서도 양파 모양의 돔과 십자가가 보이기 때문이다. 항구에 가까워지니 대형 오줌싸개 동상이 거대한 물줄기를 뿜으며 서 있다. 브뤼셀에 있는 오줌싸개 동상과는 비교도 안 될 만큼 거대하다. 생김새도 약간은 코믹한 것이, 다른 사람이 볼까 봐 은근히 걱정하는 표정이다. 절로 웃음이 난다.

이제 우리는 야외시장으로 향한다. 카우빠토리는 멋과 맛을 제대로 즐길 수 있는 곳이다. 고소한 생선 구이 냄새, 옹기종기 모여 앉아 식사하는 사람들, 잠시 커피 한 잔의 여유를 즐기는 오렌지 색 제복의 아저씨, 혼자 바다를 바라보며 생각에 잠긴 사람… 거기다 각종 신선한 야채와 과일, 특히 황금빛 버섯과 각종 베리는 참으로 먹음직스러웠다. 10유로(약 13,000원)가 채 안 되는 돈으로 배를

우스뻰스키 대성당의 웅장한 외관.
오줌싸개 동상의 표정을 보면 웃지 않을 수 없다.

채울 수 있는 곳이 있다는 것은 서민에게도, 우리 같은 여행자에게도 고마운 일이 아닐 수 없다. 특히 어디에나 널려 있는 완두콩이 인상적이었는데 한국에서와 달리 핀란드에서는 완두콩을 익히지 않고 그냥 먹는다고 한다.

시장 내 대부분의 상점에는 핀란드 국기가 걸려 있었다. 마찬가지로 판매하는 상품에도 흰색과 파란색의 조화가 심플한 핀란드 국기가 붙어 있었다. 왠지 믿고 먹어도 되겠다는 느낌이 들었다. 한국에서는 원산지를 속여 판매하는 일이 하루가 멀다 하고 뉴스에 보도되는 형편인데, 여기서는 자국에서 생산되었다는 사실을 강조하며 자랑스러워하고 있었다. 양심적인 상인과 소비자가 있는 이곳이 정말 샘이 날 정도로 부러웠다.

다양한 기념품 중 핀란드의 자랑, 앵그리버드 모자가 탐 났다. 또 알록달록한 해바라기부터 노란 국화까지, 예쁘게 포장된 꽃들이 주인을 기다리고 있었다. 액세서리 상점을 지나가며 따루가 말했다.

"나도 시장에서 일한 적 있는데."

"무슨 일?"

"대학 다닐 때 기념품 상점에서 아르바이트 좀 했지."

"그럼 그 사장님은 지금도 이 시장에서 장사하셔?"

"아니, 헬싱키 대성당 앞에 기념품 상점을 내셨대."

"정말? 완전 성공하셨네. 이따가 거기도 가보자."

"오케이."

앵그리버드 모자. 정말 탐 나는 잇 아이템이다!

아침을 대충 먹은 탓에 마침 배가 고팠기에 나는 헬싱키에서 유명한 맛집, 이왕이면 한잔할 수 있는 곳으로 가자고 따루에게 말했다. 따루가 나를 안내한 곳은 브뤼게리Bryggeri라는 양조장 식당이었다. 내부로 들어가니 탁 트인 넓은 공간과 거대한 맥주통이 눈에 들어왔다. 가게는 빈티지한 느낌의 인테리어와 모던하고 세련된 모습으로 꾸며져 있었다. 미니 칠판에는 날짜별로 그날 행사하는 술 이름이 쓰여 있었다. 우리는 햄버거 세트와 소시지, 그리고 맥주 한 잔씩을 주문했다. 따루는 내게 시음해보라며 람민 사하띠Lammin Sahti를 추천해주었다. 나는 이 진한 빛깔에 바나나향이 나는 맥주가 생소했지만 따루는 맛있다며 꿀꺽꿀꺽 삼켰다.

대낮부터 심각하게 시음을 하며 대화를 나누는 모습이 신기했는지 매니저가 치즈 한 조각을 들고 와 먹어보라고 했다. 나는 대수롭지 않게 여겼지만 따루는 폭풍 감동을 받은 눈빛으로 내게 이야기했다.

"완전 놀랄 일이야. 핀란드 사람들은 서비스 안주를 절대 안 주거든. 언니가 역시 큰 역할을 한 것 같네."

"후훗, 핀란드에서도 단골손님이 될 만한 사람은 티가 나나 보지?"

식사를 다 한 후 식당을 둘러보니 역시 유명한 곳이 맞는 것 같았다. 식당 로고가 새겨진 기념품과 과자를 판매하고 있었다. 양조장 식당이니 만큼 자체 생산한 브랜드 맥주도 냉장고 안에 가득했다. 핀란드에도 한국에서처럼 사람들이 기본적으로 찾는 맥주가 몇 가지 있다고 하는데, 우리처럼 몇 개 업체가 시장을

음스멜~
와인만 향을
음미하는 것이 아니라구.
맥주도 향이 매우
중요하지.
그럼
먼저 주문한
이것부터 맛을 볼까?
캬, 좋다.
술술 넘어가네.
어느 것을 골라야
할지 모르겠어.
둘 다 좋다.

나의 진가를 알아보고 서비스 안주를 내준 센스 만점 매니저와 한 컷!
왠지 이 가게의 단골이 될 듯한 느낌이다.

독점하는 경우는 상상할 수 없다고 한다. 핀란드 전체에 30여 개의 양조장이 있어 국민들은 본인의 취향에 맞는 다양한 맥주를 즐길 수가 있는 것이다. 아, 이 얼마나 부러운 환경인가!

맛있는 식사, 시원한 맥주, 그리고 친절한 매니저 아저씨의 치즈. 소박하고 작지만 이 모든 것으로 인해 헬싱키에서의 여행이 더욱더 좋아졌다. 이러한 기분을 멈출 수 없지. 기분 좋아진 김에 따루가 일했던 가게의 사장님을 찾아가보기로 했다.

헬싱키 대성당 근처에서 가게를 찾아 문을 열고 들어서니 갖가지 화려한 색깔의 액세서리들과 다양한 물건들이 눈을 사로잡았다. 화려하지만 결코 촌스럽지 않은 디자인을 자랑하는 물건들에는 역시나 핀란드 국기가 그려져 있었다. 'Made in Finland'임을 자랑이라도 하듯 가지런히 진열되어 있는 많은 상품이 매우 당당해 보였다.

편한 인상의 비에노 사장님은 얼굴만큼 몸집이 좋았고, 초록 빛깔 니트에 같은 색의 커다란 목걸이를 하고 있었다. 영어가 서투른 관계로 따루가 핀란드어로 통역을 해주었다. 서로 오랜만에 만나서 그런지 사장님과 따루의 수다는 끝날 줄을 몰랐다. 덕분에 나는 넓은 상점 안을 여유 있게 구경할 수 있었다.

따루가 아르바이트했던 가게의 비에노 사장님과 한 컷.
따루와 인연이 있는 분이니 팔아드리는 게 정 아니겠는가!

예쁜 데다가 일상생활에서 사용하기 편리한 아이디어 상품이 굉장히 많았다. 하나둘 바구니에 집어넣기 시작하니 끝이 없었다. 한국에 있는 친구와 가족, 지인의 얼굴을 생각하니 바구니는 점점 차올랐다. 하지만 따루와 인연이 있는 분의 가게라고 하니 많이 팔아드려야지. 이것이 한국인의 인심이자 정(情) 아니겠는가. 이렇게 소비에 대해 마구 합리화를 하는 동안 친절한 직원은 정성스럽고 예쁘게 물건을 포장했다. 핀란드에는 몇 번째 방문이고 어디어디를 가봤느냐고 묻는 그녀의 얼굴 표정은 호기심으로 가득해 보였다.

사장님은 본인 가게에서 일했던 평범한 대학생이 대한민국이라는 나라에서 방송도 하고 책도 내며 다양한 활동을 하는 것을 무척 자랑스러워하는 것 같아 보였다. 그런데 그녀가 갑자기 나를 빤히 쳐다보았다. 어? 이 분위기는 뭐지?

"언니! 사장님이 손금도 보시는데, 언니는 공짜로 봐주시겠대."

그렇게 사장님은 처음 보는 동양인 관광객에게 손금까지 봐주며 친근감을 표시했다. 그리고 생전 처음 보는 나한테 본인이 남자들에게 엄청 인기가 많았다는 자랑까지 했다. 정말 재미있고 유쾌한 분이었다. 게다가 사장님은 핀란드 대표 디자인 브랜드 마리메꼬Marimekko에서 일했던 경력을 갖고 있었다. 어쩐지 물건이 상당히 '디자인스럽다'는 생각이 들었다.

사장님과 작별 인사를 나누고 가게를 나서면서 따루와 핀란드 학생들의 아르바이트에 대해 이야기 나누다 새로운 사실을 알게 되었다.

"핀란드는 사장 노릇 하기가 오히려 더 힘든 나라야."

"설마, 그래도 노동자들이 더 힘들지."

"단 하루를 일하더라도 노동 계약서를 작성하고 각 지자체에 신고를 해야 하거든. 그러니 일하는 직원이 자주 나가면 사장한테 타격이 크지. 그래서 직원을 착취하거나 임금을 체불하는 일은 거의 없어."

"그럼 소위 '갑질'이라는 것이 있을 수 없겠네."

"그렇다고 할 수 있지. 직원이 최대한 오래 일하는 것이 사장한테도 좋으니까."

요즘 한국 대학생들은 등록금 때문에 휴학을 하고 아르바이트를 하는 경우가 많다. 하지만 낮은 최저임금과 그마저도 제대로 지켜주지 않는 사장님 때문에 상처 받고 절망하는 친구들을 많이 봐왔다. 물론 여기에는 복잡한 사회 사정이 얽혀 있어 함부로 말하기 어렵지만, 이는 소위 '갑질'이라는 용어가 나온 배경이 된다. 어렵고 힘든 노동에 비해 보잘것없는 임금, 그마저도 제대로 챙겨 받지 못하는 상황이 주목받으면서 '갑을 논쟁'이 대두된 것이다. 하지만 핀란드는 그런 면과 거리가 먼 것 같다. 우리 사회를 시끌시끌하게 만든, 아니 지금도 진행 중에 있는 갑을 관계, 갑의 횡포를 찾아보기 힘든 것이다.

또한 핀란드에는 월세 개념만 존재하기 때문에 가게를 얻어 장사를 하든 야외시장에서 물건을 판매하든 권리금이라는 개념 자체가 없다고 한다. 권리금이 없다는 것은 사업을 시작하는 사람들에게 목돈을 만들어내야 한다는 부담감이 적다는 의미다. 물론 유동 인구에 따라 월세가 천차만별인 점은 동일하지만 적어도 핀란드에서는 새로이 사업을 시작하는 사람들, 특히 젊은 사람들에게 많은 지원을 해준다. 그래서 실패가 두렵고, 사업 자금이 부담스럽다는 이유로 시작을 미루지는 않는다.

꿈을 가지고 사회에 첫걸음을 내딛는 수많은 젊은이들이 열심히 일할 수 있는 세상이 오기를, 일하는 사람이 행복한 세상이 하루 빨리 올 수 있기를 찰나의 여정 위에서 꿈꾸어보았다.

혹시 따루 씨 아니에요?

디자인 거리를 활보하다

핀란드 여행을 하면서 우리는 꽤 자주 헬싱키를 방문했다. 그 중심인 원로원 광장Senate Square은 워낙 유명한 관광 명소다 보니 거기서 다양한 국적의 여행객을 많이 만날 수 있었다. 서양인은 말할 것도 없고 중국, 일본, 그리고 한국 사람까지 모두가 이곳에 들른다. 그러다 보니 신기하게도 어지간하면 그들의 국적을 알아볼 수 있는 눈이, 아니 눈치가 생겼다. 중국인들은 다른 나라 사람들에 비해 제스처가 크고 목소리도 크다. 입고 있는 옷도 정말 화려하다. 커다란 레이스 장식의 원피스를 과감히 입은 아주머니도 있고 무지개 빛깔의 블라우스를 입은 아저씨도 보인다. 일본인들은 체구만 봐도 알아볼 수 있고 젊은이들의 경우 '팬시한' 스타킹을 신고 다니는 사람이 많다. 그리고 한국 사람들은 너 나 할 것 없이 모두 등산복 차림이다. 착용했을 때의 편안함과 간편함 때문인지 한국인들의 등산복 사랑은 지금도 쭉 진행 중이다.

그런데 저쪽에서 한국인으로 보이는 사람들이 우리를 가만히 응시하는 것을 발견했다. 아무래도 따루를 알아본 것 같았다. 둘이서 사진을 찍고 이야기하는 모습을 가만히 그리고 조용히 지켜보는 첫 번째 단계가 지나자 이어 두 번째 단계, 조금 가까이 와서 다시 한 번 얼굴을 쳐다보며 따루가 맞는지를 확인했다. 그리고 세 번째 단계, 조심스럽게 말을 건넸다.

"혹시, 따루 맞아요?"
"아, 네. 맞습니다."
"핀란드에는 어쩐 일이에요? 주막은 어쩌고?"

핀란드 사람한테 핀란드에 왜 있느냐고 묻다니. 정말 아이러니하다. 웃음이 피식 나온다. 그리고 난 사진사가 된다. 따루와 여행을 다니려면, 특히 헬싱키 대성당 앞 원로원 광장에서는 이러한 일에 더욱 익숙해져야 한다.

주말이라 그런지 원로원 광장 여기저기서 이벤트가 진행되고 있었다. 무대를 꾸미는 모습도 보였다. 공연, 문화에 대한 정부의 지원이 세계 최고 수준인 핀란드에서는 다양한 공연과 축제가 많이 열린다. 작가들이 정부의 지원을 통해 자신들의 끼와 능력을 발휘할 수 있는 공간이 많다고 한다. 물론 헬싱키뿐만 아니라 다른 지역에서도 다채로운 행사가 많이 열린다.

2012년 국제산업디자인단체협의회에 의해 세계디자인수도the World Design Capital로 선정된 헬싱키에서는 디자인을 단순히 도시경관 개선에 이용하는 것을 넘어 산업뿐만 아니라 정치와 사회, 경제의 본질로 규정하고, 여러 분야의 '문제해결방법'으로 활용하고 있다. 헬싱키 시청 앞에 디자인 기가 걸려 휘날리고 있는 것을 보니 WDC를 브랜드 삼아 도시경쟁력 창출에 매진하고 있음이 느껴졌다.

이런 디자인에 대한 선진적인 인식과 깊은 성찰이 있었기에 디자인을 산업혁신의 기초로 삼아 패션, 소재, 유리 제품, 가구 등의 부문에서 유럽 디자인을 이끌 수 있었을 것이다. 또한 세계적인 건축 · 디자인 거장 알바르 알토Alvar Aalto를 배출하고, 비록 휴대전화 부문이 마이크로소프트사에 매각되긴 했지만 핀란드인의 자랑인 노키아Nokia를 탄생시킨 원동력 또한 이러한 국가 차원의 관심 덕분일 것이다.

오늘은 여러 디자인 가게를 둘러보고 아라비아Arabia 도자기 공장을 거쳐 이딸라 아웃렛까지 가볼 예정이다. 곳곳에 디자인 지구Design District Helsinki라는 문구가 붙어 있는 상점을 구경하며 '역시 디자인의 도시 답구나.'라는 생각을 하다 보니 저기 한 곳에 모여 있는 사람들이 보였다. 무슨 일인지 가서 보니 헬싱키의 대표 관광지이기도 한 에스쁠라나디 공원의 거리 공연이었다. 7명의 남녀가 조금은 튀는 색깔의 가발을 쓰고 각자 맡은 악기를 열정적으로 연주하고 있었다. 그곳을 지나치니 의자에 앉아 편안하게 눈을 감고 있는 할머니, 아저씨가 있고 그 뒤에 열심히 그들의 어깨를 주무르며 안마를 해주고 있는 사람들이 있었다. 호기심에 나도 안마를 받아보기로 했다. 공짜로 이런 서비스를 받는 것도 감사한 일인데 내게 마사지를 해준 사람은 3명 중 가장 젊은 오빠(?)였다. 아, 행복하여라. 드디어 외국에 나와 이러한 호강을 하게 되는구나.

기분 좋은 안마를 뒤로 하고 계속 걸어 디자인포럼 쇼룸Design Forum Show Room이라고 쓰인 건물에 도착했는데 그야말로 인산인해였다. 유명 작가의 전

공짜로 내 어깨를 마사지해준 청년. 외국에 나와서야 이런 호강을 해본다.

시라도 열린 것인지, 줄이 끝없이 이어져 있었다. 잠시 고민하다 그곳을 포기하고 디자인박물관으로 목적지를 바꾸었다. 디자인박물관 옆에는 건축박물관이 있어 디자인과 건축에 관심 있는 사람이라면 핀란드의 생활 디자인과 건축양식을 동시에 볼 수 있다. 영어로도 설명되어 있어 외국인도 핀란드의 건축 역사를 알아보는 데 도움이 된다. 안에는 어린이들이 마음껏 그림을 그리며 쉴 수 있는 공간도 마련되어 있었다. 어릴 때부터 이런 디자인스러운 환경을 접할 수 있다면 없던 창의력도 마구마구 생길 것 같다.

헬싱키 중앙역에서 6T번 트램을 타고 15분 정도 가면 핀란드를 대표하는 도자기 브랜드인 아라비아의 공장에 가볼 수 있다. 도자기나 주방 용품에 관심이 있는 사람뿐 아니라 헬싱키를 찾는 사람들에게 아라비아 공장은 절대 빼놓으면 안 되는 필수 코스 중 하나다.

디자인에 관심이 있는 사람이라면 꼭 방문해야 하는 아라비아 공장.
핀란드를 대표하는 도자기 브랜드의 공장이다.

나 또한 두근거리는 마음으로 그곳을 찾았다. 역시나, 벽에 붙어 있는 작은 간판조차도 참 디자인스러웠다. 100년이 넘는 역사를 가진 아리비아사는 창의적이면서도 실용적이고 깔끔한 디자인의 식기를 생산함으로써 핀란드는 물론 세계 각국에서 많은 사랑을 받고 있다.

9층에 있는 아라비아 전시관으로 가기 위해 엘리베이터 앞에 갔더니 사람 크기만 한 무민마마와 리틀미 컵이 우리를 반겼다. 9층에 내리자마자 무민 흑백 만화가 벽을 장식하고 있었다. 만화 속 무민은 커다란 엉덩이를 보이며 어디론가 부지런히 올라가고 있어 쳐다보고 있자니 웃음이 났다.

운 좋게도 우리가 갔을 때는 무민 특집 전시가 열리고 있었기 때문에 좋아하는 무민을 정말 원 없이 볼 수 있었다. 무민파파와 돛단배도 보이고 새하얀 테이블 위에는 무민 시리즈 컵들이 투명한 덮개 안에서 귀여움을 뽐내고 있었다. 모든 그릇에는 생산 연도와 간단한 설명이 달려 있었다.

무민 시리즈를 한눈에 만나볼 수 있다는 점도 사람들이 이곳에 오는 이유 중 하나일 것이다. 무엇보다 정식 매장이나 백화점에서 만날 수 없는 단종 모델을 구할 수 있다는 것이 이곳 전시장의 가장 큰 매력이 아닐까 한다. 이곳에 와서 직

다양한 모습의 무민들.
사랑스러운 나의 무민을
원 없이 실컷 구경할 수 있었다.

촌스러운 듯 아늑한 듯. 핀란드의 지하철은 흥미롭다.

접 보니 핀란드 사람들의 무민 사랑은 정말 대단한 것 같다.

'지름신이 오면 안 되는데… 참아야지.' 하는 마음으로 조심스럽게 이딸라 아웃렛 매장으로 발걸음을 옮겼다. 1층 매장에서는 유리 제품으로 명성이 높은 이딸라 라인은 물론 아라비아의 다양한 식기와 생활용품을 만나볼 수 있었다. 여기저기 펼쳐진 다양한 식기들에 반해 나는 결국 참지 못하고 계산대로 향했다. 그러면서 '에라, 모르겠다. 한국에서 사면 몇 배는 더 비싸니까 난 합리적인 소비를 한 거야.'라며 스스로의 소비를 합리화했다. 철학자 장 보드리야르Jean Baudrillard가 주장했듯이 현대사회는 정말 소비를 '조장'하는 사회다.

아라비아 공장에서 나와서는 전철을 타고 아시아마트에 들렀는데, 이게 웬 일인가! 각종 한국 음식들이 참 많이도 있었다. 간만에 내 눈빛이 탐욕으로 빛나기 시작했다. 라면도 담고 김치도 담고 과자도 담고… 이 모든 게 다 먹고살자고 하는 일이지 않은가.

쇼핑을 마치고 나와 버스를 타기 위해 키아스마 현대미술관 Museum of Contemporary Art Kiasma을 지나다 보니 예쁜 원피스 차림에 모자를 쓴 어린 여학생이 떨리는 모습으로 손에 들고 있는 무언가를 열심히 읽고 있는 모습이 보였다. 그 앞에 서서 혹은 의자에 앉아서 경청하는 사람들의 모습이 꽤 진지했다.

"따루야, 저건 뭐 하는 거야?"

"사랑에 관한 시를 낭송하는 거야. 시를 낭송하고 싶은 사람들의 신청을 받아서 행사가 진행돼. '서랍작가(Pöytälaatikkokirjailija)'라는 말이 있는데, 책을 내거나 작가로 등단하지는 않지만 본인이 쓴 시나 소설을 서랍 속에 소중히 간직한다는 의미야. 그만큼 글 쓰는 것을 좋아하는 사람들이 많다는 거지. 우리 아빠, 엄마도 마찬가지고."

아시아마트에서 탐욕의 눈빛으로 한국 음식을 쓸어 담다시피 했다. 다 먹고살자고 하는 일 아닌가!

직접 지은 사랑 시를 낭송하고 있는 소녀. 하긴 꼭 등단을 해야 시인인가.

핀란드 사람들은 책을 많이 읽기 때문에 도서관을 찾는 비율도 상당히 높다고 한다. 선물로 책을 받는 것도 매우 좋아한다고 하니 그들의 독서 사랑이 어느 정도인지 과연 알 만하다. 다른 나라에 비해 아직까지 신문 구독율도 상당히 높은 편이라고 한다. 사실 신문으로 세상 돌아가는 소식을 접하던 시절은 지났다고 해도 지나치지 않다. 포털 사이트에서 클릭 한 번으로 뉴스를 보는 경우가 많아졌고 서점에 가서 책을 골라 한 장 한 장 정성껏 넘기던 모습도 이제는 자주 볼 수 있는 풍경이 아니다. 하지만 핀란드의 시간은 거꾸로 흐르는 모양이다. 디자인으로도 유명하지만 거기에 책과 신문과 문학까지 사랑하는 사람들이라니. 핀란드의 매력이 한 가지 더 늘었다.

다 함께 청소하는 날

시보우스빠이바Siivouspäivä

핀란드에 대해 좀 더 알고 싶은 욕심이 생기면서 다양한 자료와 책을 찾아보게 되었다. 그런데 읽고 나서도 믿지 못할 것이 하나 있었으니 바로 핀란드 최초의 여성 대통령인 따르야 할로넨Tarja Halonen이 쓰레기통을 뒤졌다는 이야기였다. 거기서 그녀는 누군가에게 버려졌지만 자신에게는 필요한 액자를 주워 갔다고 한다. 평소 '리더는 세상을 바꿀 수 없다. 하지만 사람들을 움직일 수 있다.'고 했던 그녀의 말과 행동이 일치하는 사례라고 할 수 있다. 그래도 그렇지 한 나라의 리더였던 사람이 쓰레기통을 뒤지다니. 우리가 상상하지 못한 방법으로 몸소 검소함을 실천하는 모습이 가히 신선했고 충격적이기까지 했다.

권위나 형식에 얽매이지 않는 사회, 많이 가진 이가 없는 이들을 위해 좀 더 양보하며 나누는 나라, 건강한 다수가 아픈 소수를 포용하는 곳이 바로 핀란드라는 국가다. 그리고 그러한 나눔을 실천하는 핀란드의 대표적인 행위는 도시 전체가 벼룩시장으로 탈바꿈하는 시보우스빠이바Siivouspäivä라 할 수 있다.

언젠가 EBS 뉴스에서 핀란드에서는 매년 5월과 8월, 시보우스빠이바라는 행사가 열린다는 소식을 접했다. 클리닝 데이, 즉 '청소의 날'이라고 불리는 행사인데, 이날은 도시 전체가 하나의 커다란 시장으로 탈바꿈해 중고 물건을 사고파는 수천 명의 사람들로 북적인다. 자신에게 필요 없는 물건을 그 물건이 필요한 다른 사람과 나누는 것은 자신의 집에 쌓여 있는 것을 청소한다는 의미를 갖는다고 해서 이날을 클리닝 데이라 한다.

2012년에 처음 열린 시보우스빠이바를 기획한 주인공은 빠울리나 세빨라 Pauliina Seppälä 씨. 그녀는 어느 날 자신의 집에 사용하지 않는 물건이 너무 많다는 것을 새삼 깨닫고, 사람들과 함께 중고 시장을 기획했다. 이들은 '나에게 필요 없는 물건이 남에게는 보물일 수 있다.'는 말을 표어로 삼아 누구나 자유롭게 참여할 수 있는 시장을 만들었다.

길거리, 공원, 공터, 자신의 집 등 판매 공간이 한정되지 않고, 의류부터 책, 자신이 갖고 있는 특별한 기술까지 무엇이든 팔 수 있는 시보우스빠이바. 필요 없는 물건일지라도 다른 사람에게는 필요할 수 있다는 생각이 이렇게 거대한 벼룩시장을 만들었다니. 내가 살고 있는 도시를 스스로 이끌어간다는 책임감, 모두가 함께하고 서로 어울리는 공동체의 삶, 더불어 환경을 생각하는 착한 마음은 우리가 참으로 본받아야 할 정신이 아닐까.

물론 우리나라에도 일반 시민들이 안 쓰는 물건을 교환하거나 판매할 수 있는 벼룩시장이 서서히 등장하고 있다. 이러한 변화의 움직임은 환경에 대한 책임뿐만 아니라 나눔의 소중함에 대해 되돌아보게 한다. 더불어 살아가고 나눈다는 것은 어쩌면 그리 거창하고 어려운 일만은 아닐 것이다. 나도 한국에 돌아

핀란드에는 벼룩시장이
활성화되어 있다.
모두가 함께하고 어울리는
공동체의 삶은
우리도 배워야 하는
덕목이지 않을까?

가면 나만의 '클리닝 데이'를 열어야겠다고 다짐해본다.

여기서 벼룩시장을 좀 더 즐기기 위한 팁 몇 가지. 첫째, 본인에게 맞는 빈티지 그릇이나 아기자기한 인테리어 소품을 '득템'하고 싶다면 개장 시간에 맞춰 조금은 부지런히 움직일 필요가 있다. 벼룩시장에서 만나는 물건은 항상 만날 수 있는 아이템이 아닌 데다 수량이 한정되어 있어 눈을 크게 뜨고 먼저 찾아내는 사람이 주인이 된다. 또 하나, 벼룩시장의 즐거움은 가격을 흥정할 수 있다는 점이다. 가격표가 붙어 있더라도 일단 가격 흥정은 필수다. 일반적으로 말을 주고받다 보면 거의 조금씩 할인을 해준다. 꼭 사고 싶었던 물건이 있다면 문을 여는 시간을 공략하고 특별히 골라놓은 것이 없을 경우에는 문을 닫을 때쯤 여유 있게 가서 반값 정도로 흥정해보자. 그러다 보면 귀한 빈티지를 아주 저렴한 가격에 데려오는 행운을 만날지도 모른다. 특히 품질 좋고 저렴한 유아 용품도 많기 때문에 한국 엄마들은 두 눈을 크게 뜨고 둘러봐야 할 것이다. 얼마 전 뉴스에서는 벼룩시장에서 산 그림이 알고 봤더니 유명 화가의 진품이어서 벼락부자가 되었다는 소식이 보도되었다. 인생은 모르는 법, 나도 뉴스의 주인공이 될 수 있다는 즐거운 상상을 해본다.

벼룩시장의 또 다른 즐거움은 시장에 나와 있는 물건들을 통해 그 나라의 문화와 생활을 엿볼 수 있다는 점이다. 꼭 무엇인가를 사야겠다는 목적이 아니더라도 시장에 나와 있는 물건들을 구경하고 사람들과 대화를 하다 보면 정말 시간 가는 줄 모른다. 꼬마들이 자기가 아기였을 때 가지고 놀던 인형을 앞에 놓고 손님을 기다리는 모습이 바라다보이는 카페에서 달콤한 치즈 케이크와 커피를 마셨던 시간은 내 생애 손꼽을 정도로 여유로운 순간이었다. 한국에서도 주말에 벼룩시장이 열리는 곳으로 가족들끼리 조그만 장바구니를 들고 나들이해 볼 것을 권하고 싶다.

자전거로 누비고 싶은 작은 마을

뽀르보Porvoo

뽀르보Porvoo는 핀란드 남쪽에 있는 역사 깊은 도시다. 헬싱키에서 동쪽으로 50km 정도 떨어져 있어 버스로 한 시간이 채 걸리지 않는다. 고속도로에서 Porvoo라는 표지판을 지나 오른쪽으로 빠지자 이내 자그마한 강과 다리가 나타났고, 이를 건너자 다른 세상이 펼쳐졌다. 1380년에 공식적으로 시로 승격된 뽀르보는 핀란드에서 두 번째로 오래된 도시다. 또한 뽀르보는 핀란드의 국민 시인 요한 루드빅 루네베리Johan Ludvig Runeberg가 그의 가족과 함께 살던 곳이다. 그는 국민들에게 민족의식을 고취시켰을 뿐만 아니라 많은 예술가에게 영감을 준 사람이었다. 아직도 그의 생가가 보존되어 있었다. 이 밖에 핀란드를 대표하는 화가 알베르트 에델펠트Albert Edelfelt가 태어난 곳이기도 하며 토베 얀손이 무민 가족 캐릭터를 만들어낸 곳이기도 하다. 그녀가 어릴 적 방학 때 찾아와 심심풀이로 담벼락에 그린 수많은 그림 중에서 무민 캐릭터가 만들어졌다고 하니 그야말로 나에게는 역사 깊은 곳이 아닐 수 없다.

오래된 도시답게 전통 목조 가옥과 빈티지스러운 작은 카페와 상점이 모여 있는 이곳에는 헬싱키 같은 대도시에서는 느낄 수 없는 아기자기함이 가득했다. 도시도 그다지 크지 않아 발 닿는 대로 걷다 보면 원래 위치로 돌아올 것만 같았다. 그러니 마음 놓고 걸어 다녀도 길 잃을 염려는 하지 않아도 된다.

발길 닿는 대로 쭉 걸어가다 보니 아기자기한 가게들이 문을 열어놓은 채 손님들을 맞이하고 있었다. 여름에는 요트를 타고 뽀르보의 시원한 바람을 느껴 보는 것도 좋을 것 같다.

높은 언덕 위에 위치한 뽀르보 대성당Porvoo Cathedral은 뽀르보를 방문한 사람이라면 꼭 들르는 곳이다. 1450년에 완공되었지만, 안타깝게도 여러 차례 파괴되고 재건되기를 반복했다고 한다. 2006년에도 방화 사건으로 많은 부분이 소실되어 최근 2년 동안 또다시 복원 작업을 거친 후 2008년에 다시 사람들 앞에 모습을 드러내게 되었다고 하니, 그야말로 뽀르보 시민들의 오뚜기 정신을 엿볼 수 있는 건물이다.

사실 대성당뿐만 아니라 뽀르보는 많은 재앙을 겪어 온 도시다. 1500년대 초 덴마크에서 온 해적들이 도시를 파괴했고 1700년대 초에는 러시아인들이 와서 도시를 불태워 버렸다. 거기에 겹쳐 1760년에 이른바 '대재앙'으로 불리는 화재가 발생하여 무려 300여 개의 가옥 중 200여 개가 잿더미가 되어버렸다. 어이없게도 이 큰 재앙의 원인은 가정집에서 한 여인이 생선수프를 만들다가 낸 작은 불이라고 한다. 목재로 만든 집들이 옹기종기 모여 있다 보니 불이 걷잡을 수 없이 커져버렸고, 결국 뽀르보 역사상 가장 큰 피해를 남겼다고 한다. 그 후 이와 같은 일을 방지하고자 마을 복구 시에 석재를 조금씩 사용하기 시작했다.

목조 건물과 작은 카페와
상점이 모여 있는 뽀르보에는
헬싱키 같은 대도시에서는 느낄 수 없는
아기자기함이 가득하다.
다음 방문 땐 자전거로 골목
구석구석을 돌아다녀볼 생각이다.

구시가지에 들어서자 순간 잠시 혼란스러웠다. 그곳은 마치 동화 속 작은 마을이라 해도 될 정도로 옛날 모습을 잘 간직하고 있었다. 울퉁불퉁 자갈이 깔린 바닥, 아기자기한 단층 건물을 보니 타임머신을 타고 중세로 이동한 듯한 기분마저 들었다.

울퉁불퉁 돌길을 지나고 또 지나는 동안 중세를 빼닮은 풍경을 어느 정도 감상했다면 뽀르보 강을 사이에 두고 펼쳐진 신시가지로 이동해보자. 신시가지는 구시가지와 전혀 다른 세상이다. 강가에는 요트들이, 길가에는 야외 식당이 줄줄이 서 있다. 특히 옛 공장을 개조해 만든 아트팩토리는 다양한 예술의 미래를 내다볼 수 있는 명소로서 현대식 건물 안에는 콘서트, 연극 공연, 전시회를 즐길 수 있는 공간과 유명 레스토랑이 자리하고 있었다.

천천히 도시를 둘러보고 싶다면 크루즈에 도전해보는 것도 좋을 것 같다. 원없이 걸으면서 뽀르보를 감상했다 하더라도 배를 타고 강을 따라가다 보면 또 다른 뽀르보의 매력을 느낄 수 있을 것이다.

우리는 따루 부모님 댁에 가는 일정으로 인해 이곳에서는 하룻밤도 머물지 못했지만 다시 갈 기회가 있다면 자전거를 빌려 뽀르보라는 도시를 좀 더 느끼고 경험하고 싶다. 투박하지만 정겨운 자갈로 만들어진 바닥의 느낌을 나의 발이 선명히 기억하고 있으니 말이다.

헬싱키 Helsinki는 핀란드의 수도이며 1호 관광지인 동시에 최대의 수입·수출항이다. 인구는 63만 명이다. 시내에는 교회를 비롯한 근대적 건축물이 많으며 공기가 맑은 것이 특징이다. 고위도에 위치해 있지만 기후는 온화한 편이며 시내가 작아서 도보로 구경 다닐 수 있다.

따루의 **추천 볼거리**

헬싱키 대성당 HELSINKI CATHEDRAL

핀란드 국교인 루터교의 교회다. 독일 건축가 칼 루트비히 엥겔Carl Ludwig Engel이 디자인하였고 1852년에 완공되었다. 원로원 광장에 위치하는 헬싱키의 대표 관광 명소.

개장시간 일~월 오전 9시~오후 6시, 단 6월부터 8월까지 오전 9시~오후 12시

입장료 없음

주소 Unioninkatu 29, 휠체어 이용자의 경우에는 Kirkkokatu 18

전화 +358 9 2340 6120

www.helsinginkirkot.fi

원로원 광장 SENATE SQUARE

헬싱키 대성당, 정부 청사와 대학교로 둘러싸여 있는 헬싱키의 중심지. 광장 중심에 핀란드에 호의적이었으며 광장을 조성하자고 주창한 러시아 황제 알렉산드르 2세의 동상이 있다.

수오멘린나 요새 SUOMENLINNA FORTRESS

유네스코 세계문화유산이며 핀란드 사람들이 가장 선호하는 나들이, 결혼식 장소. 돌길이 많으니 하이힐은 금지! 편한 신발을 신고 가야 한다. 양조장 식당 수오멘린난 빠니모와 카페 바닐라를 그냥 지나치면 서운하다.

개장시간 1년 내내 매일 아무 때나

입장료 없음

주소 Suomenlinna

교통편 카우파토리 시장 광장에서 페리를 타고 15분 거리. 기차, 전철, 버스 등의 대중교통 이용에 다양한 혜택을 받을 수 있는 헬싱키 카드나 24시간 대중교통 카드를 이용할 것을 추천

헬싱키 카드는 당일권(24h), 2일권(48h), 3일권(72h)이 있으며 인터넷으로 구매 가능

www.helsinkicard.com

페리 시간표

aikataulut.reittiopas.fi/linjat/en/hLautta_Kauppatori.html

전화 +358 29 533 8410

www.suomenlinna.fi

뗌뻴리아우끼오 교회 TEMPPELIAUKIO CHURCH

핀란드가 디자인의 나라임을 증명하는 대표적인 건축 작품 중 하나인 암석 교회. 헬싱키에서 가장 인기 있는 관광지. 1969년에 암석을 파내 지었다.

개장시간 매일 다르기 때문에 자동 전화 안내로 확인할 것

주소 Lutherinkatu 3

입장료 없음

교통편 시내에서 도보 20분 내외, 3번 트램 이용

전화 +358 9 2340 6320

www.helsinginkirkot.fi

카우빠토리Kauppatori 야외시장

헬싱키의 가장 유명한 야외시장. 맛있는 생선요리부터 다양한 기념품까지 볼거리와 먹거리가 가득하다. 똑같은 상품이라도 백화점보다 훨씬 저렴한 가격에 구매할 수 있다. 카드 결제도 가능하다.

개장시간 월~금 오전 6시 30분~오후 6시, 토 오전 6시 30분~오후 4시, 하절기엔 오전 10시~오후 5시

주소 Eteläsatama

아테네움 미술박물관 Ateneum Art Museum

핀란드의 가장 중요한 미술 작품들이 전시되어 있는 곳으로, 외국 화가들의 작품도 많다. 헬싱키 중앙역 광장에 위치해 있다.

개장시간 화·금 오전 10시~오후 6시, 수·목 오전 10시~오후 8시, 토·일 오전 10시~오후 5시, 월 휴무

입장료 13유로

주소 Kaivokatu 2

전화 +358 294 500 401

www.ateneum.fi

국립도서관 National Library

헬싱키에서 가장 아름다운 인테리어를 자랑하는 건물로 1840년에 완공되었다. 책을 보지 않더라도 편히 쉬어갈 수 있는 곳. 화장실을 무료로 이용할 수 있다. 헬싱키 대성당 바로 옆에 있다.

개장시간 월~금 오전 9시~오후 8시, 토 오전 9시~오후 4시, 일 휴무

입장료 없음

주소 Unioninkatu 36

전화 +358 29 412 3196

www.nationallibrary.fi

우스뻰스키 대성당 Uspenski Cathedral

러시아의 지배를 받던 1868년에 완공되었으며 서유럽의 가장 큰 동방정교회 성당이다. 핀란드의 국교는 루터교이지만 핀란드 사람들의 1%는 동방정교회 회원이다. 성당에 들어가면 향 냄새도 나고 신비한 분위기에 휩싸인다.

개장시간 화~금 오전 9시 30분~오후 4시, 토 오전 10시~오후 3시, 일 오후 12시~오후 3시

입장료 없음

주소 Kanavakatu 1

교통편 4번 트램

전화 +358 9 85 646 200

시벨리우스 공원 Sibelius Park

핀란드의 세계적인 작곡가 장 시벨리우스를 기념하기 위한 곳으로 헬싱키에 가면 꼭 가봐야 하는 곳 중 하나다.

주소 Sibelius park, Mechelininkatu

교통편 중앙역에서 24번 버스 승차

전화 +358 9 3108 7041

©Raija Lehtonen/VisitFinland

헬싱키 올림픽 스타디움 전망대

THE HELSINKI OLYMPIC STADIUM TOWER

1952년 핀란드 하계올림픽을 위해 지어진 전망대. 헬싱키 전경을 볼 수 있는 곳이며 바로 옆에 오페라 하우스도 있어 일석이조다.

개장시간 월~금 오전 8시~오후 8시, 토~일 오전 9시~오후 6시. 단 지금은 리모델링 공사 중이다. 2019년 완공 예정

입장료 성인 5유로, 18세 미만 3유로, 6세 미만은 무료, 헬싱키 카드 소지자는 3유로

주소 Olympiastadion

교통편 헬싱키 시내에서 4번, 10번 트램, 도보 30분 소요

전화 +358 9 4366 010

www.stadion.fi

키아스마 현대미술관

MUSEUM OF CONTEMPORARY ART KIASMA

헬싱키 중앙역 인근에 위치한 키아스마는 '빛'을 상징하는 건축물로 유명하다. 건물 앞에는 핀란드의 이순신 장군, 칼 구스타프 에밀 만네르헤임Carl Gustaf Emil Mannerheim 원수의 동상이 서 있다.

개장시간 화 오전 10시~오후 5시, 수~금 오전 10시~오후 8시 30분, 토 오전 10시~오후 6시, 일 오전 10시~오후 5시

입장료 12유로

주소 Mannerheiminaukio 2

전화 +358 294 500 501

www.kiasma.fi

따루의 **추천 먹거리**

브뤼게리 BRYGGERI

항구와 원로원 광장 인근에 위치한 브뤼게리는 맛집으로 소문난 양조장 식당이다. 직접 만든 다양한 종류의 맥주를 맛볼 수 있다. 핀란드의 전통 발효맥주 사하띠도 있다.

영업시간 월~토 오전 11시 30분~밤 12시, 일 휴무

가격 점심 10.10유로~12.70유로, 저녁 18~30유로, 코스 39.50유로. 맥주는 100cc(1.70유로)부터 500cc(8.50유로)까지 있는데 여러 가지 맛을 부담 없이 즐기려면 100cc를 여러 개 주문할 것

주소 Sofiankatu 2

전화 +358 10 235 2500

www.bryggeri.fi

수오멘린난 빠니모

SUOMENLINNAN PANIMO

수오멘린나 요새에 있는 양조장 식당으로 250년의 역사를 갖고 있다. 여름에는 수오멘린나 소풍 시 맛있는 음식으로 가득 찬 소풍바구니를 미리 주문할 수 있다. 특히 사과사이다가 맛있다.

영업시간 홈페이지 참조

가격 메인 메뉴 13.90유로~29.50유로, 소풍바구니는 1인당 19유로~35유로

주소 Suomenlinna c1

전화 +358 9 228 5030
www.panimoravintola.fi/en

까꾸갈레리아 KAKKUGALLERIA

헬싱키에서 가장 맛있는 케이크를 자랑하는 카페. 헬싱키에 매장이 4개나 있을 정도로 인기가 많다. 특히 부드러운 무스케이크와 케이크 뷔페 '강추'!

영업시간 월~금 오전 11시~오후 7시, 토 오전 10시~오후 6시, 일 오후 12시~오후 5시

가격 케이크 한 조각 3.70유로, 케이크 뷔페+커피/차 11.90유로

주소 Fredrikinkatu 41 (Helsinki Design District)

전화 +358 9 241 2014

www.kakkugalleria.com

라빈똘라 순 RAVINTOLA SUNN

헬싱키의 중심지, 원로원 광장에 위치한 순은 깔끔한 음식을 맛볼 수 있는 곳이다. 맛도 좋고 메뉴도 다양해서 현지인들의 사랑을 받고 있다.

영업시간 월~화 오전 11시~오후 3시, 수~금 오전 11시~오후 11시, 토 오전 10시~오후 11시, 일 오전 10시~오후 10시. 토~일 오전 10시~오후 3시까지는 브런치 뷔페가 제공된다.

가격 점심 10유로~13.50유로, 저녁 12유로~31유로, 주말 브런치 23유로

주소 Aleksanterinkatu 26

전화 +358 10 231 2800

www.ravintolasunn.fi

카페 에끄베르그 CAFE EKBERG

1852년부터 영업을 계속해 온 카페로 핀란드 '커피숍 문화의 거인'이라 부를 만하다. 커피와 빵뿐만 아니라 매일 맛있는 조식 뷔페가 제공되며, 주말에는 브런치 메뉴도 있다.

영업시간 홈페이지 참조

가격 커피 2.70유로, 조식 뷔페 11.50유로, 주말 브런치 17.90유로

주소 Bulevardi 9

전화 +358 9 6811 8660

www.cafeekberg.fi

코로나 바 CORONA BAR

세계적으로 유명한 카우리스마키Kaurismäki 영화감독 형제가 개업한 전설적인 보헤미안 스타일의 바. 핀란드 연예인을 많이 볼 수 있는 곳이다. 나이 상관없이 아무나 즐겁게 놀 수 있는 공간이다.

영업시간 월~목 오전 11시~새벽 2시, 금~토 오전 11시~새벽 3시, 일 오후 12시~새벽 2시

가격 당구 가격은 13.80유로(1시간), 오후 5시 전에는 7.20유로. 맥주 가격은 다양하다.

주소 Eerikinkatu 11

전화 +358 20 175 1610

www.andorra.fi/fi/corona

우니카페 UNICAFE

헬싱키대학교의 학생식당 체인점으로 일반인들도 저렴한 가격으로 점심을 먹을 수 있다. 음식 양이 푸짐하고 가격 대비 맛도 좋다. 헬싱키 곳곳에 위치해 있다.
영업시간 지점마다 다르다. 보통 점심만 제공한다.
가격 8유로
www.hyyravintolat.fi

아뗄리에 바 ATELJEE BAR

또르니Torni 호텔 14층에 위치한 바. 65년의 역사를 자랑하며 헬싱키 야경을 한눈에 볼 수 있다. 술값이 비싼 편이지만 로맨틱한 데이트코스를 찾는다면 놓치면 안 되는 곳이다. 화장실에 꼭 가볼 것! 헬싱키 시내의 가장 멋진 풍경을 볼 수 있는 곳으로 유명하다.
영업시간 월~목 오후 2시~새벽 1시, 금 오후 2시~새벽 2시, 토 오후 12시~새벽 2시, 일 오후 2시~밤 12시
가격 맥주 7.70유로~9.30유로, 와인 한 병 63유로
주소 Yrjönkatu 26
전화 +358 10 7842 080
www.raflaamo.fi/fi/helsinki/atelje-bar

브루베리 BRUUVERI

헬싱키 버스터미널에 있는 매력적인 양조장 식당이다. 맥주 대회에서 수상한 질 좋은 맥주를 제공한다. 알코올이 들어 있는 사이다도 있다. 점심 뷔페도 제공된다.
영업시간 월~화 오전 10시 30분~밤 12시, 수~목 오전 10시 30분~새벽 1시, 토 오후 12시~새벽 2시, 일 오후 4시~오후 11시
가격 점심 뷔페 10유로, 안주는 5유로~20유로
주소 Fredrikinkatu 63AB
전화 +358 9 685 6688
www.bruuveri.fi

카페 바닐라 CAFE VANILLE

수오멘린나 요새에 위치한 아기자기한 커피숍이다. 직접 만든 당근케이크가 정말 먹음직스럽다. 든든한 한 끼 식사가 되는 수프를 꼭 먹어보길!
주소 Suomenlinna C18 III
전화 +358 40 556 1169
www.cafevanille.fi

현지인들이 추천하는 헬싱키 맛집 40개 :
www.likealocalguide.com/helsinki/restaurants
헬싱키 브런치에 관한 정보 :
brunssipartio.fi/brunch-in-helsinki

따루의 추천 놀거리

세우라사리 박물관 SEURASAARI ISLAND AND OPEN-AIR MUSEUM

핀란드 전통 생활 방식을 볼 수 있는 야외 박물관이자 섬이다. 매년 6월 3번째 주 금요일에 하지축제 페스티벌이 열린다. 나들이를 가기에 최적의 장소다.

개장시간 박물관은 한정적으로 개장한다. 5월 15일부터 5월 31일까지, 9월 1일부터 9월 15일 사이에는 월~금 오전 9시~오후 3시, 토~일 오전 11시~오후 5시, 6월부터 8월까지는 매일 오전 11시~오후 5시
입장료 박물관은 성인 9유로, 17세 미만 3유로, 3세 미만 무료. 섬만 구경할 경우에는 무료
교통편 시내에서 24번 버스
주소 Seurasaari
전화 +358 9 4050 9660
www.seurasaarisaatio.fi

 린난매끼 놀이공원
LINNANMÄKI AMUSEMENT PARK
& 헬싱키 실내수족관
SEA LIFE HELSINKI

가족들과 즐겁게 놀 수 있는 핀란드 대표 놀이공원으로 1951년에 나무로 만든 롤러코스터는 여전히 운행 중이다. 5월부터 8월 말까지만 문을 연다. 공원 안에 있는 실내수족관은 연중무휴다.
영업시간 여름에는 매일 시간이 달라지므로 홈페이지 참조
입장료 공원 입장은 무료, 놀이기구 탑승은 1회 8유로, 하루 동안의 프리패스 티켓은 39유로, 실내수족관은 16.50유로(인터넷 구매 시 15유로)
교통편 헬싱키 중앙역에서 3번 트램, 23번 버스
주소 Tivolikuja 1 (놀이공원), Tivolitie 10 (수족관)
전화 +358 10 5722 200 (놀이공원), +358 9 5658 200 (수족관)
www.linnanmaki.fi
www.visitsealife.com/helsinki/

히에따니에미 해수욕장
HIETANIEMI BEACH

따뜻한 여름날에 '몸짱'들을 볼 수 있는 '헬싱키의 코바카바나'. 마트에서 술과 안주를 사서 가면 즐거운 하루를 보내기에 안성맞춤이다. 비치발리볼을 할 수 있는 공간도 마련되어 있다.
개장시간 1년 내내 언제나 개방. 단 해안 구조대는 6월 1일부터 8월 9일까지 있다
입장료 없음
교통편 헬싱키 중앙역에서 24번 버스
주소 Hiekkarannantie 11
전화 +358 9 3107 1431

 따바스띠아 TAVASTIA

유럽의 가장 오래된 록 클럽 중 하나로 1970년부터 영업해 온 전설적인 곳이다. 국제적으로 유명한 핀란드 록밴드 HIM이 매년 12월 31일 이곳에서 공연을 한다. 시내

에 위치해 있어 찾아가기 편하다.
영업시간 월~목 오후 8시~새벽 1시, 금~토 오후 8시 ~새벽 4시
입장료 그때그때 다르니 홈페이지 공지 참조
주소 Urho Kekkosenkatu 6
전화 +358 9 774 67 420
www.tavastiaklubi.fi

 위 갓 비프 WE GOT BEEF

헬싱키의 젊은이들이 춤추고 파티하는 대표적인 곳이다. DJ가 자기만의 음반을 틀어주는 것이 특징이다. 그래서 그런지 2003년 오픈 후 꾸준한 인기를 누리고 있다.
입장료 그때그때 다르다.
영업시간 수~토 오후 6시~새벽 4시. 페이스북에서 'we got beef'를 검색하는 것을 추천
주소 Iso Roobertinkatu 21
전화 +358 9 679 280

따루의 **추천 쇼핑지**

 전통 실내시장 VANHA KAUPPAHALLI

1889년부터 영업 중인 실내시장에는 치즈, 생선, 고기, 빵, 케이크, 차, 커피 등 먹거리가 다양하고 맛집도 많다. 특히 소빠께이띠오Soppakeittiö라는 수프 전문점이 인기 있다.
영업시간 월~토 오전 8시~오후 6시
주소 Eteläranta
교통편 2번, 3번, 1A번, 1번 트램
www.vanhakauppahalli.fi

 비 보안 VII VOAN

한국 음식이 못 참을 정도로 생각날 때는 비 보안으로! 1987년에 문을 연 헬싱키의 첫 아시아 마트다. 베트남, 중국, 태국 식품이 압도적으로 많지만 김치부터 라면까지 다양한 한국 식품도 취급한다. 라면 하나에 2,000원 정도이니 살 만하다.
영업시간 월~금 오전 9시~오후 7시, 토 오전 9시~오후 6시, 일 오후 12시~오후 6시
주소 Hämeentie 3
전화 +358 9 701 8210
www.viivoan.fi

 아르떽 ARTEK

에스뿔라나디 공원Esplanadi Park 인근에 위치한 핀란드 대표 가구 브랜드. 그곳의 탐나는 물건을 한국까지 가져가기는 어렵겠지만, 꼭 구경이라도 갈 수 있길! 지금은 매장 이사로 잠시 문을 닫은 상태다.
주소 Keskuskatu 1B(2016년 봄 오픈 예정)
교통편 헬싱키 중앙역에서 도보 10분
전화 +358 10 617 3414
www.artek.fi

민나 빠리까 슈즈

MINNA PARIKKA SHOES

레이디 가가와 케이티 페리가 열광하는 핀란드의 유명 신발 디자이너 민나 빠리까의 가게를 놓치면 후회한다. 매력적이고 색다른 디자인으로 세계 유명인사들의 마음을 사로잡았다. 가격도 한국 돈으로 10만 원대부터 40만 원대까지 괜찮은 편이다.

영업시간 월~금 오전 10시~오후 6시, 토 오전 10시~오후 5시

주소 Aleksanterinkatu 36

전화 +358 9 667 554

www.minnaparikka.com

비에노 부스트야르비

VIENO PUUSTJÄRVI

내가 옛날에 아르바이트를 했던 주얼리 & 기념품 가게다. 비에노 사장님이 직접 나무로 만든 주얼리는 핀란드만의 독특한 분위기를 풍기면서 아기자기하고 예쁘다. 이 책을 사장님에게 보여주면 아마 할인해주지 않을까?

영업시간 월~목 오전 9시 30분~저녁 7시, 토 오전 9시 30분~오후 8시, 일 오전 9시 30분~오후 6시

주소 Aleksanterinkatu 20

전화 +358 50 566 5704

www.kolumbus.fi/vienopuustjarvi/myymala.html

헬싱키 쇼핑 팁

www.likealocalguide.com/helsinki/shopping

www.visithelsinki.fi/en/see-and-experience/shopping

유럽으로 가는 가장 빠른 방법

한국에서 유럽으로 가는 가장 빠른 경로는 2008년 개설된 핀에어Finnair의 인천-헬싱키 간 노선이다. 또한 헬싱키 공항은 다른 유럽 국가로 가기 위한 허브 역할도 담당하고 있어 한층 가깝게 유럽을 즐길 수 있게 되었다.

시기에 따라 약간의 차이는 있지만 인천 -헬싱키 노선은 보통 1일 1회 운행되며, 인천 → 헬싱키 운행 시간은 약 9시간 30분, 헬싱키 → 인천은 약 8시간 30분 정도 소요된다.

자세한 운항 일정 및 가격은 핀에어 한국 홈페이지 및 콜센터를 통해 확인할 수 있다.

www.finnair.com/kr/ko/

전화 02-730-0067(월~금 오전 9시~오후 6시 운영)

뽀르보Porvoo는 핀란드에서 두 번째로 오래된 도시이며, 헬싱키에서 유람선을 타고 하루 만에 왕래할 수 있는 거리에 위치해 있다. 1380년에 시가 되었으며 '국민시인' 루네베리Runeberg와 화가 에델펠트Edelfelt가 머무른 예술가의 도시답게 갤러리나 아틀리에가 많다.

따루의 **추천 볼거리**

 뽀르보 대성당 PORVOO CATHEDRAL

1400년대에 완공되어 성마리아에게 봉헌된 성당이다. 4번의 화재, 수많은 전쟁 등을 겪었지만 그때마다 핀란드인들이 힘을 모아 성을 복구했다. 핀란드 중세기 역사의 가장 중요한 건축물 중 하나다.

개장시간 5월부터 9월까지 월~금 오전 10시~오후 6시, 토 오전 10시~오후 2시, 일 오후 2시~5시, 10월부터 4월까지 화~토 오전 10시~오후 2시, 일 오후 2시~4시

입장료 없음

주소 Kirkkotori 1

전화 +358 19 6611 250

따루의 추천 먹거리

한나 마리아 HANNA-MARIA

핀란드 가정식을 맛볼 수 있는 30년 역사의 식당이며, 뽀르보에서 가장 인기 있는 식당이다. 메뉴는 매일 바뀌며 특히 연어수프나 순록찜이 맛있다.

영업시간 5월부터 8월까지 월~토 오전 8시~오후 5시, 일 오전 10시~오후 5시, 9월부터 4월까지 월~토 오전 8시~오후 4시, 일 오전 10시~오후 4시

가격 점심 7.50유로~13.50유로

주소 Välikatu 6

전화 +358 207 189 616

www.hanna-maria.fi

카페 파니 CAFE FANNY

모든 케이크를 직접 굽는 카페로 이곳의 핀란드식 계피빵을 맛보면 하루 종일 얼굴에서 미소가 떠나지 않을 것이다. 유기농 레몬에이드도 시원하다.

영업시간 월~금 오전 9시~오후 4시, 토~일 오전 9시~오후 5시

주소 Välikatu 13

전화 +358 50 462 9924

www.cafefanny.fi

어부 마그누스 뉘홀름의 집 FISHERMAN MAGNUS NYHOLM'S HOUSE

진짜 핀란드 어부가 사는 방식을 보고 싶다면 뉘홀름 씨의 집에 방문하면 된다. 진정한 핀란드의 생선요리가 무언지 보여줄 것이다. 단, 사전 예약 필수!

주소 Fölisöuddintie 245

전화 +358 400 714 133

www.nyholmsfisk.com

엘로이사 와인 & 델리 ELOISA WINE & DELI

분위기 좋은 데이트 장소를 찾는 이들에게 추천하고 싶은 가게. 커피나 와인을 마시기에 좋다. 저렴한 가격의 점심을 먹는 것도 추천!

영업시간 화~목 오전 11시~오후 9시, 금~토 오전 11시~밤 12시, 일 오전 11시~오후 5시. 점심 화~금 오전 11시~오후 3시, 월 휴무

가격 점심 6.50유로~8.90유로, 브런치 25유로

주소 Rauhankatu 20

전화 +358 50 447 9444

www.eloisawinedeli.fi

비스트로 신네 BISTRO SINNE

뽀르보 지역의 제철 재료로 만든 신선한 요리를 자랑하는 식당. 품격 있게 식사를 하고자 하는 사람들이 선택하는 곳이다. 따이데떼흐다스Taidetehdas 아트 공장에 위치해 있다.

영업시간 화~금 오전 11시~오후 2시 30분 & 오후 5시~오후 10시, 토 오후 12시~오후 10시, 일 오후 12시~오후 3시

가격 메인 메뉴 19유로~30유로, 일요일 브런치 36유로

주소 Läntinen Aleksanterinkatu 1

전화 +358 10 3228 142

www.sinneporvoo.fi

헬미 TEE- JA KAHVIHUONE HELMI

뽀르보에서 가장 로맨틱한 카페라고 해도 과언이 아니다. 루네베리 타르트를 맛볼 수 있으며 10유로로 맛있는 점심도 먹을 수 있다. 시청 앞에 위치해 있다.

영업시간 오전 10시~오후 6시

주소 Välikatu 7

전화 +358 19 581 437

www.teehelmi.fi/tee-ja-kahvihuone-helmi

루네베리 타르트란?

뽀르보에 가면 루네베리 타르트Runebergin torttu를 꼭 먹어야 한다. 핀란드의 국민 시인 루네베리가 어느 날 단 것이 먹고 싶다고 하자 그의 아내가 집에 있는 재료들로 만든 빵으로, 아몬드 가루와 말린 빵 부스러기가 들어가며 위에 산딸기잼을 얹는다. 매년 2월 5일 루네베리 기념일에 먹는 음식이지만, 뽀르보의 카페에서는 1년 내내 맛볼 수 있다.

따루의 **추천 놀거리**

따이데떼흐다스 아트 공장 TAIDETEHDAS ART FACTORY

예술을 좋아하는 사람이라면 놓쳐서는 안 될 곳. 핀란드 현대 미술가들의 작품을 감상할 수 있는 곳이다. 다양한 전시회부터 아트숍까지, 재미있는 볼거리가 가득하다. 도서관처럼 작품을 대여해주기도 한다.

개장시간 화~금 오전 10시~오후 6시, 토~일 오전 11시~오후 4시

입장료 없음

주소 Läntinen Aleksanterinkatu 1

전화 +358 10 231 8200

www.taidetehdas.fi

작은 초콜릿 공장

LITTLE CHOCOLATE FACTORY

뽀르보 대성당 바로 앞에 위치한 수제 초콜릿의 메카. 유리벽을 통해 초콜릿을 만드는 과정을 구경할 수 있으며 매점에서 입안에서 살살 녹는 초콜릿을 구매할 수 있다. 공정 거래 카카오 씨만 사용하는 양심 있는 기업이다.

영업시간 월~금 오전 11시~오후 5시, 토 오전 10시~오후 4시, 일 오후 12시~오후 3시

주소 Kirkkotori 1

전화 +358 19 534 8343

www.suklaatehdas.com

브룬베리 초콜릿 공장

BRUNBERG CHOCOLATE FACTORY

브룬베리 초콜릿 공장에 들어가면 달콤한 초콜릿향이 사람을 취하게 만든다. 특히 '뽀뽀'라는 초콜릿이 유명하다. 공장 투어는 미리 연락하면 가능하다.

영업시간 홈페이지 참조

주소 Teollisuustie 19B

전화 +358 19 548 4200

교통편 버스 터미널에서 2번, 5번 버스

www.brunberg.fi

따루의 **추천 쇼핑지**

이스트라 & 일마타르 & 초 작업장

ISTRA & ILMATAR & WANHAN PORVOON KYNTTILÄPAJA

1700년대에 지어진 핑크색 건물에 위치한 이 가게에서는 주얼리부터 스카프, 수제 촛불, 인테리어 제품까지 다양한 수공예품들을 구매할 수 있다.

영업시간 수~금 오점 10시~오후 5시, 토 오전 10시~오후 4시

주소 Jokikatu 18

전화 +358 400 814 312

www.istra.fi

헬싱키에서 뽀르보 가는 방법

버스 : 헬싱키 깜삐 버스터미널에서 고속버스를 타면 된다. 저가 고속버스 온니버스Onnibus를 이용하는 것도 방법이다.

M/S **루네베리 유람선** : 여름에는 매일 오전 10시에 헬싱키를 출발해 저녁 7시 30분에 되돌아온다. 왕복 39유로. 유람선에는 연어수프와 술을 파는 식당이 있다.

유람선 정보 : www.msjlruneberg.fi

뽀르보 관광청 www.visitporvoo.fi

넬리 아트 & 크래프트 숍 NELLY'S ART & CRAFT SHOP

뽀르보 지역 수공예가들의 작품을 만나볼 수 있는 가게다. 도자기, 나무공예, 주얼리, 가방, 니트, 가죽 제품, 유리 제품 등 아이템이 다양하다.

영업시간 월~금 오전 10시~오후 5시, 토~일 오전 10시~오후 4시

주소 Jokikatu 14

전화 +358 40 168 9494

www.nellys.fi

뽀르보 쇼핑 팁

www.pinterest.com/porvoo/shop-til-you-drop-in-old-porvoo/

핀란드의 음식문화

핀란드 요리는 한국처럼 자극적이지 않으므로 처음에는 한국 사람의 입맛에 맞지 않을 수도 있다. 핀란드 음식은 재료 본연의 맛을 살리기 위해 거의 소금과 후추로만 간을 맞춘다. 핀란드에는 호수와 숲이 많기 때문에 자연의 맛을 느낄 수 있는 음식이 많다.

그중 주식은 감자인데, 으깨서 먹거나 다양한 오븐 요리에 사용된다. 핀란드의 전통 빵 까르얄란삐라까Karjalanpiirakka에도 원래 감자가 들어가지만 요즘은 쌀죽이 대신 들어가는 등 쌀빵의 인기가 높다. 쌀은 오븐용 조리 용기 밑에 깔고 닭다리와 물을 부어 구워 먹기도 한다.

핀란드 음식을 논할 때 버섯과 베리는 빼놓을 수 없는 존재다. 6월부터 10월까지 맛있는 베리, 버섯 들이 줄줄이 익어가며 군침을 돌게 만든다. 6월 중순부터는 딸기, 7월 중순부터는 산딸기, 야생 블루베리, 레드 커런트, 블랙 커런트, 구스베리, 클라우드베리, 9월에는 린돈베리, 크랜베리, 살구버섯, 그물버섯, 10월에는 바다 갈매나무 베리, 갈색 버섯 등이 땅에서 솟아난다. 보통 생크림 딸기 케이크와 블루베리 파이를 한 번쯤은 먹어야 여름 느낌이 난다.

또한 바다와 19만 개의 호수 덕에 연어와 청어를 많이 먹는다. 회로 먹기도 하고 구워 먹기도 하는데, 핀란드 연어회는 살코기 덩어리에 굵은 소금을 뿌려 냉장고에서 이틀 정도 숙성시킨 선어회다. 보통 호밀빵에 삶은 계란 슬라이스와 같이 얹어서 먹는다. 연어 뼈로 끓인 연어국도 일품이다. 우리 아빠의 필살기는 직접 그물로 잡은 무이꾸muikku 훈제요리다. 무이꾸는 한국에 없는 물고기인데, 송어의 한 종류 정도

된다. 하지만 핀란드는 먹는 생선의 종류가 한국만큼 다양하지는 않다. 멍게, 성게, 개불 같은 해산물은 아예 없고 조개도 보기 힘들다.

핀란드에 가면 현지인들이 가장 즐겨 먹는 호밀빵을 꼭 먹어보길 권한다. 한국에서 파는 호밀빵과는 완전 다른 모습이다. 색이 진하며 발효를 시켰기 때문에 시큼한 냄새가 난다. 섬유질이 굉장히 많아서 처음 먹었을 때 방귀가 나올 수도 있으니 조심해야 한다. 버터를 바르거나 치즈, 오이 등을 얹어 먹어도 맛있다.

핀란드에도 한국의 청국장처럼 외부인이 초면에 먹기 힘든 음식들이 있다. 대표적인 음식인 맴미mämmi는 부활절 때 먹는 디저트인데 그 모양이 마치 변처럼 생겨서 처음 보는 사람을 경악하게 만든다. 물, 호밀가루, 몰트로 만드는데 맛은 양갱과 비슷하며 엄청 걸쭉하다. 우유와의 조화가 괜찮아 추천하고 싶다.

내 생각에 고기는 한국이 전반적으로 훨씬 더 맛있다. 단, 순록고기만은 핀란드가 갑이다. 그러나 순록고기도 오래 찌지 않고 잘못 만들면 냄새가 나고 질기다. 그런 이유로 레스토랑을 잘 골라야 하는데, 현지인에게 고기 요리를 잘하는 집을 물어보는 것이 가장 정확한 정보를 얻는 길이다.

고백하자면 나는 한국의 음식이 더 맛있고 다양하다고 생각한다. 한국에서 오래 살아서일까. 내게 산나물 보리밥보다 더 맛있는 음식은 이 세상에 없다.

뚜르꾸 Turku 02

핀란드의 기원을 찾아서

©VisitFinland

뚜르꾸는 헬싱키에서 서쪽으로 2시간 정도 걸리는 곳에 위치한 도시로,
헬싱키가 수도가 되기 전까지 핀란드의 수도였던 곳이다.
그만큼 역사가 깊어 다양한 문화를 접할 수 있는 곳이기도 하다.
멀지 않은 거리에 아름다운 해변 도시 삼총사인 난딸리, 라우마, 뽀리가 있다.
그럼, 핀란드의 옛 수도로서의 위용을 보여주는 뚜르꾸를 만나러 가보자.

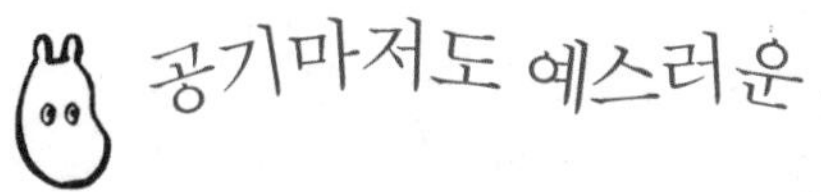

뚜르꾸 성Turku Castle과 루오스따린매끼 박물관Luostarinmäki Handicrafts Museum

핀란드 내 현존하는 가장 오래된 건물인 뚜르꾸 성으로 가는 길에 바닷바람이 얼굴을 계속 스쳐갔다. 그렇게 기분 좋은 설렘을 갖고 스칸디나비아에서도 가장 오래된 건물 중의 하나로 손꼽힐 만큼 역사와 전통을 자랑하는 곳, 뚜르꾸 성Turku Castle에 도착했다.

그동안 많은 여행을 다니면서 다양한 성을 방문한 탓인지 뚜르꾸 성도 전형적인 성의 모습일 것이라 생각했다. 커다랗고 웅장한 규모를 자랑하는 화려한 모습을 상상했는데… 어라? 생각보다 소박한 느낌이었다.

뚜르꾸 성은 1280년에 지어졌다. 중세의 모습을 그대로 드러내는 골격에 르네상스 양식이 더해져 고풍스러운 느낌이 드는 곳이었다. 특히나 수 세기에 걸쳐 만들어진 돌벽은 북유럽 역사 속에서 발생한 수많은 사건을 경험한 만큼 그야말로 역사의 산증인이라고 할 만했다. 오늘날 성 안에 있는 예배당은 뚜르꾸 사람들이 결혼식 장소로 가장 선호하는 공간이라고 한다.

핀란드에서 가장 오래된 건물인 뚜르꾸 성의 내부. 세월의 흔적이 고스란히 남아 있다.

16세기 중반은 뚜르꾸 성의 황금기. 이때 스웨덴의 구스타브 바사Gustav Vass 왕의 지시로 외관이 정비되었다. 17세기에는 핀란드 총독이 이곳에 거주하기도 했는데 점차 세월이 흐름에 따라 성의 위용도 스러져가 18세기에는 옛 영화를 뒤로 한 채 곡물 창고로 사용되었고 안뜰은 감옥으로 사용되었다. 이후 1890년대에 역사박물관이 됨으로써 옛 명성을 되찾기도 했지만 불행하게도 2차 세계대전 당시 소련의 공습으로 일부가 파괴되었고, 종전 후 오랜 시간에 걸친 복원 사업을 통해 오늘에 이르렀다. 그래서인지 성 안에는 여러 차례 외부의 공격을 받았음을 보여주는 전시물이 소장되어 있다.

성 안에 발을 들여놓으니 그야말로 고성(古城)이었다. 벽돌 위에 덧발린 흙이 오랜 세월 동안 닳아 사라진 탓에 군데군데 벽돌이 드러난 곳과 그렇지 않은 곳이 대조되면서 독특한 분위기를 만들어내고 있었다.

뚜르꾸 성은 크게 중세관과 르네상스관으로 나뉜다. 생각보다 박물관의 규모가 크고 볼거리도 다양했다. 구불구불 나 있는 길을 따라 성을 모두 구경하다 보니 생각보다 시간이 오래 걸렸다. 각종 미니어처와 장신구, 식기, 가구, 왕실 유품을 비롯한 다양한 전시품을 통해 뚜르꾸의 역사를 실감할 수 있었다. 각 전시실마다, 창틀 하나에서도 오래된 역사의 향기가 나는 것 같다고나 할까. 왠지 모를 아우라가 성 안에 드리워 있었다.

다음 행선지는 루오스따린매끼 박물관Luostarinmäki Handicrafts Museum. 뚜르꾸 시내에서 멀지 않은 곳에 옛 모습 그대로의 풍경을 간직한 마을이 조성되어 있었다. 1827년에 대형 화재를 겪어 많은 곳이 폐허가 되었지만 이곳만큼은 옛날 그대로의 모습을 유지하고 있다고 한다.

입구에 들어서니 마치 내가 이 마을의 원주민이 된 듯했다. 목재로 지어진 건물이 여유로운 간격으로 자리 잡고 있었다. 뭐랄까, 한국의 민속촌 같은 느낌이었다. 옛 핀란드 사람들의 생활을 제대로 들여다보고 싶다면 꼭 와야 할 공간이었다. 옛 핀란드인이 살았던 목조 주택과 농장, 각종 농기구가 그 모습 그대로 우리를 맞았다. 그 안에 있는 사람들도 그 시절의 복장을 한 채 열심히 자기만의 역할을 하고 있었다

핀란드 전통 의상을 입고 수를 놓고 있는 아주머니, 페인트칠을 하는 아저씨, 정성껏 구두를 만들고 있는 구두 장인 등이 있었는데, 각 집 앞에 황금색 부츠, 햇빛에 빛나는 시계, 편안하게 가로로 누워 있는 바이올린 등이 걸려 있어 그들

이 무슨 일을 하는지 알 수 있었다.

여기서는 아무 곳이나 문을 열고 들어가면 그곳에 있는 사람이 자신의 집에 대해 설명을 해준다. 불을 때던 아궁이, 인쇄소, 화가의 채취가 느껴지는 작업실, 술을 만들던 커다란 통, 마당을 쓸던 귀여운 몽당 빗자루, 알록달록 실을 짜던 베틀, 정성 들여 쓴 편지를 부치는 우체국, 고기를 잡기 위해 배를 타고 멀리 떠난 가족을 기다리는 뱃사람의 방까지, 다양한 삶의 풍경을 돌아보며 핀란드를 생생하게 경험할 수 있었다.

구경을 다 마치고 나오면 정문 우측에 카페가 있어 여행자들이 쉬어 가기에 좋다. 물론 이곳에 사는 사람들의 아지트이기도 하다. 그곳에서는 남녀노소 모든 세대가 어울리고 있었는데, 사실 핀란드를 여행하다 보면 어디서나 모든 연령층이 함께 즐기는 모습을 쉽게 볼 수 있다. 카페에 젊은 학생들만 모여 있는 우리나라의 모습과는 조금 다른, 그렇기에 조금은 부러운 핀란드의 모습이었다.

도서관에서 놀아봤니?

뚜르꾸 시립도서관Turku Library

뚜르꾸에는 오래된 것이 참 많다. 하긴 옛 수도이니 오히려 그게 당연한지도 모르겠다. 뚜르꾸대학 역시 핀란드에서 역사가 가장 오래된 대학 중 하나다. 그렇다면 도서관을 많이 이용하기로 유명한 핀란드의 도서관은 어떤 모습일까? 궁금해하는 나를 보고 따루는 조금 쉬었다 가자며 뚜르꾸 시립도서관Turku Library으로 안내하였다. 도서관에서 책을 읽거나 공부를 하는 것이 아니라 쉰다고? 무엇보다 나는 이곳과 아무런 관련이 없는 관광객인데 출입이 가능하기는 한가? 혹시 신분증 검사를 하는 것은 아니겠지?

도서관 안에는 대학생으로 보이는 사람들 외에도 어린이와 노인 등 외부인이 많았다. 학생과 교직원 외에는 입장이 불가능한 대부분의 한국 대학 도서관을 생각하면 참 반갑고 신기한 풍경이었다. 한술 더 떠 다들 여기가 마치 제집 안방인 듯 편안한 자세였다. 푹신한 의자에 눕다시피 파묻혀 책을 읽는 사람이 있는가 하면, 그네를 타고 노는 아이들, 헤드셋을 쓰고 음악을 감상하는 할아버지도 보였다. 도서관이 누구에게나 개방된 열린 공간인 덕에 핀란드 사람들이 전 세계적으로 책을 가장 많이 읽는 국민이 된 걸까? 경직된 분위기에서 똑같은 자세로 책만 들여다보는 한국의 대학 도서관과 대비되는 모습이 흥미로웠다. 우리나라의 도서관 문화가 잘못되었다고 할 수는 없지만 이런 모습에는 내심 부러움을 느끼며 도서관을 나와 다음 행선지로 이동하였다.

아니, 저 사람들…
도서관이 자기 안방인 것처럼
자리 잡고 있잖아!
말 그대로 정말 모두에게
열려 있는 공간이다.

핀란디아가 울려 퍼지다

시벨리우스 박물관Sibelius Museum

「핀란디아Finlandia」를 작곡한 시벨리우스Sibelius는 핀란드의 대표적인 음악가다. 음악을 사랑하는 핀란드 사람들에게 그의 존재는 각별하다. 헬싱키에는 강철로 만든 파이프오르간 모양의 기념비와 시벨리우스의 두상을 만날 수 있는 시벨리우스 공원Sibelius Park이 있고, 헬싱키 근처 야르벤빼Järvenpää에는 시벨리우스와 그의 아내가 살았던 아이놀라Ainola가 있다. 아이놀라는 시벨리우스의 아내 아이노Aino의 이름을 딴 박물관이다. 뚜르꾸에는 시벨리우스의 음악과 생애에 관한 정보를 얻을 수 있는 시벨리우스 박물관Sibelius Museum이 있다.

가로로 넓게 뻗은 특이한 회색빛 건축물 내부로 들어가면 가장 먼저 시벨리우스의 사진을 보게 된다. 그 후 이어지는 전시실에는 그의 각종 유품 및 악보, 전 세계에서 수집된 악기가 전시되어 있다. 그리고 곳곳에서 시벨리우스의 생애에 관한 영상을 볼 수 있다.

특히 헤드폰을 쓰고 직접 시벨리우스의 음악을 들어보는 시간을 가질 수 있어 좋았다. 눈을 감고 시벨리우스의 음악 속으로 빠져 들어가 보니 핀란드의 깨끗하고 맑은 자연이 머릿속에 그려지면서 아프고 서러웠던 역사와 혼이 담긴 선율이 온몸에 스며드는 느낌이 들었다. 그중 그의 대표작 「핀란디아」는 조국 핀란드의 안타까운 상황과 슬픔을 담고 있어 특히 가슴에 와 닿았다.

"오, 핀란드여, 보아라. 날이 밝아온다.
밤의 두려움은 영원히 사라졌고
하늘도 기뻐 노래하네.
나 태어난 이 땅에 아침이 밝아오네.
핀란드여, 높이 일어나라.
노예의 굴레를 벗은 그대,
압제에 굴하지 않은 그대,
오, 핀란드, 나의 조국…."

역시 음악은 세대, 국적, 인종을 불문하는 만인의 언어임에 틀림없다. 왜 핀란드 국민들이 이 노래를 좋아하는지, 수많은 행사에서 이 노래를 힘차게 부르는지 온전히 이해할 수는 없지만 조금은 공감할 수 있을 것 같았다.

그저 「핀란디아」의 작곡자라고만 알고 있었던 시벨리우스의 생애와 음악 세계를 조금이라도 들여다볼 수 있었다는 점, 잠시 동안이지만 헤드폰 속 음악을 통해 핀란드의 역사와 문화에 공감할 수 있었다는 점만으로도 이곳은 내게 충분의 의미 있는 공간이었다.

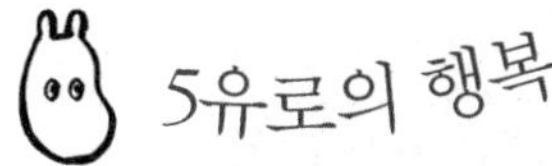

5유로의 행복

아우라 강Aura River의 아름다운 유람선

뚜르꾸 관광객은 단돈 5유로(약 6,500원)로 행복을 누릴 수 있다. 5유로만 내면 꼬마 기차 요께 요끼유나Jokke Jokijuna와 유람선 야께 요끼라우따Jakke Jokilautta를 번갈아 타면서 이곳저곳을 구경할 수 있기 때문이다.

뚜르꾸 유람선은 핀란드 동부에서 활동했던 배를 리모델링한 것으로 2013년부터 손님들을 맞이하기 시작했다. 2014년 한 해에만 2만 5,000명의 관광객을 실어 날랐다고 하니 그야말로 성공적인 관광 상품이라 할 만하다.

나도 괜히 어린아이처럼 설레는 마음으로 유람선에 재빨리 올라탔다. 수염이 멋진 키다리 선장 아저씨가 어디에서 왔느냐고 묻기에 "한국에서 여행 왔어요." 하고 답하니 멋진 미소를 지으며 악수를 하자고 손을 내밀었다.

특이하게 탑승권은 배를 탄 후 그 안에 있는 매점에서 구입하도록 되어 있다. 또한 일반적으로 생각하는 종이 티켓 형태가 아니었다. 5유로를 내니 직원이 내 팔에 도장 하나를 꾹 찍어주었다. 이 도장을 보여주면 유람선과 꼬마 기차를 번

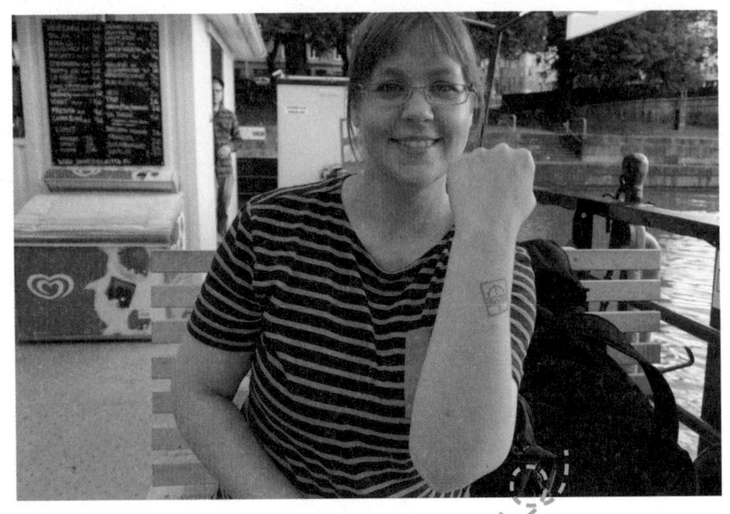

5유로의 행복. 따루야, 너무 좋아하는 거 아니니?

갈아 탈 수 있다고 한다. 배 모양의 도장을 받고 서로 셔터를 눌러주는 따루와 나의 모습은 영락없이 어린아이의 모습이었다.

아우라 강Aura River을 따라 놓여 있는 11개의 다리를 따라 내려가니 유유자적 떠 있는 가지각색의 배가 보였다. 그중에는 배 자체가 레스토랑인 것이 있어 옆으로 지나갈 때 맛있는 냄새가 솔솔 나오기도 했다. 거기다 유람선 안에서 바라보는 아우라 강의 풍경과 환상적인 날씨 탓인지 내 발걸음은 나도 모르게 매점으로 향했다.

그곳에 특이한 이름을 갖고 있는 맥주가 있었으니 바로 아우라 맥주! 아우라 강을 끼고 있는 뚜르꾸만의 맥주인데 강 이름을 그대로 맥주에 사용하고 있었다. '끼뻬스(건배)'를 외치며 즐거운 시간을 보내다 보니 문득 떠오르는 생각. 한

강에는 왜 한강 맥주가 없을까?

유람선이 지루하다면 정거장에 내려 꼬마 기차로 갈아탈 것을 권한다. 언제든지 다시 유람선으로 돌아올 수 있으니 걱정할 것이 없다. 배를 타고 뚜르꾸를 도는 데는 대략 한 시간 정도 소요되는데, 곳곳에 배치된 꼬마 기차를 활용하면 뚜르꾸의 면면을 보다 깊숙이 들여다볼 수 있다.

그렇게 유람선 투어를 마치고 따루와 나는 광장으로 발걸음을 옮겼다. 어느 도시에나 중심이 되는 광장이 있게 마련이다. 뚜르꾸 광장에는 야외시장이 열려 있었다. 여기저기서 화려한 색의 꽃이나 직접 만든 수공예품을 판매하는 모습이 보였다. 광장 주변 쇼핑센터에는 핀란드를 대표하는 디자인 브랜드 마리

아우라 강의 이름을 딴 아우라 맥주. 다 함께 끼삐스!

메꼬와 귀염둥이 무민 숍, 자연주의 화장품을 지향하는 루메네Lumene, 가정 용품 및 정원 용품 생산 기업 피스카스Fiskars, 다양한 식기와 장식품을 대표하는 이딸라, 패브릭 브랜드 핀레이손Finlayson 등 눈을 호강하게 만드는 각종 상점들이 즐비해 있었다. 물론 맛 좋은 커피를 마실 수 있는 카페와 신선한 빵을 맛볼 수 있는 빵집도 빼놓을 수 없다. 유람선을 타고 아우라 강의 경치를 감상한 뒤 이처럼 행복한 쇼핑에 빠져보는 것은 어떨까?

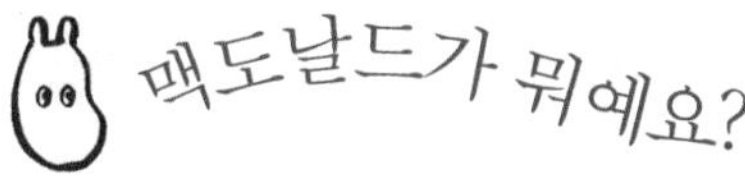

맥도날드가 뭐예요?

본격 뚜르꾸 맛집 탐방기

흔히 여행의 백미는 그 지역의 음식을 먹는 것이라고들 한다. 하지만 사람에 따라서는 입맛에 맞지 않는 낯선 음식을 잘 먹지 못하는 경우도 많다. 아무 음식이나 잘 먹는 사람도 마찬가지다. 때에 따라서는 익숙한 음식이 먹고 싶은 경우가 얼마든지 있을 수 있다. 그럴 때 맥도날드 같은 패스트푸드 브랜드는 여행객에게 가뭄의 단비와 같은 역할을 한다. 나도 그동안 여행을 다니면서 현지 음식이 입맛에 맞지 않을 땐 맥도날드를 찾았다. 예측 가능한 익숙한 맛이기도 하고, 그 도시의 물가를 측정할 수 있는 지표가 되기 때문이기도 했다.

그런데 핀란드에 와서 보니 멀리서 봐도 알 수 있는 그 익숙한 간판이 보이지 않았다. 맥도날드 대신에 핀란드인을 사로잡은 햄버거는 헤스버거Hesburger다. 개발자의 이름을 딴 헤스버거는 호밀로 만든 건강한 맛으로 명성이 높다. 신선한 재료로 만들기 때문에 다른 패스트푸드에 비하면 만드는 시간이 길었지만, 충분히 오랜 시간 기다릴 가치가 있는 맛이었다. 만든 사람에게 감사 인사를 하고 싶을 정도로 맛있었다. 뚜르꾸에서는 버거킹도 맥도날드도 필요 없다. 헤스버거가 진정한 갑이다. 원래 뚜르꾸에도 맥도날드가 많이 있었지만 헤스버거에 밀려 지금은 거의 남아 있지 않다고 한다.

데니스Dennis는 뚜르꾸 최초의 피자 가게다. 최초의 피자집이라는 명성과 맛집이라는 유명세에 걸맞게 언제나 사람들로 바글바글했다. 마늘이 중요한 식재료이다 보니 가게 안은 온통 마늘로 꾸며져 있었고, 피자 모양의 시계가 특히 인상적이었다. 피자와 파스타, 샐러드가 맛있었던 것은 물론 직원들도 친절했다. 뚜르꾸에 가게 된다면 한 번쯤 들러보라고 추천하고 싶은 곳이다.

핀란드 사람들은 대부분 커피로 하루를 열고 마무리도 커피와 함께한다. 대개 커피를 진하게 마시는데, 이렇게 강한 커피 맛에 익숙해지기 위해서는 우유나 뿔라Pulla라는 이름의 달콤한 빵이 제격이다. 손님이 오면 커피와 뿔라를 대접하는 경우가 많을 정도로 뿔라는 핀란드를 대표하는 먹거리 중 하나다. 따루가 안내한 유명 빵집 카페 브라헤Cafe Brahe의 뿔라는 그야말로 별미였다.

쌀빵은 전통 핀란드 빵으로 언제 어디서나 쉽게 구할 수 있을 뿐만 아니라 굉장히 저렴하다. 버터와 우유에 쌀죽을 쑤어 얇은 호밀 반죽 안에 넣고 오븐에 구워 만드는데, 그냥 먹어도 맛있지만 살짝 데워 버터를 발라 먹어도 맛있다. 안에 넣는 재료도 감자나 당근 등으로 다양하다.

맛집을 논하는 데 술에 대한 얘기가 빠질 수 없다. 막걸리 마시다 서로 친해진 사이인 만큼 우리의 여행에서 다양한 술을 맛보는 경험은 필수적이고 중요하다. 뚜르꾸에는 많은 술집이 있는데, 여기에는 뚜르꾸만의 특징이 있었다. 바로 옛 건물을 그대로 보존한 채 운영되는 경우가 많았다. 옛 수도답게 오래된 건물

따루 얼굴 크기만 한 뿔라,
커피와 잘 어울린다.

언제 어디서나 볼 수 있는
핀란드인의 대표 간식,
쌀빵.

이 많은 이곳에서 우리가 찾아간 첫 번째 장소는 '학교'를 뜻하는 꼬울루Koulu라는 술집이었다. 마치 책을 들고 공부를 시작해야 할 것처럼 책상과 의자, 칠판이 놓여 있었는데 칠판 위에는 수학 공식과 영어 단어 대신 각종 술과 안주의 가격이 표기되어 있었다. 야경을 보기 위해 해가 질 무렵 찾아간 '약국'이라는 의미의 우우시 아쁘떼끼Uusi Apteekki에서는 키다리 직원이 한국어로 우리를 반갑게 맞았던 것이 기억에 남는다. 이 두 가게는 상호처럼 원래 건물의 용도가 학교와 약국이었다고 한다. 오래된 것을 부수고 바로 새로운 건물을 뚝딱 지어 올리는 작금에 옛 건물을 그대로 살려 술집을 운영하는 것은 재미를 떠나 본받고 싶은 모습이었다. 한국에서도 조금만 느리게, 한 번만 더 생각하고 건물을 짓는 공감대가 형성될 수 있기를 바라며, 저물어가는 날의 끝자락을 술잔에 담아 보냈다.

천국이 있다면 바로 여기!

난딸리Naantali 무민월드Moomin World

뚜르꾸 주변에는 가볼 만한 도시가 몇 군데 있다. 난딸리Naantali 가 그중 하나인데, 그곳에는 내가 꼭 가야 할 이유가 있었다. 바로, 무민! 무민 캐릭터에 푹 빠진 뒤부터 꼭 한 번 무민월드Moomin World에 가보고 싶었다. 그런데 핀란드는 영토 대비 인구가 많지 않아 아무리 인기 있는 테마파크라 해도 사계절 내내 오픈하는 일이 없다고 한다. 무민월드도 1년 중 여름에만 잠깐 문을 열기 때문에 개장할 시기에 맞춰 여행을 하는 것도 어느 정도 운이 따라줘야 가능한 일이었다. 그리고 이번에 드디어 그 기회가 왔으니 어찌 놓칠 수 있겠는가! 무조건 가야 했다.

난딸리가 휴양지이다 보니 무민월드로 가는 길에는 다양한 모습의 요트와 입맛을 자극하는 레스트랑, 카페가 가득했다. 어린아이처럼 두근거리는 설렘을 갖고 무민월드에 도착하자 우리를 반기는 듯 무민월드의 깃발이 힘차게 휘날리고 있었다. 안에 들어가니 데이트를 즐기러 온 연인, 부모와 온 아이들로 왁자지

다양한 무민 캐릭터가 관광객을 맞이한다.
우리도 사이좋게 한 컷!

껄했다. 특히 일본인이 많이 보였는데, 오래전부터 일본에서 무민의 인기가 높았음을 생각해보면 자연스러운 풍경이었다. 심지어 무민월드에서 결혼식을 하는 사람도 있다 하니 일본인의 무민 사랑은 가히 대단하다 하겠다.

예상은 했지만 이곳에 오니 기분이 날아갈 것만 같았다. 누가 보면 나이 먹고 주책이라고 할 만큼 들떠서 시간이 어찌 가는 줄 모를 지경이었다. 어린이들과 친구라고 해도 믿을 판이었다. 그래도 어쩌리. 신나고 좋은 것을. 오히려 나이 먹고 세월이 흘러도 이렇게 순수한 마음으로 좋아할 수 있는 무언가가 있다는 것이 행운 아닐까.

무민월드는 산림과 호수가 어우러져 자연과 함께할 수 있는 곳이었다. 캠핑장을 떠올리는 텐트와 그물 침대가 우리를 유혹했다. 따루는 어린 시절이 생각났는지 모래 장난을 하며 많이 웃었다.

계속 걷다 보니 무민을 중심으로 모험가 무민파파, 순수하고 따뜻한 무민마마, 무민의 '여친' 스노크 메이든, 스너프킨, 헤물렌, 리틀미, 그로크가 나타나 우리를 반갑게 맞이해주었다. 뭐니 뭐니 해도 가장 즐거웠던 것은 무민 가족의 집에 들어가 본 경험이다. 동화 속 나라를 재현한 파스텔 톤 무민의 집에는 다양한 소품이 가득했다. 누워보고 싶은 침대와 옷장, 예쁜 액자, 주방 용품 등이 어린

동화 속 나라를 재현한 무민의 집. 내부는 무민의 소품들로 가득하다.

시절로 돌아간 듯한 기분을 선사했다.

이렇게 멋진 무민의 캐릭터 상품들을 서울까지 가져가고 싶은 마음에 부랴부랴 기념품점으로 향했다. 가게에 있는 상품들은 하나같이 내 구매 욕구에 불을 당길 만큼 귀엽고 예쁘고 실용적이었다. 심사숙고 끝에 무민파파의 얼굴이 큼직하게 그려진 티셔츠를 골랐는데 거기에는 '위스키'라 쓰여 있었다. 위스키는 무민파파가 즐겨 마시는 술이다. 역시 난 알코올과 친할 수밖에 없는 운명인가 보다.

대통령 지지율이 80%가 넘는 나라

꿀따란따Kultaranta

세계 각국 지도자 가운데 퇴임 시 지지도가 집권 초 지지도를 능가하는 사례는 좀처럼 보기 어려운 것이 사실인데, 어디나 예외는 있게 마련. 핀란드 최초의 여성 대통령 따르야 할로넨의 경우, 집권 초 지지율은 50%였으나 퇴임 시에는 80%를 넘나들었다고 하니 우리로서는 선뜻 상상하기 힘든 일이다. 현 대통령 사울리 니니스또Sauli Niinistö는 지지율이 무려 86%에 이르렀다고 한다.

난딸리는 대통령의 여름 별장인 꿀따란따Kultaranta로 유명한 곳이다. 꿀따란따는 황금 해변golden beach이라는 뜻이다. 대통령의 별장에 일반인들이 맘대로 들어가도 되는지 우려되었는데 다들 자유롭게 그곳의 시설을 둘러보고 있었다. 멋진 여름 별장의 풍광을 잊지 않기 위해서 정성 들여 셔터를 누르는 배낭여행객, 벤치에 앉아 여유롭게 담소를 나누는 노부부, 알콩달콩 산책하는 커플…. 우리도 질세라 하트를 그려가며 카메라 앞에서 모델이 되어보았다. 이토록 모든 것이 국민에게 열려 있기에 대통령의 지지도가 높은 것일까?

어째서 나의 육체는 이렇게도 중력에 순응하는가. 시간아, 멈추어 다오!

한편 난딸리에서는 리조트와 해변을 빼놓을 수 없다. 연인, 가족, 친구끼리 모여 바비큐 파티를 열기에 좋아 보였고, 핀란드 하면 떠오르는 단어 중의 하나인 사우나 시설도 갖추어져 있었다. 아직 여름이 아니라 수영을 하는 사람은 없었지만 조용하고 운치 있는 해변은 산책하기에 안성맞춤이었다. 아름다운 해변을 그냥 떠나는 것이 아쉬워 따루와 함께 점프를 해가며 사진을 찍었는데, 이를 어쩌나. 뛴다고 뛰었는데 사진을 보니 따루와 너무 비교가 되는 모습이다. 시간아, 멈추어 다오.

난딸리의 아름다운 해변가에 자리 잡은 꿀따란따 골프장은 저렴한 가격으로 초보자부터 상급자까지의 모든 골퍼가 즐길 수 있는 공간이다. 또한 방대한 오크로 둘러싸인 군도(群島)가 바라다보이는 천혜의 자연 환경을 자랑한다. 우리도 골프장 앞에서 마치 프로 골퍼가 된 것처럼 스윙하는 동작을 취해보았다. 아름다운 자연과 멋진 풍광이 동심으로 돌아가게 만드는 것일까. 그날의 기억은 지금도 내 마음속에 잔잔한 물결로 남아 있다.

타임머신을 타고 날아간 곳

오래된 도시 라우마Rauma

라우마Rauma는 뚜르꾸에서 1시간 30분 거리에 위치해 있어 당일치기로 갔다 올 수 있는 곳이다. 라우마는 1682년에 일어난 화재로 거의 잿더미가 되다시피 했는데 구시가지에서 가장 중요한 부분을 차지하는 목조 건물은 대부분 18~19세기에 지어진 것이었다. 이에 중세도시의 모습을 해치지 않는 방향으로 재건하려 한 덕분에 성당을 제외한 시청과 수많은 개인 주택은 옛날과 다름없이 완벽한 목조 건물로 지어졌다. 그 덕분에 라우마 구시가지Old Rauma는 스칸디나비아에 남아 있는 가장 큰 목조 건물 거리가 되었다.

현재 박물관으로 사용되고 있는 시청 건물은 1775~1776년에 재건된 것이다. 지붕 위에 종탑을 겸한 시계탑이 있는데, 이처럼 18세기 초에 세워진 몇몇 건축물의 정면에는 아직까지 그 흔적이 남아 있다. 건물이 대부분 노란색, 하늘색, 분홍색 등의 파스텔 색상으로 칠해져 있는 이유도 고기를 잡으러 나갔던 남편이나 자식들이 돌아올 때 쉽게 집을 찾아올 수 있도록 아내와 어머니가 배려한 흔적이라고 한다. 창문은 이중 구조로 되어 있어 긴 추위에 대비할 수 있도록 만들어졌다.

박물관으로 사용되고 있는 구(舊) 시청 건물과 옛 흔적이 남아 있는 라우마의 거리

보트니아Bothnia 만과 맞닿아 있는 항구도시 라우마는 인구 4만 명을 헤아리는 도시다. 넓은 면적의 목조 건물들은 신시가지의 철과 콘크리트 세계와 선명한 대조를 이룬다. 1991년 세계문화유산으로 등재된 도시답게 거리에는 고풍스러운 분위기와 옛날 냄새가 물씬 풍겼다. 도시 전체가 모두 문화재라고 생각하니 한 걸음 한 걸음 내딛는 발걸음이 조금 느려졌다. 단순히 보존을 위해 조성한 것이 아니라 지금도 마을에 사람들이 살고 있다는 점이 매우 마음에 들었다. 라우마의 구시가지는 단지 먼 옛날의 모습을 박물관처럼 재현하고 있는 것이 아니라 역사와 전통을 계승하고 그 발자취를 표현하고 있는 공간이었다.

라우마는 또한 레이스의 도시이기도 하다. 이곳에서 레이스가 발달한 이유는 고기를 잡으러 멀리 떠난 남편과 아들이 무사히 집으로 돌아오기를 기다리면서 시간을 보냈던 여인들 때문이 아닌가 싶다. 정성 들여 레이스를 짜면서 기도하는 마음으로 가족들을 생각했던 옛 여인들의 모습이 유리창 너머로 보이는 순백의 레이스와 오버랩되었다.

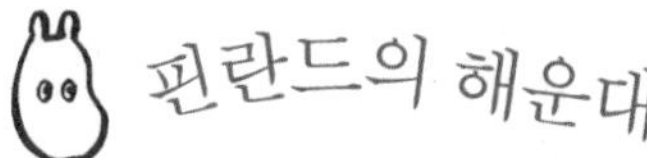

핀란드의 해운대

사막과 바다가 공존하는 공간, 뽀리Pori

뽀리Pori는 라우마에서 한 시간도 채 안 되는 거리에 위치해 있으며 핀란드 최대 규모의 모래 해안으로 유명하다. 뽀리. 처음 이 도시 이름을 들었을 때 입안에서 발음되는 어감이 좋아 한번 가보고 싶다는 생각을 했다. 왠지 뽀리에 가면 그 발음처럼 좋은 일이 생길 것만 같았다. 그리고 그런 기대를 충족시켜주는 곳이 있었으니, 바로 으떼리 해수욕장Yyteri Beach이었다.

으떼리 해수욕장은 핀란드의 해운대라고 할 수 있을 정도로 대중적인 해변이다. 우리가 방문했던 시기는 8월 중순으로 이때는 이미 선선해지기 시작한 시점이라 해수욕장은 기대와 달리 상당히 한산했다. 해변에는 일광욕을 즐기는 사람, 신나게 뛰어다니는 아이들, 멋진 풍경을 카메라에 담아내는 아저씨, 즐거운 표정의 젊은이들, 모래를 가지고 무언가를 열심히 만들고 있는 꼬마들이 있었다. 매점을 찾기 위해 조금은 다리품을 팔아야 한다는 점이 불편했지만 이러한 소박함이 으떼리 해수욕장만의 매력이었다.

신기한 것은 모래사막처럼 보이는 공간과 해수욕장이 한곳에 있다는 점이었다. 뭔가 낯선 풍경이지만 신선했다. 어쩌면 사막의 열기와 목마름을 경험하는 동시에 탁 트인 바다를 볼 수 있기에 이곳이 사람들에게 더욱더 소중하게 느껴지는 것은 아닐까 생각해보았다.

탁 트인 으떼리 해변.
그런데 반대쪽은
사막의 모습이다.

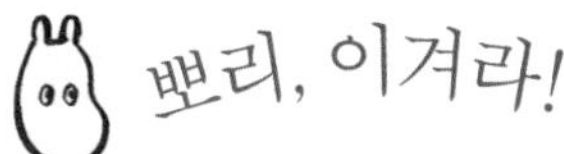

뽀리, 이겨라!

핀란드식 야구 뻬시스Pesis

핀란드에서 야구를 본다는 상상… 안 해봤다. 핀란드에 오기 전까지 나는 수많은 사람과 비슷한 생각을 했다. 핀란드에서는 왠지 겨울 스포츠만 즐길 것이라고 생각했던 것이다. 핀란드 사람들이 알면 뭐라고 할지 조금은 부끄럽다.

나의 편견과 다르게 핀란드에서는 야구가 인기다. 야구 팬을 넘어 최초로 한국 야구에 대한 논문을 쓴 나로서는 핀란드의 야구와 우리의 야구가 과연 어떻게 다르고 무엇이 비슷한지 궁금했다.

경기장에 빽빽이 주차되어 있는 차들이 중요한 시합이 있다는 사실을 알려주었다. 경기장 앞 안내표지판에는 뽀리의 상징이기도 한 곰돌이가 야구공을 입에 물고, 손에 야구배트를 댄 모습으로 그려져 있었다. 바로 뽀리 베어스Pori Bears였다. 객석을 가득 메운 사람들이 열기를 그대로 드러내고 있었다.

그런데 이게 어찌된 일인지, 게임을 펼치는 선수들을 보고 있자니 내가 지금 야구를 보는 것이 맞나 싶은 착각이 들었다. 그 정도로 유니폼이 화려했다. 문구가 빈틈없이 수놓아진 유니폼은 바뿌 때 대학생들이 입고 있던 옷과 비슷했다.

오늘은 뽀리와 라우마의 준결승이 펼쳐지는 날. 우리나라의 야구장보다는 규모가 많이 작지만 삼삼오오 옹기종기 모여 앉아 각자의 응원 팀을 향해 박수를 치는 모습이 참 정겨웠다. 지글지글 구워지고 있는 소시지와 아이스크림이 경기장에서 만날 수 있는 먹거리의 전부였다.

그리고 우리의 야구와 규칙이 상당히 달랐다. 핀란드의 야구 뻬시스Pesis에서는 외야가 좁은 탓에 각 베이스 간 진루가 어려웠다. 또한 외야수가 공을 잡았을 때 주자가 베이스에 있지 않으면 아웃이 되었다. 우리의 야구에서 도루가 허용되는 것과 다른 점이었다. 정석대로 치고 달리며 정직하게 플레이하기. 운동경기에서도 핀란드인의 국민성이 보이는 듯했다. 또한 일반적으로 야구 경기에서는 코치나 감독이 더그아웃에서 상대편이 눈치채지 못하도록 조용히 작전을 지시하지만 뻬시스에서는 당당히 선수 옆에 서서 작전 지시를 했다.

우리나라에서처럼 열정적이고 체계적인 응원 문화나 다양한 먹거리가 존재하는 것은 아니지만 다 함께 흥겨이 박수를 치면서 각자의 팀을 응원하는 '팬심'을 직접 눈으로 보니 은근히 기분이 좋았다. 다음번에는 기회 되는 대로 핀란드 스포츠의 상징, 아이스하키 경기를 보러 가야겠다. 하지만 오늘만큼은 뽀리가 내 고향이라고 여기며 큰 소리로 응원했다.

"뽀리, 이겨라."

화려한 유니폼을 입은
선수들이 경기를 벌이고 있다.
저 배트 모양의 부채(?)는
무슨 용도일까?

오늘만큼은 뽀리가
내 고향이다.
뽀리 야구팀을 응원하며!

노인들도 살기 좋은 나라

따루 할머니와의 만남

뽀리에 사신다는 따루 할머니를 뵙기 위해 한 복지시설을 찾았다. 단풍집 Ruskatalot이라는 이름의 복지시설은 굉장히 깔끔했다. 넓은 응접실의 해바라기 덕에 밝은 분위기가 느껴졌고 책장에는 책이 가득 꽂혀 있었다. 할머니의 방인 26호로 가는 도중에 응접실에서 친구들과 담소를 나누고 계신 할머니를 발견했다. 따루를 보더니 굉장히 반가워하며 방으로 우리를 안내해주셨다. 아흔이 훨씬 넘으신 연세에도 매우 정정하고 활기가 넘치는 분이었다.

우리를 위해 손수 내려주신 커피와 팬케이크, 달콤한 과자를 먹으며 알아듣지는 못하지만 따루의 통역으로 할머니와 눈을 마주치며 즐거운 한때를 보냈다. 일찍 조부모님이 돌아가신 터라 할머니를 보니 어릴 때 생각이 났다. 몇 분 지나지 않아서 간호사가 들어오더니 할머니의 혈압과 체온을 체크하고 갔다. 이곳에 거주하고 있는 모든 사람은 이렇게 정해진 시간에 건강을 확인하고 다양한 문화생활을 하며 시간을 보낸다. 곧이어 따루의 작은아버지 부부가 오셨다. 거의 매일 출근하다시피 어머니를 찾아온다는 작은아버지 부부를 보니 요양원에 홀로 계신 수많은 우리의 어르신이 생각났다.

핀란드 사람들은 대부분 이러한 복지시설에서 여생을 보낸다. 자신을 부양할 자식이 없어서가 아니라 이런 시설에서 또래 친구들과 함께 생활하는 것이 더 편하고 즐겁다는 인식 때문이다. 또한 시설에 있다고 해서 가족과 단절된 채 살아가는 것이 절대 아니다. 따루의 작은아버지처럼 하루가 멀다 하고 찾아오는 자식들이 있으니 가족과의 관계가 오히려 함께 살 때보다 정겹고 친밀하다고 한다. 시설에 상주하는 의료진으로부터 건강검진과 치료를 받을 수 있다는

따루의 할머니, 작은아버지 부부와 함께

점도 장점으로 꼽을 수 있다.

핀란드는 노인복지가 잘 되어 있는 나라다. 특별한 자격 조건 없이 누구나 원하면 양로원에 갈 수 있기 때문에 돈이 없어 양로원에 가지 못하는 경우는 없다. 또한 핀란드는 63세 이상 모든 국민에게 연금 수급권을 부여한다. 일반 국민연금 및 소득 비례 지급 연금 혜택을 받을 수 있다. 일반 국민연금은 수혜자의 부와 소득수준에 따라 다르게 지급되는데, 매월 450~500유로가량(60만 원 전후) 지급된다고 한다. 소득 비례 지급 연금의 경우 대개 일반 국민연금보다 액수가 많은 것이 보통이다.

핀란드가 복지 강국인 것은 익히 알고 있었지만, 노인 절대 빈곤율이 OECD 국가 1위이며 독거노인들의 빈곤과 건강, 고독사 문제가 사회적 문제로 대두되고 있는 한국의 현실이 생각나 새삼 부러운 마음이 들었다.

이제는 소위 100세 시대다. 하지만 그에 걸맞은 노인 복지는 아직도 요원하다. 이곳 사람들처럼 행복하고 건강하게, 무엇보다 외롭지 않게 남은 삶을 즐길 수 있는 문화가 한국 사회에도 정착되기를 간절히 바란다.

뚜르꾸Turku는 핀란드의 가장 오래된 도시이며 옛 수도다. 인구 18만 명의 뚜르꾸는 1200년대에 아우라 강을 중심으로 형성되었다. 핀란드 중세의 모든 역사가 담겨 있었지만 1827년 대화재로 모두 소실되었다. 뚜르꾸는 현재는 문화도시로 유명하며 핀란드의 공식적인 크리스마스 도시이기도 하다. 뚜르꾸 인근 바다가 아름다운 것으로 유명하다. 섬이 4만 개나 있다.

따루의 **추천 볼거리**

뚜르꾸 성 TURKU CASTLE

1280년대에 지어진 핀란드의 대표 관광지 중 하나. 시내에서 걸어가기에는 조금 멀지만 중앙광장에서 1번 버스를 타면 금방이다. 6월부터 8월까지는 매일 진행되는 전문 가이드 투어를 추천한다.

개장시간 화~일 오전 10시~오후 6시, 6월부터 8월까지는 매일 오전 10시~오후 6시. 전문 가이드 투어는 하루 6차례 진행 (오전 11시 10분, 오후 12시 10분, 오후 1시 10분, 오후 2시 10분, 오후 3시 10분, 오후 4시 10분)

입장료 9유로, 전문 가이드 투어는 3유로

주소 Linnankatu 80.

교통편 중앙광장에서 1번 버스, 시내에서 도보 35분

전화 +358 2 262 0300

www.turunlinna.fi

©Krisa Kallanen/VisitFinland

뚜르꾸 대성당 TURKU CATHEDRAL

1300년에 성모 마리아와 핀란드의 첫 번째 주교, 성 헨리를 위해 봉헌된 기독 루터교의 중앙 교회. 6월부터 8월까지 화요일 저녁 8시와 수요일 오후 2시에 무료 음악회가 열린다.

개장시간 매일 오전 9시~오후 6시 (예배시간 제외)
입장료 없음. 단, 대성당 박물관 입장료는 2유로
주소 Tuomiokirkkokatu 1
교통편 2번, 2A번, 4번, 32번, 40번, 42번, 50번, 51번, 53번, 54번, 55번, 56번 버스. 시내에서 도보 5분
전화 +358 2 261 7100
www.turunseurakunnat.fi/portal/en/turku_cathedral

뚜르꾸 마켓광장 TURKU MARKET SQUARE

뚜르꾸의 심장이며 중심지. 채소와 과일부터 생선, 빵, 꽃, 수공예품 등 다양한 상품이 판매된다. 핀란드에는 가격을 흥정하는 문화가 거의 없지만 이곳에서는 많은 양을 살 경우 시도해 봐도 좋다. 모든 시내버스는 마켓광장 정류장에서 출발한다.

영업시간 월~금 오전 7시~오후 6시, 토 오전 7시~오후 3시
주소 Kauppatori, Turku

뚜르꾸 시립도서관 TURKU LIBRARY

뚜르꾸 시민들의 거실이라고 불리는 곳으로 비가 오거나 피곤할 때 최고의 여행 코스다. 소파와 누울 수 있는 공간이 있는 아늑한 곳이다. 르네상스와 현대 건축 양식이 어우러져 있다. 와이파이도 '빵빵'하다.

개장시간 월~금 오전 9시~오후 8시, 토 오전 10시~오후 4시, 일 오후 12시~오후 6시
입장료 없음
주소 Linnankatu 2
전화 +358 2 262 0681
www.turku.fi/en/library

시벨리우스 박물관 SIBELIUS MUSEUM

시벨리우스의 음악세계에 대한 설명을 듣고 음악을 감상할 수 있는 공간이다. 전시되어 있는 다양한 종류의 악기를 살펴보는 것도 재미. 봄과 가을에는 수요일마다 음악

회가 열린다.

개장시간 화~일 오전 11시~오후 4시. 수요일은 오후 8시까지 개관한다. 월 휴무

입장료 4유로(사전 예약 시 가이드 포함), 18세 미만 무료, 음악회는 10유로

주소 Piispankatu 17

교통편 2번, 2A번, 4번, 32번, 40번, 42번, 50번, 51번, 53번, 54번, 55번, 56번 버스, 시내에서 도보 15분

전화 +358 2 215 4494

www.sibeliusmuseum.fi

 약국 박물관 & 크웬셀 하우스

PHARMACY MUSEUM & QWENSEL HOUSE

크웬셀 하우스는 뚜르꾸의 가장 오래된 부르주아 가옥이다. 건물 한쪽에는 1800년대의 약국이 그대로 보존된 박물관이 있다. 이 박물관에 오는 이유는 카페 크웬셀 Cafe Qwensel 때문이다. 안쪽 마당에 숨어 있는 카페 크웬셀은 뚜르꾸의 가장 '러블리'한 카페라고 해도 과언이 아니다.

개장시간 5월부터 8월까지 화~일 오전 10시~오후 6시, 월 휴무, 그 외 시간은 홈페이지 참조

입장료 4.50유로, 가족 9.50유로(4명 기준)

주소 Läntinen Rantakatu 13b

전화 +358 2 262 0280

www.turku.fi/en/pharmacymuseum

 루오스따린매끼 수공예 박물관

LUOSTARINMÄKI HANDICRAFTS MUSEUM

1827년 뚜르꾸 대화재 때 유일하게 타지 않았던 건물로 200여 년 전 모습이 그대로 보존된 곳이다. 한국의 민속촌이라고 생각하면 된다. 옛날 뚜르꾸의 이야기가 궁금하면 전통 복장을 입고 있는 사람들에게 말을 걸어보자. 핀란드 사람들은 수줍어서 누군가 먼저 말을 걸어주기를 기다리고 있다.

개장시간 6월 1일부터 8월 말까지 오전 10시~오후 6시, 그 외 시간은 홈페이지 참조

입장료 6유로, 가족 티켓 (어른 2명, 아이 2명) 15.50유로, 7세 미만 무료, 전문 가이드 투어는 3유로

주소 Vartiovuorenkatu 2

교통편 3번, 12번, 18번 버스, 시내에서 도보 10분

전화 +358 2 262 0350

www.turku.fi/en/handicraftsmuseum

 아보아 베투스 & 아르스 노바

ABOA VETUS & ARS NOVA

뚜르꾸의 중세기 생활을 그대로 경험할 수 있는 박물관이다. 건물 자체가 유적지로 다양한 전시를 볼 수 있다. 박물관 내 아울라Aula 카페는 주말 브런치가 맛있는 것으로 유명하다.

개장시간 매일 오전 11시~오후 7시

입장료 9유로, 무료 영어 전문 가이드 투어는 7월부터 8월까지 매일 오전 11시 30분

주소 Itäinen Rantakatu 4-6

교통편 아우라 강 바로 옆에 있다. 13번, 61번 버스, 시내에서 도보 5분

전화 +358 20 7 181 640

www.aboavetusarsnova.fi

루잇살로 RUISSALO

뚜르꾸 마켓광장에서 8번 버스를 타면 갈 수 있는 섬으로 해수욕장, 캠핑장, 골프장이 있는 최고의 휴양지다. 겨울 수영도 가능하다. 저녁 6시 정도에 바닷가에 앉아 있으면 커다란 바이킹 라인과 실야 라인의 페리가 바로 눈앞에서 지나가는 것을 볼 수 있다.

개장시간 아무 때나 갈 수 있지만 겨울 수영은 화요일과 목요일 오후 3시~오후 7시, 토요일과 일요일은 밤 12시~오후 5시까지 가능하다.

디나모 DYNAMO

1997년부터 뚜르꾸의 전설이 된 곳으로 꼭 가봐야 하는 곳 중 하나다. 보통 언더그라운드와 인디 음악 위주다. 분위기는 말로 설명하기 어려울 정도로 특이하고 오묘하니 직접 가볼 것! 핀란드 클럽은 보통 밤 12시가 넘어서 사람들이 모이기 시작한다.

영업시간 화~토 오후 9시~새벽 4시

입장료 평일에는 없지만 주말 12시 이후에는 4유로. 특별 공연이 있는 날에는 다를 수 있다.

주소 Linnankatu 7

전화 +358 2 250 4904

www.dynamoklubi.com

카리비아 스파 호텔

CARIBIA SPA HOTEL

숙소로서도 좋지만 비 오는 날에 스파 하러 가기에 좋은 곳이다. 실내 수영장에는 사우나와 다양한 탕, 아이들을 위한 시설이 많다. 아로마테라피 마사지도 받을 수 있다. 특히 이곳의 스팀 사우나는 피부 미용에 탁월하다. 호텔 투숙객 이외에는 수건을 지급하지 않으니 챙겨 갈 것. 헤스버거, 하바나 식당 등 맛집도 많다.

스파 영업시간 월~토 오전 10시~오후 8시, 일 오전 10시~오후 9시

스파 입장료 호텔 투숙객은 무료, 외부인은 월~목 16유로, 금~일 18유로

교통편 마켓광장에서 54번 버스

주소 Kongressikuja 1

전화 +358 30 687 4200

www.holidayclubresorts.com/en/resorts/caribia

©VisitFinland

몽크 MONK

뚜르꾸의 유일한 재즈클럽이다. 2주에 한 번씩 토요일에는 살사 클럽, 클럽 솔Club Sol이 열린다. 술값이 정말 싸다. 샴페인 한 병 14유로, 한 잔에 2.50유로! 공연 있

는 날에는 테이블에 앉아서 문자로 술을 주문할 수 있는 것이 특징이다.

입장료 보통 없음 (단, 외투를 입었을 경우 옷을 맡겨야 하는데 그 비용은 2.50유로이다)

영업시간 금~토 오후 9시~새벽 4시, 살사클럽은 오후 9시~오전 1시

주소 Humalistonkatu 3

전화 +358 2 251 2444

www.monk.fi

 베누스 나이트라이프 VENUS NIGHTLIFE

유명한 아티스트들이 자주 공연하는 클럽. 바도 있고 디스코도 있다. 대략 2주일에 한 번 정도 금요일 살사클럽도 열린다.

영업시간 수~목 오후 10시~새벽 4시, 금~토 오후 9시~새벽 4시

입장료 수~목 입장료 없음, 금~토 그때그때 다름

주소 Aurakatu 6

전화 +358 2 284 3300

www.venusnightlife.fi

따루의 **추천 먹거리**

 닉스 푸드 디자인 NICK'S FOOD DESIGN

아는 사람만 안다고 할 정도로 조용히 강한 맛집이다. 홈메이드 점심을 먹으려고 사람들이 11시부터 줄을 선다. 점심 식사 후 아름다운 아우라 강을 따라 산책하다가 시벨리우스 박물관과 대성당을 구경하면 일석삼조다.

영업시간 월~금 오전 11시~오후 2시, 토 오전 11시~오후 3시

가격 샐러드 뷔페 8유로, 점심 수프(샐러드와 빵 포함) 8.40유로, 뷔페 9.70유로, 12세 미만 5유로, 5세 미만 무료, 토요일 브런치는 18유로

주소 Helsinginkatu 15

전화 +358 440 993 903

www.food-design.fi

 후스 린드만 HUS LINDMAN

고급스러운 환경에서 착한 가격에 먹을 수 있는 최고의 점심 식당이다. 매일 바뀌는 핀란드식 점심 메뉴, 신선한 재료를 사용하는 것이 특징이며 특히 핀란드식 청어조림을 맛볼 수 있는 곳이다. 놓치면 후회한다. 시벨리우스 박물관 옆에 있다.

영업시간 월~금 오전 11시~오후 3시, 수~금 저녁식사 오후 4시~오후 8시 30분

가격 점심 뷔페 16.80유로, 메인 메뉴와 샐러드 9.80유로, 채식 점심 뷔페 9.80유로

주소 Piispankatu 15 (시벨리우스 박물관 옆)

전화 +358 400 446 100

www.huli.fi

예세스 다인 JESSE'S DINE

스깐씨Skanssi 쇼핑센터에 위치한 식당으로 점심때만 문을 연다. 하나부터 열까지 직접 만들고 매일 바뀌는 신선한 메뉴가 군침을 돌게 만든다. 맛난 디저트도 점심 값에 포함되어 있다! 최근에 난딸리 골프Naantali Golf에 2호점을 오픈했다.

영업시간 월~금 오전 11시~오후 14시

가격 점심 뷔페 9.50유로

주소 Skanssinkatu 10

전화 +358 45 164 5364

www.jessesdine.fi

헤스버거 HESBURGER

뚜르꾸에 간다면 꼭 먹어야 하는 음식, 바로 헤스버거다. 뚜르꾸에서 시작한 햄버거 체인인데 특히 호밀버거 맛이 일품이다. 뚜르꾸 여기저기에 많이 보인다.

www.hesburger.fi

마미 MAMI

핀란드의 가장 맛있는 식당 top 10에 선정된 맛집이다. 점심 때 부담 없는 가격으로 최고의 요리를 즐길 수 있다.

영업시간 점심 화~금 오전 11시~오후 3시, 저녁 화~금 오후 5시~오후 10시, 토 오후 1시~오후 10시, 일~월은 휴무

가격 점심 7.70유로~10.20유로, 저녁 메인 메뉴는 20유로~28유로

주소 Linnankatu 3

전화 +358 2 231 1111

www.mami.fi

델리 다르바 DELHI DARBAR

이딸라 아웃렛Ittala Outlet 근처에 있는 인도 요리 전문점이다. 빈자리가 없을 정도로 인기가 좋다. 뚜르꾸의 가장 맛있는 인도식당으로 뽑혔으며 현지인들로 북적북적하다.

영업시간 월~목 오전 10시 30분~오후 10시, 금 오전 10시 30분~오후 11시, 토 오후 12시~오후 11시, 일 오후 12시~오후 10시

가격 8.80유로~11.90유로, 저녁 메인 메뉴는 12유로부터

주소 Hämeenkatu 8

전화 +358 2 233 3988

www.delhidarbar.fi

까스끼스 KASKIS

핀란드 요리잡지 글로리아Gloria의 독자들이 투표해서 뽑은 2014년의 베스트 식당. 멋진 저녁을 원한다면 이곳을 추천한다.
영업시간 화~목 오후 4시~오후 11시, 금~토 오후 4시~오후 12시, 일~월 휴무
가격 에피타이저 10유로, 메인 메뉴 20유로~27유로, 디저트 9.50유로. 코스요리 59유로
주소 Kaskenkatu 6 A
전화 +358 44 723 0200
www.kaskis.fi

레스토랑 데니스 RISTORANTE DENNIS

핀란드 최초의 피자 가게 데니스는 1975년에 문을 열었다. 이탈리아인 사장님의 이름을 딴 이곳의 피자는 맛도 있지만 어마어마한 크기로 유명하다. 헬싱키, 땀뻬레에도 분점이 있다.
영업시간 월~목 오전 11시~오후 11시, 금 오전 11시~오후11시 30분, 토 오후 12시~오후 11시 30분, 일 오후 12시 20분~오후 10시
가격 점심 9.60유로, 피자 15.30유로~16.40유로, 파스타 14.50유로~15.90유로
주소 Linnankatu 17
전화 +358 2 469 1191
www.dennis.fi

띤토 TINTÅ

식사를 해도 되고 술을 마셔도 좋은 곳이다. 특히 와인 리스트가 다양한데, 저녁때는 손님이 많으니 예약하고 가는 것이 안전하다. 시립도서관 바로 맞은편에 있다.
영업시간 월 오전 11시~오후 11시, 화~목 오전 11시~새벽 1시, 금 오전 11시~새벽 2시, 토 오후 12시~새벽 2시, 일 낮 12시~밤 12시
가격 점심 수프+빵 7.50유로, 샐러드 뷔페 9.90유로, 피자 12유로~16유로, 금요일마다 스테이크정식 14.50유로. 저녁은 12유로부터
주소 Läntinen Rantakatu 9
전화 +358 2 230 7023
www.tinta.fi

카페 크웬셀 CAFE QWENSEL

1700년대에 지은 건물에 위치한 로맨틱한 카페. 안쪽 마당에 숨어 있어서 아는 사람만 안다는 그곳! 약국 박물관 바로 뒤에 있다. 모든 빵과 케이크를 직접 만든다.
영업시간 매일 오전 10시~오후 4시, 단 1월부터 4월까지는 영업을 하지 않음
주소 Läntinen Rantakatu 13 B
전화 +358 50 395 0021
www.cafeqwensel.fi

카페 아트 CAFE ART

뚜르꾸에서 가장 맛있는 커피를 자랑하는 인기 카페. '올해의 바리스타상'을 무려 7회나 수상한 마스터 바리스타가 원두를 직접 볶아서 커피를 내린다. 맛난 케이크도 다 직접 만든다.
영업시간 월~금 오전 10시~오후 7시, 토 오전 10시~

오후 5시, 일 오전 11시~오후 5시
가격 커피 2유로~4유로
주소 Läntinen Rantakatu 5
전화 +358 40 158 3383
www.cafeart.fi

디 올드 뱅크 THE OLD BANK

1907년부터 쭉 은행으로 사용되던 건물에 1993년에 술집이 들어섰다. 맥주와 알코올이 들어 있는 사이다 종류가 다양하다.
영업시간 일~월 오후 12시~밤 12시, 화~목 오후 12시~새벽 2시, 금~토 오후 12시~새벽 3시
주소 Aurakatu 3
전화 +358 2 274 5700
www.oldbank.fi

삼빠린나 SAMPPALINNA

150년의 역사를 자랑하는 식당으로 메뉴도 다양하고 주변 환경이 정말 아름답다. 주말 브런치 '강추'!
영업시간 홈페이지 참조
가격 점심 10유로, 브런치 18.50유로
주소 Itäinen Rantakatu 10
전화 +358 10 764 5391
www.samppalinna.fi

가구이 카펠라 GAGGUI KAFFELA

2014년에 개업한 이후 꾸준히 현지인들의 사랑을 받는 카페. 모든 빵과 케이크를 직접 만들며 커피도 뚜르꾸에서 볶는 원두를 쓴다.
영업시간 화~금 오전 10시~저녁 7시, 토 오전 10시~오후 6시, 일 오후 12시~오후 6시, 월 휴무
주소 Humalistonkatu 15 A
www.gaggui.com

알울라 카페 AULA CAFE

아보아 베투스 & 아르스 노바 건물에 있는 식당 겸 커피숍이다. 브런치가 맛있는 것으로 유명하다. 특히 라이브 재즈 음악을 감상하면서 즐길 수 있는 토요일 브런치가 인기다.
영업시간 매일 오전 11시~오후 6시, 점심 월~금 오전 11시~오후 3시, 브런치 토~일 오전 11시~오후 3시
가격 점심 수프 7.50유로, 샐러드 뷔페 8.50유로, 수프+샐러드 뷔페 10유로, 토요일 재즈 브런치 19유로, 일요일 브런치 15유로
주소 Itäinen Rantakatu 4~6
전화 +358 20 718 1649
www.aulacafe.fi

바르 또이미스또 BAR TOIMISTO

뚜르꾸에서 가장 저렴한 맥주를 판매하는 곳. 피자, 버거, 샐러드 등의 안주도 판다. 매일 오후 9시부터 가라오케 이용도 가능하다. 당구도 무료로 칠 수 있다. '진짜' 핀란드 사람들을 만날 수 있는 곳이다.
영업시간 목~토 오전 9시~새벽 3시, 일~수 오전 9시~새벽 2시
가격 맥주 400cc에 3유로, 롱드링크나 사이다 한 잔에 3.60유로

주소 Kaskenkatu 3
전화 +358 44 589 8846
www.bartoimisto.fi

 꼬울루 Koulu

뚜르꾸의 대표 양조장 식당으로 원래는 학교로 사용되던 곳이다. 핀란드의 술집으로선 드물게 안주도 판다.

영업시간 매일 오전 11시~새벽 2시, 점심은 오전 11시~오후 2시
가격 점심 8유로~9.70유로, A la Carte는 18유로부터, 안주 13유로부터
주소 Eerikinkatu 18
전화 +358 2 274 5757
www.panimoravintolakoulu.fi

 떼렌뻴리 Teerenpeli

라띠에서 설립한 양조장인데 요즘은 뚜르꾸를 비롯해서 헬싱키, 땀뻬레 등에도 운영 중이다. 떼렌뻴리는 '썸'이라는 뜻이다. 수제맥주에 안주도 판다

영업시간 일~목 오후 12시~새벽 2시, 금~토 오후 12시~새벽 3시
주소 Eerikinkatu 8
전화 +358 42 492 5280
www.teerenpeli.com

 펍 워털루 Pub WaterLoo

1933년부터 1986년까지 공용 화장실이었던 건물이 1997년에 술집으로 변했다. 영국 스타일의 펍으로 음식도 판매한다.

영업시간 월~목 오후 3시~밤 12시, 금 오후 3시~새벽 2시, 토 오후 1시~새벽 2시, 일 오후 3시~오후 10시
주소 Puutori
전화 +358 2 233 8123
www.waterloo.fi

 우우시 아쁘떼끼 Uusi Apteekki

원래 약국이었던 건물을 그대로 술집으로 바꾼 유명한 곳이다. 100년 전의 인테리어가 그대로 보존되고 있다. 안주는 판매하지 않는다. '2015년의 맥줏집'으로 선정될 만큼 훌륭한 맥주 맛을 자랑한다.

영업시간 매일 오전 10시~새벽 2시
주소 Kaskenkatu 1
전화 +358 2 250 2595
www.uusiapteekki.fi

뚜르꾸 식당 검색 www.raflaamo.fi/fi/turku/ravintolat

뚜르꾸 실내 전통시장

TURKU MARKET HALL

1896년부터 같은 자리에 위치해 있다. 뚜르꾸의 가장 오래된 초밥집부터 인기 있는 채식 식당까지 맛있는 식당이 많다. 치즈, 순록고기, 생선, 유기농 빵 등 지역 특산품이 많다.

영업시간 월~금 오전 8시~오후 6시, 토 오전 8시~오후 4시, 일 휴무

주소 Eerikinkatu 16

전화 +358 2 262 4126

www.kauppahalli.fi

아이또이 숍 AITOI SHOP

마켓광장 근처에 위치한 귀여운 수공예품을 파는 가게다. 특히 고양이를 좋아하는 나로서는 껌뻑 죽을 수밖에 없는 귀여운 고양이가 있다. 지름신 강림을 조심하자!

영업시간 월~금 오전 10시~오후 6시, 토 오전 10시~오후 3시

주소 Eerikinkatu 9

전화 +358 44 532 0024

www.aitoi.fi

난소 숍 NANSO SHOP

한국에서는 아직 낯설지만 품질도 좋고 디자인도 예쁜 핀란드 의류 브랜드다. 난소의 옷을 입으면 벗기 싫을 정도로 편하다.

영업시간 월~금 오전 10시~오후 9시, 토 오전 9시~오후 6시, 일 오후 12시~오후 6시

주소 Yliopistonkatu 14

전화 +358 40 727 0243

www.nansoshop.com

스토크만 STOCKMANN

핀란드의 프리미엄 백화점. 그렇다고 엄청 비싼 것은 아니다. 국내외의 다양한 브랜드를 판매하고 있다.

영업시간 월~금 오전 9시~오후 8시, 토 오전 9시~오후 7시, 일 오전 11시~오후 6시

주소 Yliopistonkatu 22

전화 +358 9 1211

www.stockmann.com

이딸라 아웃렛 IITTALA OUTLET

한국에서도 인기 만점인 이딸라Iittala 제품을 저렴하게 구매할 수 있는 곳이다. 2등급 제품이 많지만 1등급과 별 다른 차이가 없는 것 같다. 면세가 되는 것이 장점.
영업시간 월~금 오전 9시~오후 7시, 토 오전 9시~오후 4시, 일 오후 12시~오후 4시
주소 Hämeenkatu 6
교통편 50번, 55번, 2번, 2A번, 221번 버스, 시내에서 도보 20분
전화 +358 20 439 3547
www.iittala.com

쿠이 디자인 로컬 숍
KUI DESIGN LOCAL SHOP

뚜르꾸 지역 디자이너들의 제품을 파는 예쁜 가게. 관광안내센터 옆에 있다. 인테리어부터 아기 옷, 액세서리, 도자기까지 다양한 물건을 취급한다.
영업시간 월~금 오전 11시~오후 6시, 토 오전 11시~오후 4시
주소 Läntinen Rantakatu 13 A
전화 +358 44 572 6198
www.kuidesign.fi

스깐시 쇼핑센터
SKANSSI SHOPPING CENTER

유럽에서 가장 친환경적인 쇼핑몰이며 비가 오는 날에 놀러가기 좋은 곳이다. 아이들을 위한 어드벤처 플로우 파크Flow Park가 바로 옆에 있다. 특히 예세스 다인이라는 식당이 가볼 만하다. 얼굴보다 큰 계피빵을 파는 카페 브라헤Cafe Brahe도 좋다.
영업시간 월~금 오전 8시~오후 9시, 토 오전 8시~오후 6시, 일 오후 12시~오후 6시. 가게마다 영업시간이 조금씩 다를 수 있음
주소 Skanssinkatu 10
교통편 9번, 99번, 221번 버스
전화 +358 40 195 3742
www.skanssi.fi

뿌나이넨 노르수 PUNAINEN NORSU

'빨간 코끼리'라는 뜻을 가진 유아용 의복 매장. 아기자기한 옷을 보면 아기에게 입혀 보고 싶을 정도다.
영업시간 화~금 오전 11시~오후 6시, 토 오전 11시~오후 3시, 일 휴무
주소 Forum Kortteli
전화 +358 44 501 1510
www.punainennorsu.com

한사 쇼핑센터
HANSA SHOPPING CENTER

시내 마켓광장 앞에 위치한 쇼핑센터. 마리메꼬Marimekko부터 얼굴보다 큰 계피빵을 파는 카페 브라헤Cafe Brahe까지, 거의 모든 것이 있다.
영업시간 가게마다 조금씩 다른데 최소한 월~금 오전 10시~오후 8시, 토 오전 10시~오후 6시, 일 오후 12

시~오후 6시
주소 Hansakortteli
전화 +358 10 281 2050
www.kauppakeskushansa.fi

소꼬스 Sokos

마켓광장 바로 앞에 위치한 백화점인데 한국 백화점과 달리 가격이 저렴하다. 이딸라, 마리메꼬, 난소 등 핀란드 브랜드 외에도 외국 유명 브랜드도 판매한다.

영업시간 월~금 오전 8시~오후 9시, 토 오전 9시~오후 9시, 일 오전 10시~오후 6시
주소 Eerikinkatu 11
전화 +358 10 76 5020
www.sokos.fi/fi/sokos/myymalat/sokos-wiklund-turku

뮐르 쇼핑센터

Mylly Shopping Center

뚜르꾸 바로 옆 도시 라이시오'Raisio'에 위치하는 이 쇼핑센터는 뚜르꾸 지역의 가장 큰 쇼핑센터다. 없는 것이 없기 때문에 특히 비 오는 날에는 탁월한 선택이다.

영업시간 월~금 오전 10시~오후 9시, 토 오전 9시~오후 6시, 일 오후 12시~오후 6시
주소 Myllykatu 1
교통편 220번, 221번, 300번 버스
전화 +358 2 332 3000
www.kauppakeskusmylly.fi

뚜르꾸 관광청 www.visitturku.fi/en
뚜르꾸 archipelago www.saaristo.org

난딸리

난딸리Naantali는 핀란드의 가장 아름다운 여름 도시라고 해도 과언이 아니다. 1443년에 핀란드 교회 지도자들이 수도원을 설립한 것이 난딸리의 시작이었다. 난딸리는 대통령의 별장부터 고품격 골프장과 귀여운 무민월드까지 관광객들의 마음을 사로잡을 매력을 가진 해변가 도시다.

따루의 **추천 놀거리**

무민월드 MUUMIMAAILMA

사랑스러운 무민 가족들을 만날 수 있는 난딸리의 대표 관광지. 아이들뿐만 아니라 어른들도 좋아할 공간이다.

영업시간 6월 중순부터 8월까지 매일 오전 10시~오후 6시, 자세한 날짜는 홈페이지 참조. 또한 매년 2월 겨울방학 기간에 1주일 동안 개장

입장료 인터넷으로 구입 시 27유로, 매표소에서 구입 시 28유로

주소 Tuulensuunkatu 14, Naantali

교통편 뚜르꾸 마켓광장에서 6번, 7번, 7A번, 201번, 203번 버스. 뚜르꾸 항과 뚜르꾸 시내의 호텔에서 무민월드로 바로 갈 수 있는 '무민버스'가 있다.

전화 +358 2 511 1111

www.muumimaailma.fi

따루의 **추천 볼거리**

 꿀따란따 정원

KULTARANTA GARDEN

1916년에 완공된 대통령 별장으로 핀란드의 가장 인기 있는 관광지 중 하나다. 정원이 관광객들에게 개방되어 있다.

개장시간 6월~8월 매주 금 오후 6시~오후 8시, 4월 중순~5월 말, 9월~10월 매주 목 오후 6시~오후 8시

입장료 없음. 가이드 투어를 예약할 수 있다.(13유로)

주소 Kordelininkatu 1, Naantali

교통편 뚜르꾸 마켓광장에서 201번, 203번, N2번 버스, 40분 내외 소요

전화 +358 2 435 9800 (난딸리 관광청)

www.visitnaantalifinland.com/kultaranta-garden

 난딸리 스파 호텔

NAANTALI SPA HOTEL

6회나 '올해의 컨벤션 호텔'로 선정될 만큼 고품격 서비스를 자랑하는 스파 겸 호텔이다. 특히 핀란드 어르신들이 많이 찾는 곳이다. 호텔 식당의 점심 뷔페를 추천한다.

스파 영업시간 월~토 오전 8시~오후 8시, 일 오전 8시~오후 7시

스파 입장료 호텔 투숙객은 무료, 외부인은 일~금 20유로, 토 24유로, 가족 티켓은 일~금 50유로, 토 65유로

주소 Matkailijantie 2, Naantali

교통편 뚜르꾸 마켓광장에서 6번, 7번, 7A번, 201번, 203번 버스, 35분 내외 소요

전화 +358 2 445 5100

www.naantalispa.fi

난딸리 관광청 visitnaantalifinland.com

라우마Rauma는 1442년에 세워진 항구도시다. 유네스코 문화유산으로 등재된 구시가지, 레이스축제, 독특한 억양의 사투리로 유명한 도시다. 여름에 방문하는 것이 좋다.

따루의 **추천 볼거리**

구시가지 OLD CITY

유네스코 문화유산으로 등재된 라우마 구시가지는 옛 세월의 향기를 그대로 느낄 수 있는 곳이다. 스칸디나비아에서 중세 목조 가옥이 가장 많이 보존되어 있으며 그 안에서는 여전히 사람들이 거주한다. 200여 개의 아기자기한 상점, 갤러리, 박물관, 식당, 카페 등이 관광객들을 유혹한다. 7월의 수요일, 목요일, 토요일, 일요일에는 가이드와 함께 하는 투어 프로그램도 있다(6유로).

성 십자가의 교회
CHURCH OF THE HOLY CROSS

400년대 말에 건설되었고 중세 프레스코화를 감상할 수 있는 곳이다.

개장시간 월~금 오전 10시~오후 4시, 토 오전 11시~오후 3시, 일 오전 10시~오후 3시

입장료 없음

주소 Luostarinkatu 1, Rauma

따루의 추천 놀거리

레이스 위크 LACE WEEK

매년 7월에 열리는 라우마의 대표적인 축제로 수만 명이 몰릴 정도로 성황을 이룬다. 1971년부터 시작되었으며 레이스뿐만 아니라 다양한 콘서트, 행사 등이 개최된다. 미스 레이스 대회도 열리니 관심 있는 사람들은 살펴보시길!

www.pitsiviikko.fi

따루의 추천 먹거리

반한 라우만 껠라리 WANHAN RAUMAN KELLARI

1967년에 영업을 시작한 이 식당에서는 핀란드의 전통적 맛을 느낄 수 있다. 바닷가 도시답게 생선요리가 다양하며 스테이크도 맛있는 것으로 유명하다.

영업시간 월 오전 11시~오후 10시, 화~목 오전 11시~오후 11시, 금~토 오전 11시~밤 12시, 일 오후 12시~오후 10시

가격대 메인 메뉴 14.20유로~33유로

주소 Anundilankatu 8, Rauma

전화 +358 2 8666 700

www.wrk.fi

라우마 관광청 www.visitrauma.fi

뽀리Pori는 1558년에 바닷가에 세워진 도시로 내 아버지의 고향이다. 6km에 이르는 백사장을 자랑하며 원래 해저지형이었던 이유로 산이나 고개가 없이 평평하다. 핀란드인들의 휴양지로 인기 만점으로 여름 별장이 가장 많은 지역 중 하나이기도 하다. 핀란드에서 여름이 가장 아름다운 도시로 세계적으로 유명한 재즈 페스티벌인 뽀리 재즈Pori Jazz가 열린다.

따루의 **추천 볼거리**

유셀리우스 마우소레움
JUSELIUS MAUSOLEUM

뽀리의 귀족 F.A. 유셀리우스가 11살의 어린 나이에 죽은 딸 시그리드Sigrid를 추모하기 위하여 세운 뽀리의 가장 유명한 볼거리다. 딸의 관이 여전히 보관되고 있다.

개장시간 5월부터 8월까지 매일 오전 11시~오후 4시, 9월부터 4월까지 일 오후 12시~오후 3시

입장료 없음

주소 Käppärän hautausmaa, Maantiekatu 33, Pori

교통편 뽀리 버스터미널에서 32번, 41번, 7번 버스, 15분 내외 소요

전화 +358 400 309 778

www.maisa.fi/en/tourist/to-see-and-do/juselius-mausoleum

©VisitFinland

 께스끼 뽀리 교회 KESKI-PORI CHURCH

1863년에 지은 신고딕 양식의 교회로 꼬께매끼Kokemäki 강에 위치해 있다. 주철로 만든 타워가 특징이다.
개장시간 5월~ 8월 매일 오전 11시~오후 4시, 9월~ 4월 일 오후 12시~오후 3시
입장료 없음
주소 Yrjönkatu 1, Pori
교통편 뽀리 버스터미널에서 64번 버스, 6분 내외 소요
전화 +358 400 309 840

따루의 **추천 놀거리**

©VisitFinland

 으떼리 해수욕장 YYTERI BEACH

6km에 이르는 으떼리는 핀란드의 해운대라고 생각하면 된다. 깊이가 얕아서 안전하게 물놀이를 할 수 있고 여름에는 다양한 콘서트, 행사가 펼쳐진다. 서핑과 골프도 가능하다. 골프장 뒤에는 개들을 위한 해수욕장이 따로 준비되어 있다. 누드비치도 있으니 관심 있는 사람은 가볼 것!
개장시간 아무 때나
입장료 없음
주소 Yyterinsantojentie, Pori
교통편 뽀리 버스터미널에서 32번 버스
www.yyteri.fi

 끼르유린루오또 공원 KIRJURINLUOTO PARK

해가 쨍쨍한 날에 산책 가기 좋은 곳으로 특히 아이들이 좋아한다. 해적선, 앵그리버드 파크, 부모와 함께 교통규칙을 배울 수 있는 곳까지, 다양한 활동을 할 수 있다. 세계적으로 유명한 뽀리 재즈 페스티벌Pori Jazz Festival이 매년 7월에 이곳에서 열린다.

개장시간 아무 때나

입장료 없음

주소 Kirjurinluodontie, Pori

교통편 뽀리 버스터미널에서 12번 버스

따루의 **추천 먹거리**

 그릴리 뽀리 GRILLI-PORI

뽀리 스타일의 빵으로 꼭 추천하고 싶은 메뉴다. 두툼한 햄과 샐러드를 함께 빵에 넣어서 만든 뽀릴라이넨은 소박하면서도 정직한 맛이다. 100% 고기버거도 추천한다. 이른바 핀란드의 해장 음식이기 때문에 주말에는 새벽까지 영업한다.

영업시간 월~목 오전 10시 30분~오후 11시, 금~토 오전 10시 30분~새벽 4시 30분, 일 오후 12시~오후 11시

주소 Juhana Herttuantie 19, Pori

전화 +358 2 633 4044

교통편 뽀리 버스터미널에서 도보 5분

www.facebook.com/GrilliPori

뽀리 관광청 www.maisa.fi/en

핀란드인과 사우나

핀란드 하면 빼놓을 수 없는 것 중에 하나가 바로 사우나다. 한국에도 사우나가 널리 퍼져 있지만 사우나라는 단어 자체가 핀란드어라는 것을 아는 사람은 많지 않을 것 같다. 아마도 세계에 널리 퍼진 유일한 핀란드 말이 아닐까?

핀란드 사우나의 역사는 대략 일만 년 전으로 거슬러 올라간다. 지금의 핀란드 지역에 정착한 사람들이 지름 2~3m, 깊이 1m 정도의 구덩이를 파서 중앙에 돌을 쌓고 장작을 태워 돌을 달군 다음, 거기서 나오는 열기를 쬐었던 것이 사우나의 시작이다. 1500년 전 통나무로 지은 훈제사우나가 일반화되었고 1900년대부터는 굴뚝이 달린 통나무사우나가 흔해졌다. 이처럼 사우나는 핀란드인과 떼려야 뗄 수 없는 문화다.

핀란드 사람들에게 사우나는 신성한 장소이기도 하다. 사우나에는 사우나의 신이 살고 있어 시끄럽게 떠들거나 욕을 하면 신의 노여움을 사 벌을 받는다고 믿었다. 요즘도 그 영향으로 사우나에서는 조용히 하는 것이 예의다. 또한 사우나는 그 안에서 아이를 낳거나 시체를 씻는 등 생명과 연관된 곳이기도 하며 부항을 뜨고 지압도 받는 등 치료소로서의 역할도 담당했다. 아마도 그 당시에 사우나만큼 위생적인 곳이 없었기 때문일 것이다. '사우나, 타르, 술로 치료 안 되면 불치병이다'라는 속담이 있을 정도로 핀란드인은 사우나의 힘을 믿고 의존했다.

일반적으로 사우나에 들어가면 중앙에 난로가 있고 그 위에 주먹만 한 돌멩이가 얹혀 있다. 전통적인 사우나는 장작을 태워 돌을 데웠지만 요즘은 전기도 많이 사용된다. 돌을 데우는 이유는 이 위에 물을 뿌려 그 증기로 사우나를 하기 위해서다. 그런 이유로 핀란드 사우나는 건조하지 않고 온도를 조절하기 쉽다.

사우나에서는 자작나무 가지를 다발로 묶어 뜨거운 물에 담갔다가 꺼내 몸을 때리는 안마를 한다. 이 나무 다발을 동쪽 핀란드에서는 바스따vasta로, 서쪽에서는 비흐따vihta 라고 부르는데 보통 봄에 만들어서 1년 내내 사용한다.

한국에는 대중목욕탕에 가야 사우나를 접할 수 있지만 핀란드에는 거의 집집마다 사우나가 있다. 아파트에는 세대마다 사우나를 설치하는 것이 어렵지만 그럴 경우, 반드시 아파트 안에 공용 사우나를 지어야 한다는 의무규정이 있으므로 걱정할 건 없다. 핀란드인에게 토요일은 으레 사우나를 하는 날이며, 명절이나 기타 중요한 날에도 사우나는 빠질 수 없다.

여행 중에 사우나를 하고 싶다면 호텔 사우나를 이용하거나 수영장, 헬스장에 딸린 곳을 이용해도 좋다.

03 땀뻬레 Tampere

자연과 공업이 조화를 이루는 도시

땀뻬레는 핀란드 최고의 공업 도시다.
호수에 둘러싸인 지역적 환경으로 인해 수력발전이 발달한 곳이다.
공장이 많다 보니 노동자들의 의견을 모으기 위한
노동조합이 발달된 도시이기도 하다. 주위 도시와는 조금 다른 빛깔의
땀뻬레를 향해 떨리는 발걸음을 옮겨본다.

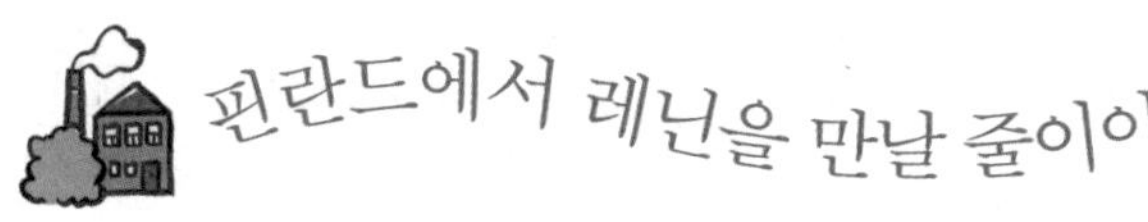

핀란드에서 레닌을 만날 줄이야

레닌 박물관Lenin Museum

네시 호수Näsijärvi와 퓌헤 호수Pyhäjärvi를 연결해주는 작은 땀메르꼬스끼Tammerkoski 급류가 지나는 곳에 위치한 땀뻬레는 1779년 구스타브Gustav 3세에 의해 건설되었으며, 핀란드를 대표하는 공업도시다. 급류를 이용해 공장 운영에 필요한 수력 에너지를 생산할 수 있었기 때문이다. 특히 가죽 · 섬유 · 금속 · 제지공업이 발달된 곳으로 각종 공장과 IT 업체가 밀집해 있어 첨단 기술, 연구 개발, 교육, 문화, 스포츠, 비즈니스 등의 거점 도시로서 많은 이들의 관심을 받고 있으며 2010년 조사에서 '가장 살고 싶은 도시'로 뽑히기도 했다.

공업도시이지만 화석 연료 대신 수력발전을 이용하는 관계로 대기오염이 없고, 호수로 둘러싸여 있어 자연환경과 완벽한 조화를 이룰 정도로 아름다운 경치를 자랑한다. 또한 핀란드에서 세 번째로 큰 도시이기도 하다.

내게 땀뻬레는 공업도시보다 따루의 여동생이 살고 있는 도시로서의 의미가 강하다. 땀뻬레도 둘러보고 여행 정보도 얻을 겸, 따루의 동생 집을 방문하기로 했다. 숙박도 해결하고 여행도 할 수 있으니 그야말로 금상첨화, 일석이조다. 그곳까지 가기 전에 간단히 땀뻬레 시내를 둘러보기로 했다.

땀뻬레에서 가장 큰 쇼핑몰인 꼬스끼께스꾸스Koskikeskus에서 런치 뷔페를 배부르게 먹고 향한 곳은 바로 레닌 박물관Lenin Museum. 땀뻬레를 방문하는 여행자라면 한 번쯤 들르는 곳 중 하나로 규모는 그리 크지 않지만 레닌의 생애와 그의 사상을 알 수 있는 유품과 서적, 신문, 사진 등 각종 자료와 소품이 빼곡히 전시되어 있는 곳이다. 2015년은 레닌이 탄생한 지 145주년이 되는 해이기도 하여 나에게는 방문의 의미가 충분했다. 모스크바의 레닌 중앙 박물관이 문을 닫은 후 현재 레닌의 자료를 접할 수 있는 박물관은 핀란드의 땀뻬레가 유일하다고 한다.

하지만 러시아도 아닌 핀란드의 땀뻬레에 왜 레닌 박물관이 있을까? 따루에게 그 이유를 물어봤더니 레닌이 오랜 기간 머물며 러시아혁명을 준비했던 곳이 바로 땀뻬레라는 대답이 돌아왔다.

"핀란드하고 레닌은 깊은 인연이 있어. 레닌이 핀란드에 관심이 많았고 특히 핀란드의 독립을 지지하는 글을 쓰기도 했대. 그 당시 핀란드가 러시아 지배하에 있었잖아. 끝까지 핀란드의 독립을 지지해준 레닌에게 핀란드 사람들도 고마워했지. 그리고 땀뻬레의 지금 박물관이 있는 위치에서 스탈린과 처음 만났고 중요한 회의를 이곳에서 많이 했대. 그러니 박물관이 여기에 만들어진 것은 어찌 보면 자연스러운 결과지."

현재 박물관이 있는 건물은 그 시절 땀뻬레 노동자들의 공간으로 사용되었던 곳이고, 2013년까지 핀란드·러시아 협회에서 소유·관리해 오다가 2014년에 노동자박물관 베스르따스Werstas의 소유가 되었다. 노동자들이 실제 생활하던 공간에 노동자들의 권리를 대변했던 레닌의 박물관을 세우다니. 레닌의 삶을 돌이켜보는 데 이보다 더 적합한 장소가 어디 있을까. 그야말로 역사적인 공간이자 중요한 장(場)이다. 매년 세계 각국에서 약 1~2만 명의 관람객이 이곳을 방문한다는데 학생들에게 사회과학 고전을 가르치는 나에게는 방문의 의미가 보다 크게 다가왔다.

레닌 동상 앞에서. 이곳이 러시아가 아니라 핀란드라는 사실이 왠지 어색하다.

레닌 박물관은 크게 2개의 홀로 나누어져 있었다. 첫 번째 공간에는 레닌의 생애와 업적이 정리되어 있고, 두 번째 공간에는 레닌과 핀란드의 역사적 관계가 시기별로 정리되어 있었다. 레닌이 앉았던 소파와 책상, 의자, 혁명을 함께했던 사람들의 사진, 편지 등과 같은 역사의 궤적을 따라 시대를 거슬러 올라가는 경험을 할 수 있었다.

문득 꽤 오래전의 「굿바이 레닌Good Bye, Lenin!」이라는 독일 영화가 떠올랐다. 베를린 장벽의 붕괴, 거리로 뛰쳐나온 동독인과 서독인, 그리고 통일을 알리는 자동차의 우스꽝스러운 행렬… 까마득한 옛이야기 같은 이 모든 기억이 1989년, 불과 26년 전의 일이다.

아래층으로 내려가니 박물관이라면 빠질 수 없는 곳, 기념품 매장이 있었다. 재미있게 생긴 마르크스 책갈피를 고르며 지갑을 꺼내 들었더니, 따루가 묘한 웃음을 지으면서 말했다.

"언니, 사상이 의심된다고 학교에서 강의 못하게 하는 것 아냐?"

"아냐. 자본주의가 그래도 좋지. 한국에서는 볼 수 없는 특이한 것이라 사는 거야."

웃으면서 대답했지만 왜 진땀이 나는 걸까? 레닌에 대한 자료를 볼 수 있는 세계 유일 박물관을 방문했다는 데 의의를 두며 다음 목적지, 따뜻한 차 한 잔과 간단히 요기를 할 수 있는 쁘니끼 전망대Pyynikki Observation Tower로 발걸음을 옮겼다.

이 정도 기념품은 문제없겠지? 근데 왜 진땀이 나는 거지….

뾰니끼 전망대에 오르니 땀뻬레 시내가 한눈에 들어왔다. 끝없이 펼쳐진 숲과 드넓은 호수에 '장관'이라는 말이 절로 나왔다. 아, 그런데 갑자기 비가 세차게 내렸다. 다시 보니 비가 아니라 눈이다. 5월에 눈이라니.

생각지도 않은 눈발과 쌀쌀한 바람을 마주하니 문득 커피 생각이 나서 전망대 1층의 카페로 향했다. 커피는 1.90유로(약 2,500원)로 한국보다 싼 편이었다. 싸고 맛있는 커피를 마시며 정면에 펼쳐진 자작나무숲을 바라보고 있자니 저절로 마음이 치유되는 것 같았다.

한국 사회에서는 십수 년 사이에 커피가 많은 사람의 일상이 되었다. 하지만 밥값보다 비싼 커피가 있을 정도로 터무니없이 비싼 느낌이 드는 것이 사실이다. 이에 반해 핀란드 커피는 정직하다. 세계 제일의 커피 소비국이라면 일반적

사진만 보면 봄인지 겨울인지 헷갈린다.
5월의 크리스마스라고 할까?

인 상식으로 유명 프랜차이즈 커피 전문점이 즐비할 것 같은데 핀란드에서는 스타벅스를 찾아보기 힘들다. 핀란드 사람들은 커피로 이윤을 추구하면서도 각자 취향에 맞는 커피를 정성껏 내려 손님들에게 대접하는 방법으로 커피를 소비하고 향유한다. 최소한의 이윤으로 최대한 많은 사람에게 양질의 커피를 보다 많이 제공하는 것. 이 선한 논리가 핀란드 커피의 기본을 이루고 있다. 역시 커피의 나라라는 명성은 괜히 얻는 게 아닌 듯하다. 그런데 이렇게 맛있는 커피를 따루는 왜 마시지 않는 건지 참으로 궁금하다.

자, 이제 아쉬움을 뒤로하고 따루의 동생 집으로 향할 시간이다.

얼떨결에 개최된 2개국의 '비정상회담'

따루의 동생 떼리히의 집에서

땀뻬레 시내에서 30여 분 걸려 따루의 동생 떼리히의 집에 도착했다. 현관문을 열자 떼리히와 예꾸, 유소라는 강아지 두 마리가 우리를 반겼다. 처음 본 손님에게 꼬리를 정신없이 흔들며 그저 좋다고 반기니 예쁘고 사랑스러웠다.

일을 마치고 퇴근한 떼리히는 멀리서 온 언니의 친구가 맥주를 좋아한다는 이야기를 듣자 따루에게 장을 보러 가자고 했다. 그런데 이게 웬일이지? 따루와 함께 장을 보러 나가면서 내게 집을 봐달라는 것이었다. 처음 보는 사람에게 집을 맡겨두고 가겠다고? 살짝 당황스러웠지만 그만큼 나를 믿는다는 뜻이기에 이내 고마운 마음이 들었고, 한편으로 이것이 핀란드의 정서임을 짐작하게 되었다. 믿는다는 것의 소중함. 한국 사회에 점점 불신이 깊어져가고 있어서일까. 떼리히의 마음가짐이 가슴 한 켠에 훈풍을 불어넣었다. 그렇게 나는 땀뻬레의 낯선 집에 도착한 지 몇 분도 안 돼 집을 지키는 사람이 되었다. 덕분에 강아지를 좋아하는 나로서는 귀여운 녀석들과 즐거운 시간을 보낼 수 있었다.

장을 보고 돌아온 떼리히는 정성스럽게 저녁상을 차렸고, 우리는 따루 어머니께서 싸주신 연어빵과 쌀빵을 곁들여 간단한 파티를 벌였다. 땀뻬레에서의 밤이 깊어갈 즈음, 갑자기 떼리히가 내게 물었다.

"핀란드에 와서 무엇이 가장 인상 깊었어? 한국하고 어떤 점이 달라?"

갑작스러운 질문에 당황해서인지 갑자기 그동안 여행하면서 느낀 것들이 떠오르지 않았다. 하지만 이 순간만큼은 내가 한국 대표였다. 투철한 사명감을 발휘해가며 느낀 점들을 말해나갔다.

"가장 인상 깊은 점은 어린아이를 키우는 엄마들이 살기 좋은 나라 같다는 생각이었어. 버스를 타고 전철을 타도 아기와 동행한 엄마들은 요금에 신경 쓰지 않고 탈 수 있더라. 엄마들을 위해 버스를 60도 정도 기울여주는 것을 보고 깜짝 놀랐어. 그리고 두 번째는 인간과 동물이 자연스럽게 살아가는 모습이 정말 부러웠어. '나는 인간, 너는 동물'이 아니라 더불어 살아가는 환경이 많이 부러워."

그렇게 우리는 가벼운 농담에서 시작해 본의 아니게 진지한 토론을 하게 되었다. 뭐랄까 한국과 핀란드 간 '비정상회담'이랄까? 우리는 특히 핀란드와 한국의 육아 시스템에 대해 많은 이야기를 나누었다. 단순히 출산율이 낮다는 이유만으로 아이를 낳으라고 하기보다 아이를 낳고 싶게 만드는, 아이들을 키우

따루의 동생 떼리히와 유소

기 좋은 나라로 만드는 것이 우선순위라는 생각이 들었다. 그러한 문화가 정착되기 위해서는 탁아 서비스나 육아휴직 제도 등의 사회복지만으로는 불가능하다. 국민과 정부, 사회가 더불어 살아가는 마음이 형성되어야 비로소 가능한 일일 것이다. 이렇게 두 양국 대표의 회담으로 땀뻬레에서의 첫날은 기분 좋게 마무리되었다.

'고마워, 떼리히. 우리의 다음 회담은 서울에서 개최하자.'

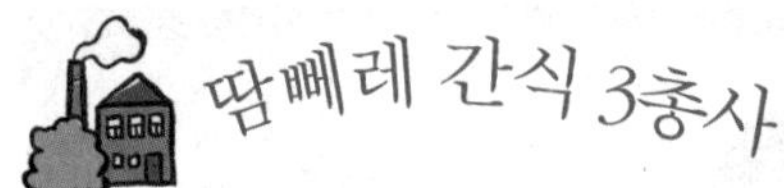

땀뻬레 간식 3총사

핀란드식 순대, 대박 와플, 안녕 아이스크림

그동안 내게 음식이란 배고픔을 달래기 위한 존재였다. 하지만 핀란드를 여행하면서 맛집의 중요성을 느끼게 되었다. 음식을 통해 서로 다른 문화를 공유할 수 있고 관심이 없던 나라에도 애정을 갖게 될 수 있음을 경험했기 때문이다. 땀뻬레에서도 특히 소개하고 싶은 음식이 몇 가지 있다.

먼저 아점을 먹기 위해 찾은 땀멜라 광장Tammelantori에 위치한 베이욘 꼬뀌뛰끼Veijon Kokkitykki의 점심 메뉴다. 이곳은 규모가 그리 크지 않지만 북적이는 사람들로 맛집이란 사실을 증명하고 있었다. 간단한 점심 메뉴를 주문했을 뿐인데 입에서 살살 녹는 연어수프가 넘칠 정도로 푸짐하게 담겨 나왔다. 다양한 생선 구이와 샐러드, 핀란드인의 주식 중의 하나인 감자 요리도 빠지지 않았다. 가격 대비 훌륭한 맛이었다. 특히 따뜻하고 고소한 연어수프는 서울에 돌아온 뒤에도 가끔씩 생각나는 추억의 음식이 되었다.

배도 부르겠다, 몸을 좀 움직일 겸 광장으로 걸어 나가니 거리 곳곳에 야채와 과일, 빵, 생선, 꽃뿐 아니라 다양한 수공예품 상점이 보였다. 따루가 어릴 때 자주 먹었다던 '키다리 사탕'도 있었다. 역시 시장 구경은 언제나 즐겁다.

"내가 언니를 여기 데리고 온 중요한 이유가 있지. 여기 땀뻬레에서만 먹을 수 있는 순대가 있어. 다른 곳에서는 먹을 수 없는 땀뻬레의 명물이랄까. 순대 좋아하지?"

"따루야, 사실은 나, 한국에서도 순대 먹어본 적 없는데…."

"헉, 언니! 순대를 안 먹어봤다구? 한국 사람 맞아?"

나는 색깔과 냄새에 좀 예민한 탓에 이때까지 한 번도 순대를 먹어보지 못했다. 하지만 핀란드 순대는 경험해보고 싶은 마음에 따루를 순순히 따라갔다. 따루가 나를 데리고 간 곳은 따뽈란Tapolan이라는 빨간 간판이 내걸린 이동식 순댓집이었다. 따루에게 알아서 주문하라고 해놓고도 긴장을 풀 수 없었다. 괜히 먹고 안색이 안 좋아지면 어쩌지 하는 걱정이 들었다. 그런데 따루가 가져온 순대는 내가 상상했던 것과 좀 다른 모습이었다.

"모양이 조금 다른데, 색깔은 비슷하네. 소금이나 고춧가루, 뭐 그런 거 찍어 먹는 것 아냐? 옆에 있는 진분홍색, 이건 뭐야?"

"여기서는 한국에서와 달리 링곤베리 잼에 찍어 먹어. 그리고 순대 안에 있는 것은 보리. 한번 먹어봐."

보리가 순대에? 베리 소스에 찍은 순대 한 조각을 생애 최초로 입 안에 넣었다. 솔직히 생각보다 괜찮았다. 비린내도 나지 않고 씹을수록 맛있었다. 최초의 순대 시식을 핀란드에서 성공적으로 경험하는 순간이었다. 베리와 순대가 과연 어울릴 수 있을까 의아했는데 달콤한 소스가 생각보다 어울렸다. 먹기 싫은 음식은 절대로 먹지 않는 내가 그래도 무사히 먹었다는 것은 그야말로 누구든지 먹을 수 있는 음식이란 말이 된다. 짐작건대 순대를 좋아하는 한국 사람들 중에는 핀란드식 순대를 사랑할 사람들이 많을 것 같다.

그다음은 와플이다. 이 세상 최고의 와플은 벨기에에 있다고 하지만 핀란드의 땀뻬레에도 엄연히 와플이 존재했으니, 그건 바로 떼리히가 추천해준 꾸빠리딸론 보흐벨리까흐빌라Kuparitalon Vohvelikahvila의 와플이었다. 카페에 들어가니 테이블은 거의 만석이었고 와플을 사기 위해 줄을 선 사람도 꽤 많았다. 파스텔 톤으로 꾸며진 카페 안은 여기 가만히 앉아 있는 것만으로도 포근한 느낌을 주었다. 아기자기하게 꾸며진 주전자와 식기류로 장식된 선반, 고풍스러운 그림들로 꾸며놓은 벽, 테이블마다 다른 꽃, 특히 투명한 유리 항아리 물통은 참 특이하고 예뻤다.

그리고 드디어! 우리가 주문한 와플이 나왔다. 모양도 예쁘지만 베리의 천국이라는 핀란드의 와플답게 베리가 듬뿍 들어 있고 그 위에 생크림까지 놓여 있었다.

"따루야, 이거 칼로리가 꽤 높을 것 같아."

"괜찮아. 맛있게 먹고, 우리는 또 많이 걸을 거잖아."

양손에
나이프와 포크!
준비됐습니다. 자, 이제
먹어볼까요?
이렇게
크고 먹음직스러운
와플도 다 있네.
스테이크 써는 것
같아.
그럼
나 먼저…
맛있겠지?
따루야,
와플집 사장님이
엄청 좋아하시겠다.
설거지까지 완벽하게
하고 가는 손님은
우리뿐이야.
히히

"아, 맞다. 많이 운동할 거니까."

그렇게 스스로를 합리화하며 와플을 입에 넣었다. 평소 달콤한 것을 그다지 좋아하지 않는데, 이 와플은 정말 맛있었다. 베리의 새콤함, 와플의 바삭함 그리고 생크림의 달콤함이 조화를 이루니 피곤함이 모두 사라지는 듯했다. 따루는 접시를 설거지할 기세였다. 가만히 생각해보니 핀란드 와플의 힘은 신선한 베리인 것 같았다.

마지막으로 땀뻬레의 아이스크림을 찾아 꼬스끼께스꾸스에 갔다. 이 대형 쇼핑몰은 윗층에서 아래층 내부 전경이 훤히 들여다보이게끔 설계되어 있었다. 바로 아래층이 다 보이게 하여 소비자들로 하여금 쇼핑하는 시간을 절약하고 과소비를 하지 않게 한다는 인상을 받았다. 소비가 유일한 덕목인 현대 자본주의 사회에서 소비를 조장하지 않다니. 괜히 기분 좋은 웃음이 나왔다.

여기저기 정신없이 돌아다니던 나를 따루가 정신 차리라며 끌고 간 곳은 유명한 아이스크림 가게 미네띠Minetti였다. 이 가게에는 유명한 아이스크림이 있다. 이름이 모로Moro인데, 이 말은 땀뻬레 사투리로 '안녕'이라는 뜻이란다. 아이스크림 이름이 '안녕'이라니! 마치 처음 보는 내게 건네는 말 같아 정겨운 느낌이었다. 안녕, 아이스크림! 달콤한 맛도 맛이지만 그 이름은 절대 잊지 못할 것 같다.

달콤한 아이스크림을 먹고 나니 1층에서 아름다운 여성들이 화려한 드레스를 입고 무대 위에 서 있는 것이 보였다.

"저기 봐. 뭐 하고 있는 거야?"

미스 땀뻬레 미녀들과. 얼굴만큼 마음도 예쁘구나.

"미스 땀뻬레 대회야. 한국으로 말하면 미스 대구, 미스 부산 이런 거지 뭐."

따루는 미스 땀뻬레 참가자 한 명에게 다가가 나와 사진을 같이 찍으면 좋겠다고 부탁했다. 혹시나 거절당하지 않을까 불안한 생각을 하고 있는데 부탁을 받은 사람이 동기들까지 불러 모아 사진을 찍자고 하는 게 아닌가. 얼굴 상태가 좋지 않았지만 언제는 좋았나 하는 생각에 마음씨 고운 미녀들과 사진을 찍고야 말았다. 바쁜 가운데 관광객을 위해 흔쾌히 시간을 내준 친절한 미스 땀뻬레 친구들에게 감사하다는 말을 다시 한 번 하고 싶다. 하지만 사진은… 따루야, 이 사진은 안 되겠다. 그냥 우리만 아는 추억으로 남기자.

땀뻬레 오리에 대한 슬픈 전설

인간과 동물이 더불어 사는 세상

땀뻬레 첫 방문에서 5월의 크리스마스를 경험한 뒤 여름에 다시 땀뻬레를 찾았다. 역시나 숙소는 떼리히의 집. 하루는 따루, 떼리히와 산책을 나섰다. 집 근처 호수에 오리가 많다고 떼리히가 귀띔해주었다. 오리라고? 사실 난 조류를 그다지 좋아하지 않는데, 끝없이 줄지어 수영하고 있는 오리들을 보니 자연스레 카메라 셔터를 누르게 되었다. 호수 앞으로는 시민들이 의자에 앉아 여유롭게 독서를 하거나 산책을 하고 있었다. 모든 풍경이 다 휴일의 풍경처럼 한가롭고 평화로워 보였다.

하지만 떼리히에게서 이 호수 오리들에 대한 슬픈 전설을 듣고 난 이후 오리들을 다른 눈으로 보게 되었다.

"아는 교수님이 오리고기를 선물로 주셨거든. 그런데 알고 봤더니 이 호수의 오리를 잡은 거더라고. 너무 충격이었어."

호수를 산책하면서 늘 가족처럼 만나던 오리를 잡아먹다니. 평소 동물보호나 환경에 관심이 많기 때문에 나는 이런 소리를 들으면 가슴이 아프다. '이참에 채식주의자가 될까? 하라면 못할 것도 없지.'라고 생각할 정도로 나는 동물들을 좋아한다. 동물 학대 기사나 영상을 보면 너무 속이 상하고 화가 난다. 따루 또한 마찬가지인데 아마 이런 공통점으로 인해 우리가 가까워질 수 있었던 것인지도 모른다.

물론 생태계가 원활하게 유지되기 위해서는 어느 정도 적자생존의 원칙이 적용되어야 함을 잘 안다. 하지만 동물을 학대하고 이유 없이 생명을 빼앗는 것은 별개의 일이다. 비단 유기견이나 유기묘뿐만 아니라 이 세상 모든 생명은 사랑받을 가치가 있다. 단지 동물이라는 이유로 학대당하는 친구들을 생각하니 오리들도 예사롭게 볼 수가 없었다.

'오리들아, 다음에 내가 다시 올 때까지 살아 있어야 해. 꼭 다시 만나자.'

그리고 그 뒤로 겨울에 땀뻬레에 간 적이 있는데, 그때 오리들을 다시 만날 수 있었다. 겨울의 땀뻬레는 봄과는 또 다른 매력을 가지고 있었다. 무더운 여름에 걸었던 숲길이 이제 새하얀 눈길이 되어 있었다. 그 위에 하얀 발자국을 남기며 걸어가는 기분이 상쾌했다. 예꾸와 유소도 눈밭에 몸을 부비며 기뻐했다. 그리고 그곳에서 오리들을 다시 조우했다. 이렇게 살아서 다시 만나다니 반갑다, 오리들아. 나보다 약한 생명을 아끼고 보살피는 사회가 되길 희망하며, 이국땅 오리들의 무사 안녕을 기원한다.

개업 음식은 먹어주는 게 예의 아니겠어?

골목골목마다 즐비한 디자인 상점

어느 도시를 가나 시내 투어 방법은 비슷하다. 조금은 힘이 들어도 걸어 다니는 방법과 자전거를 빌려 시내를 둘러보는 방법, 그리고 투어 버스를 타고 돌아다니면서 내리고 싶은 곳에서 내리고 다시 버스를 타는 방법이 있다. 물론 땀뻬레에서도 자전거를 빌릴 수 있고 버스를 타고 다닐 수 있다. 하지만 우리는 거리 구석구석을 구경하기 위해 걸어 다니는 방식을 택했다.

핀란드는 디자인의 천국이다. 물론 핀란드의 수도인 헬싱키에 있는 디자인 지구가 그 중심이 되기는 하지만, 핀란드의 디자인을 제대로 경험하고 싶다면 이외의 지역들도 유심히 살펴볼 것을 권하고 싶다. 조금만 주의 깊게 들여다보면 곳곳이 디자인적 감각으로 넘쳐난다는 사실을 알 수 있다.

우리가 오늘 구경할 곳은 거리상으로 그렇게 먼 곳은 아니다. 시청 광장을 지나고 땀메르꼬스끼를 건널 수 있는 다리도 지나니 어느새 디자인 가게들이 즐비한 지역이 나타난다. 땀메르꼬스끼의 서쪽에 웬만한 상점들이 몰려 있는 것으로 보면 된다. 한 상점에서 오래 머무르지만 않는다면 반나절 동안 다 둘러볼 수 있을 정도의 규모다. 하지만 장담하건대 아이쇼핑을 하다 보면 시간이 결코 충분하지 않을 것이다.

그중 베르까란따Verkaranta라는 곳에는 친환경주의를 표방한 캠핑 용품이 가득했다. 베틀로 직접 옷감을 짜는 광경을 볼 수 있었고, 다양한 핀란드 전통 의상도 구경할 수 있었다. 핀란드는 각 지역마다 전통 복장이 다르기 때문에 어떤 옷을 입느냐에 따라 어느 지역 사람인지를 알 수 있다고 한다. 우리나라로 치면 서울 한복, 경기도 한복, 경상도 한복이 다르다는 것이다.

빈티지한 느낌을 풍기면서도 색감이 화려한 상점, 물망초 빈티지 숍Forget-Me-Not Vintage Shop에서 따루는 인형과 장난감, 책가방, 옷, 모자, 신발 등에 마음을 뺏겨버렸다. 그러더니 유명 인사의 얼굴을 이용해 만든 귀걸이를 덜컥 지르고 만다. 나야 모르는 사람이지만 따루에게는 재미있는 물건이었을 것이다. 뭐랄까, 한국으로 따지면 신성일, 장미희, 전직 대통령 등의 얼굴을 귀에 거는 정도일까. 이 거리의 물건 하나하나에는 이처럼 개성이 스며 있었다.

그런데 우리나라에서와 달리 구매를 권하는 가게는 없었다. 우리나라에서는 보통 손님이 들어가자마자 “어서 오세요. 무슨 물건 찾으시나요? 한번 입어 보세요.” 등의 말로 손님을 정신없게 만들고도 남지 않은가. 손님들을 맞이하고 원하는 물건을 보여주는 데 그치지 않고 원하는 것이 아닌데도 무리하여 권하는 경우도 많은데, 그 친절함이 우리를 부담스럽게 만드는 것이 사실이다. 하지만 이곳에서는 그저 물건에 대해 물어보면 설명을 해줄 뿐이었다. 심지어 차 한 잔도 건네면서. 그 무심한 듯 섬세한 배려가 고마워 방명록을 적고 왔다. “한국에서 온 이연희. 차 잘 마시고 구경도 재미있게 하다 갑니다." 따루도 이에 질세라 방명록에 "가게 너무 아기자기하고 귀엽네요. 대박 나세요. 따루 왔다 감."이라고 적었다.

"따루야, 근데 넌 핀란드어로 써야 하는 것 아냐? 누가 보면 따루라는 이름의 한국 사람이 있는 줄 알겠다."

걷다가 우연히 들어간 한 가게에는 당근 모양 케이크와 음료가 차려져 있었다. 따루 말로는 개업 음식이라고 했다. 한국에도 개업하거나 이사를 하면 떡을

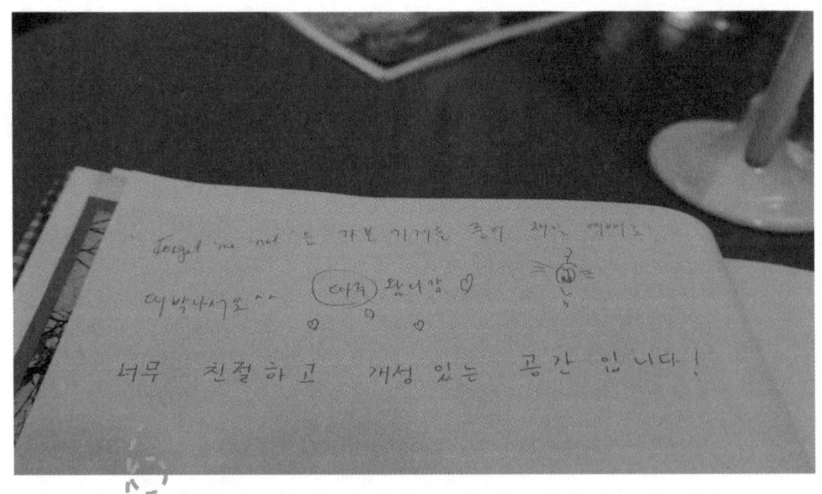

핀란드 사람이면서 한국말로 방명록을 작성하다니
따루야, 너 정말 핀란드 사람 맞는 거지?

개업 음식은
먹어주는 게 예의!
수지맞은 기분이다.

돌리는 전통이 있지 않은가. 나는 마트에 가서도 시식을 잘 하지 않는데, 그날은 여행의 흥 때문이었을까. 이 멀리까지 와서 체면 차려 뭣하겠느냐는 생각이 들었다. 에라, 모르겠다. 살짝 배도 고파지려던 참이고 무엇보다 개업 음식은 먹으라고 있는 것이니 먹어주는 게 예의 아니겠는가. 그렇게 기분 좋게 케이크와 음료를 마시며 골목길 투어를 마무리했다. 여행을 하다 보니 뻔뻔함이 늘어간다. 하지만 기분 좋은 뻔뻔함이다. 스스로도 몰랐던 자신의 모습을 발견하게 되는 것이 여행의 묘미. 그래서 모든 여정은 설레고 즐겁다.

땀뻬레Tampere는 핀란드에서 세 번째로 큰 도시이며 중요한 공업도시다. 인구는 대략 22만 5천 명이다. 러시아의 혁명가 레닌이 머물렀고 핀란드 내전 때의 격전지이기도 한 역사의 공간이다. 땀메르꼬스끼Tammerkoski 급류를 활용한 수력발전 덕분에 공해 문제가 거의 없다. 두 큰 호수 사이에 위치해 있는 땀뻬레의 멋스러움은 유람선을 타면 더욱 돋보인다.

따루의 **추천 볼거리**

내신네울라 전망대

NÄSINNEULA OBSERVATION TOWER

사르깐니에미 놀이공원에 있는 이 전망대에 올라가면 땀뻬레가 눈앞에 쫙 펼쳐진다. 전망대 안의 식당도 아주 맛있다. 참고로 전망대에서 보이는 곳은 바다가 아닌 호수다.

개장시간 매일 오전 11시~오후 11시 30분, 겨울에는 홈페이지 참조
입장료 5유로
주소 Laiturikatu 1
교통편 중앙광장에서 3번 버스
전화 +358 207 130 212
www.sarkanniemi.fi/en/sarkanniemi/attractions/nasinneula

뻐니끼 전망대

PYYNIKKI OBSERVATION TOWER

땀뻬레의 바다 같은 호수를 한눈에 볼 수 있는 곳으로 커다란 에스커(빙하가 녹으면서 형성된 둑 모양의 언덕)에 위치해 있다. 경치도 일품이지만 전망대 1층에 있는 커피숍의 도넛(1.90유로)은 더욱 유명하다.

개장시간 매일 오전 9시~오후 8시, 6월 1일부터 8월 중순까지는 오전 9시~오후 9시

주소 Näkötornintie 20

입장료 2유로

교통편 중앙광장에서 25번 버스

전화 +358 3 212 3247

www.munkkikahvila.net

땀뻬레 전통 실내시장

TAMPEREEN KAUPPAHALLI

1901년부터 영업해 온 땀뻬레 실내시장은 스칸디나비아에서 가장 큰 전통시장이다. 친절한 상인들부터 맛있는 음식과 땀뻬레 토박이들까지 만날 수 있는 곳이다. 중앙광장 바로 옆에 있다.

영업시간 월~금 오전 8시~오후 6시, 토 오전 8시~오후 4시, 여름에는 오전 8시~오후 3시

주소 Hämeenkatu 19

www.tampereenkauppahalli.fi

땀메르꼬스끼 급류 TAMMERKOSKI

땀뻬레가 양쪽의 두 호수를 연결하는 통로로 약 7500년 전에 형성된 것으로 보인다. 이 급류의 존재로 지금의 땀뻬레가 있을 수 있었다고 해도 지나치지 않다. 핀란드에서 가장 유명한 볼거리 중 하나다.

땀뻬레 시립 중앙도서관 메쪼

TAMPERE MAIN LIBRARY METSO

세계적으로 유명한 건축가 피에틸라 부부가 설계했으며 꼬리를 활짝 편 큰들꿩 모양의 구조로 되어 있다. 큰들꿩이 핀란드어로 바로 메쪼Metso다.

개장시간 월~금 오전 10시~오후 8시, 토 오전 10시~오후 4시. 여름에는 더 일찍 닫을 수 있으니 홈페이지 참조

주소 Pirkankatu 2

입장료 없음

교통편 중앙광장에서 도보 5분 내외

전화 +358 3 5656 4005

www.tampere.fi/en/culture-and-leisure/libraries/opening-hours-and-contact-information.html

땀뻬레 대성당

TAMPERE CATHEDRAL

1900년대 초에 지어진 성당으로 핀란드 민족낭만주의를 대표하는 건축물이다. 유명 건축가 라르스 송크Lars Sonck가 설계했으며 교회 안에 있는 후고 심베리Hugo Simberg의 그림과 프레스코도 유명하다.

개장시간 5월부터 8월까지 매일 오전 10시~오후 5시, 9월부터 4월까지 매일 오전 11시~오후 3시

입장료 없음

주소 Tuomiokirkonkatu 3b

교통편 중앙광장에서 17번, 35번, 42번 버스, 도보 15분 내외
전화 +358 40 804 8765
www.tampereenseurakunnat.fi/in_english

스파이 박물관 SPY MUSEUM

세계 최초로 스파이를 주제로 한 박물관으로 여러 신비한 장비들이 가득하다. 특히 스파이 적성검사(5유로)와 거짓말 탐지기 테스트가 인기다.

개장시간 6월부터 8월까지 월~토 오전 10시~오후 6시, 일 오전 11시~오후 5시, 9월부터 4월까지 월~토 오후 12시~오후 6시, 일 오전 11시~오후 5시
입장료 8유로
주소 Satakunnankatu 18
교통편 중앙광장에서 도보 7분 내외
전화 +358 3 2123 007
www.vakoilumuseo.fi

 레닌 박물관 LENIN MUSEUM

레닌과 스탈린이 처음 만난 곳이자 옛 노동조합 건물로 현재 세계에서 유일하게 레닌을 기념하는 박물관이다. 땀뻬레의 상징이라고 해도 과언이 아니다. 기념품 가게가 구경할 만하다. 현재 리모델링 중이며 2016년 여름에 다시 개장할 예정이다.

개장시간 매일 오전 11시~오후 6시
입장료 6유로
주소 Hämeenpuisto 28
교통편 중앙광장에서 도보 7분 내외
전화 +358 10 420 9222
www.lenin.fi

따루의 추천 놀거리

사르깐니에미 놀이공원 SÄRKÄNNIEMI AMUSEMENT PARK

애인이나 가족들과 즐겁게 놀고 싶다면 사르깐니에미로 가자! 놀이기구부터 플라네타륨, 168m의 전망대, 앵그리버드랜드까지 다양한 놀거리와 볼거리가 많다.

영업시간 여름에는 일주일 내내 영업하지만 조금씩 달라지기도 하니 홈페이지 참조
입장료 없음. 단 놀이기구를 타는 데는 비용이 든다. 기구마다 가격이 다르니 홈페이지를 참조할 것
교통편 중앙광장에서 3번 버스
주소 Laiturikatu 1
전화 +358 20 713 0200

©VisitFinland

www.sarkanniemi.fi/en/sarkanniemi/

라야뽀르띤 사우나

RAJAPORTIN SAUNA

핀란드의 가장 오래된 공중 사우나로 다른 손님들과 자유롭게 어울릴 수 있는 곳이다. 남녀 사우나는 분리되어 있으며 수건을 꼭 챙겨 가야 한다. 핀란드 사우나의 역사를 느낄 수 있다.

영업시간 월, 수 오후 6시~오후 10시, 금 오후 3시~오후 9시, 토 오후 2시~오후 10시, 화 휴무

입장료 월, 수 5유로, 금~토 8유로. 15세 미만 2유로, 6세 미만 무료

교통편 중앙광장에서 13번, 17번, 26번 버스

주소 Pispalan valtatie 9

전화 +358 3 222 3823

www.rajaportinsauna.fi

까우삐노얀 사우나

KAUPINOJAN SAUNA

까우삐오야 사우나는 호숫가에 위치해 있어 사우나를 하다가 바로 수영을 할 수 있다는 장점이 있다. 특히 겨울에는 더욱 인기가 많다. 본인 수건과 수영복을 꼭 챙겨 갈 것!

영업시간 월~금 오후 6시~오후 8시 45분, 토 오후 12시~오후 7시 45분, 일 오후 12시~오후 8시 45분

입장료 7유로

교통편 중앙광장에서 14번 버스 타서 'Koljontie 29' 정류장에서 하차

주소 Kaupinpuistonkatu 1 A

전화 +358 3 261 4572

www.talviuimarit.fi/kaupinojan-sauna

뚤리까마리 TULLIKAMARI

1901년에 지어진 건물에 위치한 뚤리까마리는 끌루비 Klubi라는 클럽과 빠까후오네Pakkahuone라는 공연장이 있다. 핀란드에서 가장 인기 있는 밴드들의 공연을 감상할 수 있는 곳이다.

영업시간 그때그때 다르니 홈페이지 참조. 보통 새벽 4시까지 영업

입장료 그때그때 다르니 홈페이지 참조

주소 Tullikamarin aukio 2

전화 +358 3 343 9933

www.tullikamari.net/en

따뽈라 TAPOLA

땀뻬레에 가면 지역 특산품인 무스따마까라Mustam-akkara를 먹어봐야 한다. 핀란드식 순대로 보리와 피를 섞어 만들어서 생각보다 쫄깃쫄깃한 식감을 즐길 수 있을 것이다. 새콤한 베리잼과 먹으면 더욱 맛있다.

영업시간 월~토 오전 8시~오후 2시

주소 Tammelantori/Laukontori

전화 +358 400 719 517 (Tammelantori),

+358 400 237 340 (Laukontori)

www.tapolatammelantori.com (Tammelantori)

베이욘 꼬뀌뛰끼

VEIJON KOKKITYKKI

현지인들이 가장 좋아하는 땀뻬레의 대표 생선식당. 메뉴가 다양하며 핀란드 스타일 감자 요리를 곁들인 모듬 생선구이 추천! 음식이 나오기 전에 주는 연어수프가 매우 맛있다.

영업시간 월~금 오전 10시 30분~오후 5시, 토 오전 10시 30분~오후 4시, 일 휴무

가격 점심 8유로~12유로

주소 Kyllikinkatu 9

전화 +358 50 518 5006

쁠레브나 PLEVNA

수제맥주로 유명한 펍이자 식당. 땀뻬레의 구시가, 공장 건물로 사용되던 건물에 위치해 있다.

영업시간 월 오전 11시~오후 10시, 화~목 오전 11시~새벽 1시, 금~토 오전 11시~새벽 2시, 일 오후 12시~밤 12시

가격 맥주 3.40유로~7.90유로, 알코올 사이다 6.90유로, 메뉴는 9.50유로부터 27.50유로까지 다양하다. 어린이 메뉴가 따로 있다.

주소 Itäinenkatu 8

전화 +358 3 260 1200

www.plevna.fi

삐스빨란 뿔떼리

PISPALAN PULTERI

돼지고기 '슈퍼스테이크'로 유명한, 현지인들만 아는 펍 겸 식당이다. 서민적인 분위기로 버거나 스테이크에 수제맥주 한잔 추천한다.

영업시간 월~목 오전 11시~밤 12시, 금 오전 11시~새벽 2시, 토 오후 12시~새벽 2시, 일 오후 12시~밤 12시, 음식 주문은 월~토 오후 9시까지, 일 오후 7시까지

가격 11유로~19유로

주소 Pispalan valtatie 23

전화 +358 50 452 3465

www.pispalanpulteri.fi

꾸빠리딸론 보흐벨리까흐빌라

KUPARITALON VOHVELIKAHVILA

로맨틱한 인테리어를 가진 땀뻬레 최고 와플 맛집이다. 하나만 주문해도 두 사람이 충분히 먹을 만큼의 양이 나

온다. 와플뿐만 아니라 스무디부터 샐러드, 아이스크림까지 메뉴가 다양하다. 훈제연어 와플과 제철 베리 와플 '강추'!
영업시간 월~금 오전 10시~오후 8시, 토 오전 11시~오후 7시, 일 오후 12시~오후 6시
가격 와플 6유로~8유로, 커피 2.20유로~4.50유로
주소 Tuomiokirkonkatu 34
전화 +358 40 594 1070
www.kuparitalonvohvelikahvila.fi

뿌르나우스키스 PURNAUSKIS

핀란드 최초의 고양이카페로 땀뻬레에서 로스팅한 뿌르나우스키스 커피가 유명하다.
영업시간 화~토 오전 11시~오후 7시
입장료 5유로
주소 Aaltosenkatu 31-33
전화 +358 45 601 2366
www.purnauskis.fi

미네띠 야뗄로 MINETTI JÄÄTELÖ

핀란드의 가장 오래된 아이스크림 전문점 미네띠는 1925년부터 땀뻬레에서 아이스크림을 만들어왔다. 수십 개의 아이스크림들이 쫙 펼쳐져 손님을 기다리고 있다.
영업시간 매장마다 다름 (홈페이지 참조)
꼬스끼께스꾸스Koskikeskus 미네띠 : 월~토 오전 10시~오후 8시, 일 오후 12시~오후 6시
가격 한 종류 3.50유로, 두 종류 5.50유로, 3~4종류 7유로, 아메리카노·에스프레소 1.50유로
주소 Koskikeskus, Hatanpään valtatie 1
전화 +358 46 921 0001
www.minetti.fi

땀베레 식당 정보 검색 www.eat.fi/en/tampere

핀란드 디자이너의 뿌띠끄 FINNISH DESIGNERS BOUTIQUE

50여 명의 핀란드 디자이너들의 옷, 모자, 신발, 액세서리, 주얼리를 판매한다. 개성 있는 제품을 원한다면 가볼 만한 곳이다. 특히 밤비 목걸이가 정말 귀엽다!

영업시간 월~금 오전 10시~오후 6시, 토 오전 11시~오후 4시

주소 Hatanpään valtatie 6

교통편 중앙광장에서 도보 8분 내외

전화 +358 50 056 1572

www.onemanband.fi

베르까란따 아트 앤 크래프트 센터 VERKARANTA ARTS AND CRAFT CENTER

핀란드 수공예를 체험할 수 있는 공간이다. 1층에는 공예 전시장이, 2층에는 카펫을 짜볼 수 있는 워크숍 공간이 있다. 땀메르 급류 바로 앞에 위치해 있다.

영업시간 월~금 오전 10시~오후 6시, 토~일 오전 11시~오후 4시

주소 Vuolteentori 2

교통편 중앙광장에서 도보 5분 내외

전화 +358 3 225 1409

www.facebook.com/Verkaranta

물망초 빈티지 숍 & 카페
FORGET-ME-NOT VINTAGE SHOP & CAFE

놓치면 후회할 만큼 아기자기하고 예쁜 빈티지 가게다. 손으로 만든 액세서리부터 옷과 그릇까지 눈을 어디 둬야 할지 모를 정도로 예쁜 물건들이 많다. 쇼핑하다가 편하게 소파에 앉아서 커피 한 잔의 여유를 누리는 즐거움을 맛보길. 'Forget-Me-Not'은 물망초의 영국식 이름이다.

영업시간 화~금 오전 11시~오후 6시, 토 오전 11시~오후 4시
주소 Aleksanterinkatu 30
교통편 중앙광장에서 25번, 29번, 17번, 85T번 버스, 도보 7분 내외
전화 +358 45 1977 833
www.forgetmenot.fi

따이또 숍 TAITO SHOP

천연 소재로 만든 전통 핀란드 수공예를 만날 수 있는 가게. 니트웨어, 인테리어, 장난감, 수공예 재료, 일상용품 등 아이템이 매우 다양하다.

영업시간 월~금 오전 10시~오후 6시, 토 오전 10시~오후 3시
주소 Hatanpään valtatie 4
교통편 중앙광장에서 도보 8분 내외
전화 +358 3 225 1415
www.taitopirkanmaa.fi

미라께리 MIRAAKKELI

귀여운 아기 옷과 장난감을 파는 가게. 100% 'Made in Finland'를 강조한다.

영업시간 월~금 오전 10시~오후 6시, 토 오전 10시~오후 5시
주소 Aleksanterinkatu 28
교통편 중앙광장에서 도보 10분 내외
전화 +358 3 211 0707
www.miraakkeli.fi

휘반 뚤렌 뿌오띠
HYVÄN TUULEN PUOTI

로맨틱한 인테리어 제품을 파는 가게다. 나와 연희 언니가 운 좋게 개업 당일 방문해 당근케이크와 차를 얻어 마신 곳이다.

영업시간 월~금 오전 10시~오후 6시, 토 오전 10시~오후 5시
주소 Verkatehtaankatu 6
교통편 중앙광장에서 도보 8분 내외
전화 +358 50 525 7065
www.hyvantuulenpuoti.fi

땀뻬레 관광청 www.visittampere.fi

핀란드의 물가

아무래도 여행에서 가장 중요한 요소는 비용이다. 핀란드에 처음 가보는 사람들은 1주일 동안 드는 비용이 얼마일지 감이 잡히지 않아 예산을 짜는 데 어려움을 느낄 것이다. 한국 사람들은 보통 북유럽 물가가 비싸다고 생각하지만 북유럽 국가들 사이에서도 물가는 차이가 많이 나는 편이라 단정적으로 말하기는 어렵다. 덴마크는 대체로 핀란드보다 물가가 비싸며, 세계 최고의 물가를 자랑하는 노르웨이는 핀란드보다 무려 두 배나 비싸다. 물론 핀란드가 물가가 싼 나라는 아니다. 다만 싸고 비싼 것을 잘 알고 간다면 알뜰한 여행을 즐길 수 있을 것이다.

일단 유제품(우유, 요구르트, 치즈 등)은 종류가 많고 한국에 비해 저렴하다. 빵도 전체적으로 저렴한 편이며 호밀, 귀리 등으로 만든 건강에 좋은 빵이 많다. 특히 고기가 한국보다 저렴한 편인데 삼겹살 400g 2인분에 3유로(약 4,000원)밖에 안 한다. 소고기는 등심 1kg의 경우 약 23유로(3만원) 정도다. 또한 커피도 한국에 비해 저렴한 편이지만 그 맛은 결코 뒤떨어지지 않는다.

핀란드에는 점심 문화가 발달되어 있어 낮 12시부터 2시까지는 10유로 정도로 푸짐한 식사를 만끽할 수 있다. 알뜰하게 여행하고 싶다면 점심 때는 외식을 하고 저녁에는 마트에서 산 음식을 숙소에서 먹는 것을 추천한다.

교통비는 대체로 비싼 편인데, 예를 들어 헬싱키-뚜르꾸 간 150km 2시간 거리면 기차나 버스는 30유로(42,000원) 정도다. 하지만 최근 온니버스 등 저가 고속버스가 많이 생겨서 5~10유로(7,000~14,000원) 정도면 핀란드 여러 곳을 저렴하게 여행할 수 있다. (www.onnibus.com) 시내 교통은 헬싱키의 경우 대중

교통, 박물관 입장료 등 다양한 혜택을 받을 수 있는 헬싱키 카드나 24시간 이용권을 이용하는 것이 좋다. 다른 도시에도 이와 비슷한 이용권들이 많이 있으니 유심히 살펴볼 것을 권한다.

결론적으로 말하자면 핀란드는 미용실, 택시 등 서비스 분야의 가격은 비싸지만 공산품 등의 가격은 비교적 저렴하다. 또한 서비스 비용이 비싼 만큼 팁 문화도 없으며 가격 흥정도 하지 않는 편이다.

코리아 Koria 04

핀란드에도 코리아가 있다

순박한 생선 가게 주인, 맛있게 익은 호밀빵, 진한 커피와 신선한 베리 주스,
언제든지 이용할 수 있는 따루네 사우나, 아름다운 갤러리와 자연환경,
어디에나 자리하고 있는 호수와 자작나무숲…
무엇보다 엄마표 음식이 있는 곳, 바로 핀란드의 코리아다.

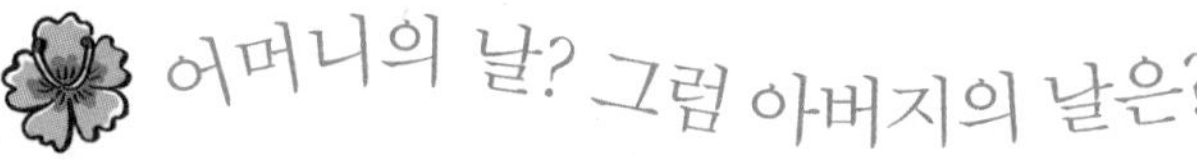

어머니의 날? 그럼 아버지의 날은?

따루 부모님과의 만남

헬싱키에서 동쪽으로 고속도로를 타고 가는 길 내내 창 밖으로 자작나무 · 소나무 · 전나무가 우거진 숲이 펼쳐지고 있었다. 그렇게 한참을 달리다 보면 마침내 꼬우볼라Kouvola와 엘리매끼Elimäki 표지판을 지나 코리아Koria가 나타난다. 코리아는 따루의 고향이다. 원래 엘리매끼 군에 속하는 면이었는데, 2009년에 엘리매끼가 주변 네 개의 군과 함께 꼬우볼라 시로 통합되었다.

핀란드에 코리아라는 지역이 있다는 사실을 아는 이는 많지 않을 것이다. 물론 한국의 영어 표기인 'Korea'가 아니라 'Koria'다. 하지만 한국 사람인 나와 절친한 따루의 본가가 있는 지역의 이름이 코리아라는 사실은 내게 단순한 우연이라고 생각할 수 없는 일이었다. 꼬우볼라의 총 인구는 8만 6천여 명인데 그중 코리아 인구는 약 5000명에 불과할 정도로 코리아는 작은 마을이다.

코리아는 전형적인 시골의 모습이다. 핀란드의 마을은 숲과 밭 사이에 집들이 띄엄띄엄 위치해 있는데 이런 풍경은 뭔가 심심해 보이면서도 평화롭고 여유롭다. 핀란드는 땅은 넓고 인구는 적어서 대부분의 지역에서 이런 평화롭고 한적한 모습을 볼 수 있다. 꼬우볼라는 유명한 관광지는 아니지만 핀란드의 소박한 매력을 간직한 곳이라고 할 수 있다.

한참을 달리다가 속도를 줄이고 좁고 구불구불한 길에 들어서 숲속을 달리니 이내 탁 트인 밭이 나왔고, 우리는 밭 저쪽 숲가에 보일 듯 말 듯 숨은 빨간 집으로 향했다. 바로 따루가 어린 시절을 보낸 집이다. 숲을 살짝 비집고 들어가니 따루 엄마가 열심히 가꾼 봄꽃들이 활짝 피어 있는 마당이 나타났다.

따루의 부모님은 또 다른 코리아에서 온 나를 굉장히 반갑게 맞이해주었다. 따루의 부모님이 키우는 고양이, 코리아의 터줏대감 마우노는 내가 조금 낯선지 나를 보고 어리둥절한 모습이었다. 따루의 엄마는 나에게 자신을 엄마라고 생각하라면서 실제 '엄마'라고 부를 것을 권했다. 감사한 마음이 들었다. 그리하여 나는 이 두 분을 핀란드에 계신 '엄마', '아빠'라고 부르기로 했다.

엄마는 듣던 대로 사람을 굉장히 좋아하고 맛있는 음식을 자식들에게 정성스레 요리해 먹이는 것을 행복해하는 분이었다. 멀리서 손님이 왔다며 커다란 냉장고에 음식이 가득 들어 있는데도 장을 보러 가자고 했고, 나는 좋은 기회라는 생각에 재빨리 따루 가족을 따라나섰다.

벤야민의 농산물 가게Benjamin's Farm Market라는 이름의 시장에 도착하여 엄마의 단골집인 듯한 생선 가게와 야채 가게에 들렀다. 가게 주인이 모두 친절해 내 기분도 좋았다. 아빠는 저쪽에서 동네 주민들과 담소를 나누었다. 시골이라서 그런지 주민들끼리의 정이 느껴졌다. 우리네 농촌과 비슷한 느낌이었다.

장을 보고 돌아가는 길에 핀란드에서 가장 아름다운 교회로 뽑힌 이띠 교

이띠 교회. 핀란드에서 가장 아름다운 교회를 이렇게 쉽고 편하게 보다니 난 운도 좋다.

회Iitti Church를 구경한 후 지역공동체에서 운영하는 여름카페Kirkonkylän Kesäkahvila에 들러 동네 꼬마들이 그린 그림과 지역민들이 만든 각종 수공예품을 감상했다. 옹기종기 모여 담소를 나누는 사람들 속에서 우리도 커피와 달콤한 베리 파이로 잠시 여유를 즐겼다.

베스트 드라이버인 아빠 차를 타고 엘리메끼Elimäki의 교회묘지에 가는데, 잡자기 구토가 났다. 아이고, 코리아에 온 지 몇 시간이나 되었다고 이런 실례를…. 마음이 편하지 않았다. 차에서 내려 화장실에 가서 속을 비우고 나니 조금 정신이 들었다. 엄마는 너무 속도를 내서 그런 것 아니냐며 아빠를 막 구박했다. 여간 미안한 것이 아니었다. 사실, 그 이유는 나와 따루만이 알고 있으니… 흥에 겨워 어젯밤에 마신 술의 여파였다.

아무튼 우리는 곧 있을 핀란드의 어머니날에 맞춰 공원묘지에 묻힌 어르신들을 뵙기 위해 이곳에 왔다. 고인을 모신 곳에는 다양한 꽃이 놓여 있었다. 엄마는 준비해 온 물뿌리개로 꽃에 물을 주었다. 피부색과 언어, 국적은 다를지라도 조상들을 기리고자 하는 마음은 다르지 않은 법이다.

핀란드에서 5월 둘째 주 일요일은 어머니의 날이다. 우리나라도 1950년대에 어머니날을 제정했다가 아버지와의 공평성 문제로 1973년부터 5월 8일을 어버이날로 지정하였다. 핀란드도 비슷하다. 어머니의 날이 먼저 만들어지고 그 이후 수많은 아버지들의 항의로 인해 아버지의 날도 생겼다고 한다. 하지만 아버지의 날은 어머니의 날처럼 화창한 5월이 아니라 11월 둘째 주 일요일이다.

특이한 점은 어머니의 날이나 아버지의 날 모두 각자 집 마당에 깃발을 내건다는 것이다. 집 앞에 하루 종일 깃발이 펄럭이고 있으면 아무리 불효자라 할지라도 그날만은 그간 못했던 효도를 해야 한다는 압박감을 느끼게 될 것 같다.

따루는 어머니의 날을 위해 준비해 온 화분과 공연 티켓을 엄마에게 건네었다. 엄마는 이미 알고 있었음에도 굉장히 기뻐했고, 점심에 외식을 하자고 했다. 자동차로 식당 가는 길에 보니 평소보다 차가 많은 것 같았다. 우리처럼 어머니의 날을 맞아 외식을 하려는 사람이 많은 모양이었다.

뷔페 식당 안 역시 그동안 밀린 효도를 하려는 것인지 가족 단위의 손님이 가득했다. 그중에 동양인은 없었기 때문에 나는 자연스레 많은 사람들의 시선을 받으며 음식을 가져와야 했다. 그런데 우리나라에서는 다 먹은 빈 접시를 테이블에 놓아두면 다른 음식을 가지러 간 사이에 직원들이 바로바로 접시를 치우는 데 반해 핀란드에서는 한 번 고른 접시를 계속 사용했다. 처음에는 익숙하지

따루의 부모님과 함께. 핀란드에서 맺은 가장 소중한 인연이다.

않았지만 자기가 먹은 접시니 문제 될 것 없고 설거지 양이 줄어드니 덩달아 물도 절약되고 환경도 보호하게 된다는 생각이 들었다. 한국에도 이런 시스템이 도입될 필요가 있을 것 같았다.

실컷 먹어 빵빵해진 배를 잡고 코리아를 대표하는 볼거리인 코리아 박물관 다리Koria Museum Bridge를 보러 갔다. 드문드문 학생들이 체험 학습을 오고 낚시를 하는 사람도 있다고 하는데 그날은 한산했다. 전시에 중요한 보급로 역할을 했던 다리로 소련이 이 다리를 파괴하고자 무려 12,000번 정도 포격을 가했으나 실패했다고 한다. 딱 한 번 폭탄에 맞았지만 불발탄이라 다행히 조금만 부서져 금방 복구되었다고 한다. 지금도 그 폭탄은 퀴미 강 바닥에 묻혀 있는 것으로 추정된다.

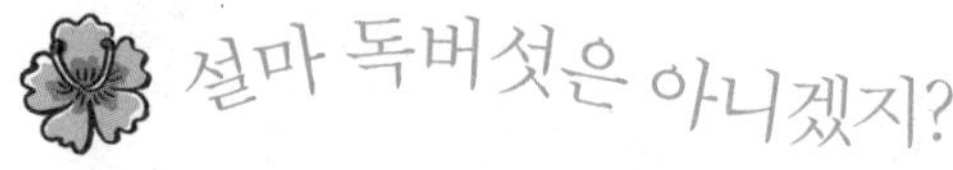

설마 독버섯은 아니겠지?

슈퍼 푸드와 하나 되다

같은 해 여름에 코리아를 다시 찾았다. 지난봄에는 따루와 함께였는데 이번에는 동생 떼리히도 예꾸와 유소를 데리고 따루의 부모님 댁으로 왔다. 나는 그렇게 부모님과 몇 개월 만에 다시 반가운 상봉을 했다. 몇 번 뵈었다고, 이제 따루 엄마가 진짜 내 엄마 같았다. 자연스럽게 포옹할 수 있는 사람이 이국땅에 있다는 것이 기뻤고 무엇보다 나를 진심으로 반기고 아끼고 사랑해준다는 느낌이 들어 감사했다. 내 제2의 부모님이라고 해도 과언이 아니다.

날씨가 좋으니 모두 함께 호수로 산책을 가자는 엄마의 권유에 따라 일명 '몸빼' 바지를 입고 집을 나섰다. 떼리히는 예꾸, 유소를 챙겼다. 따루 부모님 댁과 외삼촌 댁은 불과 300m 정도 떨어져 있을 뿐이어서 우리는 어디를 가나 외삼촌 댁을 지나갈 수밖에 없었다. 이번에도 역시나 호수에 가는 우리를 보고 외삼촌이 한걸음에 달려 나왔다. 지난봄에 이미 인사를 드린 덕분인지 반갑게 맞아주었다. 그리고 따루의 외숙모까지 합세해 다 같이 산책에 나섰다.

여름의 핀란드는 호수와 초록 숲으로 가득하다는 것을 익히 들어 알고 있었지만 막상 눈으로 보니 실로 콧노래가 나오는 풍경이었다. 엄마를 필두로 외숙모, 따루가 수영복으로 갈아입고 호수에 뛰어들었다. 심지어 예꾸와 유소도 호수로 첨벙! 혼자 멀뚱히 바라만 보고 있으려니 내가 이상한 사람이 된 것만 같았지만 수영을 못하는 나로서는 카메라 셔터만 열심히 눌러댈 뿐이었다. 따루가 말하길 핀란드에는 수영 못하는 사람이 거의 없다고 했는데, 그도 그럴 것이 이렇게 어디에나 호수가 있으니 어릴 때부터 수영을 하며 클 수밖에 없을 것 같았다.

왜 들어오지 않느냐는 말에
대꾸할 말이 없었다.
난 맥주병이란 말이야….

수영을 마치고 집으로 가던 중 엄마가 우연히 나무 한 귀퉁이에서 버섯을 발견했다. 이내 세 모녀가 약속이라도 한 듯 자연스럽게 그쪽으로 걸어갔다. 그리고 조용히 자리를 잡고 버섯을 따기 시작했다. 너무나 자연스럽게 버섯을 따는 모습이 참 정겨우면서 진지하기까지 했다. 그런데 참 잘 딴다. 버섯이 어디에 있는지 잘 아는 듯했다. 마치 미리 숨겨둔 버섯들을 다시 찾아내는 것 같았다.

슬그머니 '저 안에 독버섯이 있으면 어쩌지? 이렇게 버섯이 많을 수가 있나? 다 먹어도 되나?' 하는 불안한 생각이 올라왔다. 내가 의심 많은 서울에서 너무 오래 산 탓일까. 한창 버섯철인지라 두 눈을 조금만 크게 뜨면 싱싱하고 예쁜 노란색 버섯을 여기저기서 발견할 수 있었다.

핀란드에서는 자연에서 직접 채집한 식품에 세금을 매기지 않는다고 한다. 본인이 딴 버섯이나 베리를 시장에 가서 팔아도 문제가 되지 않는다. 여름과 가을에 각종 베리와 버섯을 직접 따는 것이 일종의 아르바이트가 되는 셈이다. 하지만 일반적으로 핀란드 사람들은 가족들 먹을 정도만 딸 뿐, 상업적으로 버섯이나 베리를 따는 사람들은 대개 외국인이라고 한다.

얼마 안 되어 황금빛 버섯을 담은 봉지가 2개를 넘어갔고 세 봉지를 마저 채우고서야 엄마는 비로소 만족한 듯 집으로 가자고 했다. 엄마가 욕심쟁이여서가 아니라 내게 맛난 것을 만들어주기 위해서임을, 그 깊은 마음을 나는 안다.

버섯을 쟁반 위에 펼쳐놓으니 그야말로 황금 빛깔이었다. 저절로 감탄이 나왔다. 문득 핀란드 헬싱키를 무대로 하는 「카모메 식당Kamome Diner」이란 영화가 떠올랐다. 영화 장면 중 마사코라는 인물이 잃어버렸던 여행 가방을 다시 찾아 여는 순간, 그 안에 황금빛 버섯이 가득 차 있는 장면이 있는데, 내 눈으로 직

모녀가 합심하여
버섯 따기에 한창이다.
설마 독버섯은 아니겠지?

접 보니 그 장면이 생생하게 되살아났다.

코리아에 있는 동안 나는 남 부럽지 않을 정도로 최고의 대접을 받고 있다는 느낌을 받았다. 그날 저녁에 먹은 맛있는 버섯 요리뿐만 아니라, 매끼마다 정성이 담긴 음식을 먹었다. 엄마는 아침마다 바쁘게 아침 식사를 준비했고, 늘 "연희 많이 먹어. 커피 더 줄까? 맛있어? 더 먹어."라고 말해주었다. 아침 식사 메뉴 중 각종 베리로 만든 건강 주스는 보기만 해도 벌써 건강해진 듯 착각하게 만드는 마법의 주스였다. 돈 주고도 살 수 없는 값진 음식이었다. 어쩌면 엄마들은 이렇게 공통적으로 자식들에게 맛있는 것을 많이 먹이려 할까. 엄마들의 뇌 구조가 궁금해지는 행복한 시간이었다.

하루는 엄마가 아닌 떼리히가 나를 위해 요리해주겠다며 주방에 들어갔다. 무한 감동한 나는 빨리 떼리히 표 요리가 나오기를 기다리며 가만히 부엌을 들여다보았다. 떼리히는 심각한 표정으로 고기에 간을 하고 프라이팬 위에서 고기가 익기를 기다리는 등 혼심을 다해 요리했다. 그리고 얼마 지나지 않아 접시에 떼리히 쉐프의 먹음직스러운 스테이크가 담겨 나왔다. 간만에 단백질 보충 좀 제대로 해볼까나. 한 조각을 썰어 입에 넣고 맛을 음미하다가 문득 드는 생각이 있어 조심스럽게 물었다.

"근데 이거 무슨 고기야?"

"응, 오리고기."

오리고기? 떼리히는 전에 교수님에게서 선물로 오리고기를 받은 적이 있다고 했는데 이게 바로 그 오리고기라는 것이다. 순간 호수에서 보았던 오리의 모습이 떠올라 식욕이 떨어져버렸다. 가끔은 무엇인지 자세히 모르고 먹는 것이 좋을 때도 있다. 떼리히는 고기를 먹는 둥 마는 둥 하는 나를 보고 요리를 망쳤다며 울상을 짓더니 이내 이래서 아직 결혼을 못 했다며 신세를 한탄하는 농담을 던졌다. 그런 것 때문이 아니라고 내가 아무리 위로를 해줘도 소용이 없었다. 하, 어떡하지?

이 세상의 모든 엄마는…

무스띨라 수목원Arboretum Mustila과
라우릴라 타조 농장Laurila Strutsitila

엄마는 내가 머무는 동안 맛있는 음식을 먹이는 것과 동시에 되도록 많은 것을 보여주려고 무척 애를 썼다. 주말이면 쉴 법도 한데 뭔가를 보여주기 위해 항상 고민하는 것이 느껴졌다. 내용을 알아들을 수 없었지만 어디론가 전화해 부탁을 하거나 문의하는 것을 보면 그 마음이 전해져왔다. 그 결과, 오늘 우리는 수목원 탐방에 나선다. 엄마의 정보력 덕분에 무료로 전문가의 설명을 들으며 무스띨라 수목원Arboretum Mustila을 구경할 수 있게 되었다. 역시 이 세상의 모든 엄마는 정이 많고 강하다.

가이드의 설명을 듣기 위해 모인 사람들 수가 어느 정도 갖춰지자 다 함께 서서히 숲 속으로 들어갔다. 주인을 따라 나선 견공도 꽤 많이 보였다. 그러고 보니 핀란드에는 반려견 출입 금지 공간이 거의 없다. 여기저기서 반려견과 함께하는 사람을 많이 만날 수 있었다. 푸른 나무와 풀 한 포기, 그리고 동물과 인간, 자연이 함께 공존하는 사회. 이 건강한 사회 분위기가 내심 부러웠다. '부러우면

지는 거야.' 하고 속으로 다짐해보아도 부러운 마음이 가시지 않았다.

수목원은 온통 초록색의 싱그러움으로 가득 차 있었다. 이런 곳에 있다면 육체의 병이든 마음의 병이든 저절로 치유될 것만 같았다. 그야말로 '힐링'의 공간이었다. 그런데 그 힐링의 공간 어디선가 후각을 자극하는 먹음직스러운 냄새가 풍겨왔다. 주위를 둘러보니 저쪽에 소지시를 구워 파는 곳이 있었다. 군침 흘리는 나를 위해 엄마는 큼지막한 소시지를 하나 사다 주었다. 한입 베어 문 소시지는 그야말로 최고였다. 좋은 사람들과 숲 속에서 먹었기 때문이리라.

수목원에서 나오니 각종 와인과 음료, 잼, 피클 등을 파는 상점과 카페가 나

식욕 자극! 자연 속에서 좋은 사람들과 먹는 소시지가 어찌 맛없을쏘냐.

왔다. 정원을 꾸미는 데 필요한 비료와 모종, 화분을 파는 곳도 있었다. 트럭에 각종 식물을 싣고 온 사람도 많았다. 다양한 국적의 사람이 직접 키운 식물이라고 했다. 상점 안에서는 직접 딴 베리로 만든 와인과 각종 양념, 장아찌 등이 부담스럽지 않은 가격에 판매되고 있었다. 역시 엄마는 나를 위해 이 지역 와인을 구입했다. 오늘 저녁은 무엇일까? 이런 소소한 기대를 갖고 돌아가는 발걸음은 얼마나 행복한가. 나를 위해 수목원을 구경시켜주고, 더불어 맛있는 것까지 해 먹이려는 그 따뜻한 마음이 가슴 깊숙이 훈풍으로 전해왔다.

수목원 다음으로 기억에 남는 것은 타조와의 만남이었다. 어느 날 아침을 먹고 어디론가 전화를 한 엄마가 타조 농장에 가자고 했다. 타조라니. 태어나서 한 번도 본 적 없는 타조를 바다 건너 핀란드에서 보게 될 줄이야.

라우릴라 타조 농장Laurila Strutsitila에 도착하니 강아지들이 먼저 우리를 반겼다. 그리고 저 멀리 목과 다리가 긴 멋진 몸매의 타조들이 우리와 눈이 마주치자 성큼성큼, 그야말로 저돌적으로 다가왔다. 목을 길게 빼고 아무런 거리낌 없이 다가오는 것을 보니 인간에 대한 경계심이 전혀 없는 것 같았다. 자세히 보니 커다란 눈망울이 귀엽기까지 했다. 아빠는 타조와 눈을 마주치며 뭔가를 이야기하는 듯했다. 실내에는 귀염둥이 새끼 타조들이 올망졸망 모여 있었다. 그야말로 '심쿵'! 아직 어리기 때문에 인공적으로 불빛을 비춰주며 성장을 돕고 있었다.

농장에 마련되어 있는 상점에는 빨강, 파랑, 하양 깃털부터 알 모양의 장식품, 심지어 진짜 타조 알도 있었다. 타조 알은 듣던 대로 어머어마하게 컸고, 냉장고 안에는 타조 고기가 가득했다. 역시 엄마는 타조 요리를 해주겠다며 선뜻 고기

아무 거리낌 없이
사람에게 다가오는
어른 타조와
귀여운 새끼 타조

를 샀다. 어느새 떼리히는 기념으로 간직하라며 나에게 타조 깃털 하나를 건네었다. 지금도 내 방 서랍 한 귀퉁이에 그때 받은 타조 깃털이 있다. 가끔씩 그걸 보면 다 함께 타조 농장에 갔던 생각이 나 피식 웃음이 나온다.

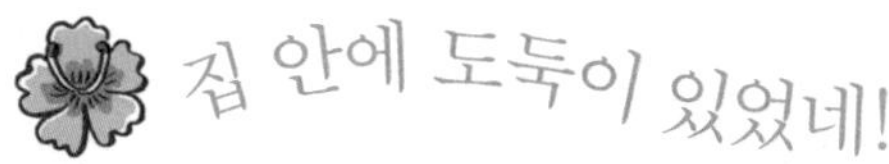

집 안에 도둑이 있었네!

지하실, 엄마의 보물 창고이자 아빠의 작업실

따루와 나는 알코올로 맺어진 인연이지만 따루의 부모님은 술을 그다지 좋아하지 않는다. 한국에서나 핀란드에서나 자식은 부모가 가장 잘 안다고 하지만 실제 부모는 자기 자식을 잘 모른다. 따루네 집도 마찬가지 아닐까. 따루의 부모님은 아마도 따루가 한국인 저리 가라 할 정도의 애주가인 줄은 꿈에도 모를 것이다. 덕분에 나도 나름 조신한 역할을 하느라 조금 힘들긴 했다. 하지만, 드디어 오늘! 나를 좀 내려놓고 변신할 순간이 왔다. 부모님은 이미 꿈나라를 여행 중이었고 간만에 둘만의 시간이 주어졌다. 이보다 좋은 기회가 또 있을까.

"언니, 이대로 그냥 잘 수는 없지. 안 그래?"

"그렇기는 하지만 낮에 맥주나 와인을 못 샀잖아?"

"걱정 마. 내가 가지고 올게. 우리 집에는 보물 창고가 있거든."

그리하여 우리는 지하실로 내려가보게 되었다. 나는 컴컴한 지하실로 내려가는 따루의 뒤를 가만히 따랐다. 도대체 거기 무엇이 있기에 이렇게 자신만만하게 나를 안내하는 것일까? 전에 지하실로 가는 문 앞을 몇 번 지나치긴 했지만 그저 대수롭지 않게 생각했다. 그런데 그 문을 여는 순간 완전히 다른 세계가 펼쳐졌다. 그곳에는 내가 먹어보지 못한 탈린Tallinn 맥주, 위스키, 와인 들이 가득했고 엄마가 담근 각종 베리 잼과 양념이 날짜별로 가지런히 정리되어 있었다. 그야말로 보물 창고였다. 이런 곳을 지금에야 알려주다니. 진작 알았더라면 잠 안 오는 한밤중에 이곳에서 시간을 보냈을 텐데 말이다. 그나저나 따루는 표정하며 동작하며 한두 번 해본 솜씨가 아니었다. 우리는 적당히 이 밤을 보낼 맥주와 와인 등을 챙겨 쏜살같이 그곳을 떠났다.

그런데 다음 날, 아빠가 나를 그곳으로 불렀다. 무언의 카리스마를 갖춘 아빠는 존재만으로도 멋진 분이었다. 비록 언어는 통하지 않지만 아빠는 나에게 아지트를 소개해주었다. 어젯밤에는 보이지 않았던 것들이 눈에 들어왔다. 수를 헤아리기 힘들 정도로 다양한 장비와 작업복이 구비되어 있었다. 특히 작업복은 그 크기며 길이가 엄청났는데, 아빠의 풍채를 보니 아빠에게는 '딱'이었다. 그곳은 엄마가 술과 음식을 채워놓는 보물 창고이기도 했지만, 한편으로는 아빠의 공간이었다. 이로써 아빠와 조금 더 친해진 것 같은 기분을 느낄 수 있었다.

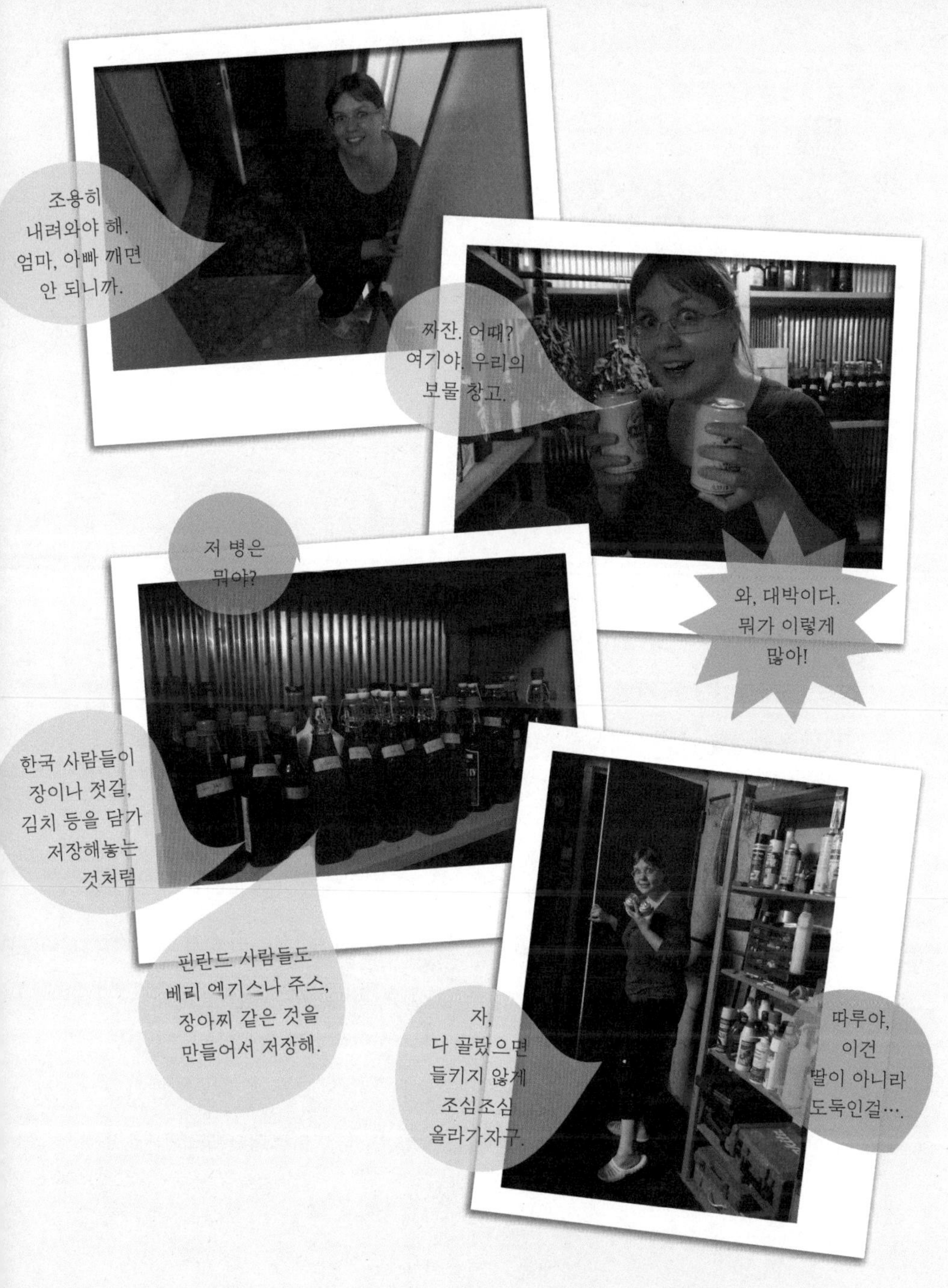
조용히
내려와야 해.
엄마, 아빠 깨면
안 되니까.
짜잔. 어때?
여기야. 우리의
보물 창고.
와, 대박이다.
뭐가 이렇게
많아!
저 병은
뭐야?
한국 사람들이
장이나 젓갈,
김치 등을 담가
저장해놓는
것처럼
핀란드 사람들도
베리 엑기스나 주스,
장아찌 같은 것을
만들어서 저장해.
자,
다 골랐으면
들키지 않게
조심조심
올라가자구.
따루야,
이건
딸이 아니라
도둑인걸….

Shall we dance?

핀란드 댄스파티 입성기

핀란드 사람들은 무뚝뚝하고 시끄러운 것을 싫어한다? 사람마다 각자 개성과 취향이 다른 것처럼 핀란드 사람들도 직접 만나서 이야기를 하다 보면 아마 모두 다를 것이다. 하지만 그동안 내가 본 핀란드인에게는 한 가지 공통점이 있다. 바로 음악을 너무나도 사랑한다는 점이다. 음악은 핀란드 사람들이 가장 좋아하는 취미 생활 중 하나이자 즐겁게 일상을 살아갈 수 있게 만들어주는 원동력이다.

핀란드의 음악 사랑이 어느 정도인지 언젠가 한 번쯤 알아보고 싶었다. 특히 탱고는 핀란드인에게 희망을 주고 삶을 윤택하게 만들어주어 '비공식 애국가'로 불릴 정도라고 한다.

핀란드 사람들은 오랜 기간 동안 스웨덴과 러시아의 지배를 받은 탓에 전반적으로 국민성 자체가 우울하고 조용한 성향이 강하다. 그리고 그러한 본인들의 우울함을 달래기 위한 처방이 바로 다름 아닌 음악이다. 노래를 부르거나 악기를 연주하며 기분 전환을 하는 것이 그들의 전통인 것이다. 요즘은 많은 집에서 노래방 기계를 들여놓고 가족끼리 노래를 부를 정도라고 하니 음악에 대한 그들의 애정이 어느 정도인지 가히 짐작이 간다. 결국 핀란드도 우리나라 못지않은 가무의 나라였던 것이다. 친근감을 넘어 동질감까지 느껴진다.

내가 처음 알게 된 핀란드인 따루도 음악을 좋아하고 춤을 사랑하는 사람이다. 서울에 있을 때 정말 바쁜 와중에도 없는 시간을 쪼개 살사를 추고 라틴 타악기를 배웠을 정도로 음악에 대한 열정이 강하다. 핀란드에 와서 보니 따루는 아빠와 엄마의 성격을 고루 물려받은 듯했다. 정도 많지만 동시에 흥도 많은 엄마 그리고 외삼촌까지, 아무래도 집안 내력인 듯한데 이런 내 예상은 지하에 있는 방에서 미니 연주회를 여는 그들의 모습을 보며 점점 확신으로 굳어졌다.

따루 가족은 한국에서 날아온 나를 위해 「피니시 폴카Finnish Polka」라는 음악을 연주해주었다. 밴드 활동을 했다는 기타리스트 아빠와 무거운 아코디언으로도 열정적인 연주를 해준 엄마, 그리고 그 옆의 따루를 보니 이들은 정말 '음악 가족'이라는 생각이 들었다. 또한 가족이 모여 함께 노래하고 악기를 연주하는 모습이 참 부러웠다. 소통은커녕 다 같이 모여 밥 한 끼 먹기도 어려운 것이 요즘 세태인데 우리도 음악으로 가족의 정을 나눌 수 있다면 여러 문제가 해결될 수도 있지 않을까? 과연 음악은 단지 음악에서만 그치지 않으니 말이다.

동생만큼이나 흥과 끼가 많은 따루의 외삼촌이 하루는 저녁에 열리는 댄스파티에 나와 따루를 초청했다. 외삼촌이 행사 관계자였으므로 무료로 입장할 수 있는 초대권을 전해 받을 수 있었다. 댄스파티라니. 드디어 핀란드의 사교계에 진출하는 것인가! 저녁을 먹은 뒤라 약간 노곤했지만 이번 기회가 아니면 언제 핀란드에서 댄스파티를 경험하겠느냐는 마음에 서둘러 채비를 갖추었다.

핀란드에서는 주말에 종종 댄스파티가 열린다. 개최 주기는 지역과 시기에 따라 다르지만 음악을 좋아하는 핀란드인에게 친한 사람과 함께 춤을 춘다는 것은 분명 특별한 의미일 것이다. 또한 토요일 저녁 댄스홀에 가서 신나게 춤을 추고 나면 또 다시 한 주를 이어나갈 새로운 에너지가 생긴다고 한다. 입장료는 코리아 스포츠클럽 비용으로 사용된다.

댄스파티에 가기 전 엄마는 따루의 복장을 점검했다. 딸이 사람들 앞에 예뻐 보이길 바라는 엄마들의 맘이란. 약간의 실랑이 끝에 의상은 따루의 승, 신발은 엄마의 승으로 끝났고 이내 우리는 댄스파티가 열리는 읍내로 향했다.

댄스홀에 도착하니 이미 주차되어 있는 차가 많았다. 동네에서 이렇게 많은 차를 본 것은 이때가 처음이었다. 이 동네 차가 모두 모여 있는 것 같았다. 저 멀리 형광색 조끼를 입은 외삼촌이 우리를 알아보고 손을 흔들어주었다. 시간에 맞춰 삼삼오오 모여드는 사람들. 나이는 모두 제각각, 친구끼리 연인끼리 부부끼리, 그 모습도 모두 제각각이었지만 다들 들뜬 모습이었다.

댄스홀 안은 그야말로 다양한 복장의 각축장이었다. 전문 댄서처럼 화려한 동작으로 춤을 추는 사람들도 보였지만, 조금 서툰 가운데 이러한 분위기 자체를 즐기는 사람이 대부분인 것 같았다.

나는 홀 안으로 들어가자마자 구경의 대상이 되었다. 어쩔 수 없는 것이 그곳에서 동양인은 오직 나 한 명뿐이었다. 헬싱키도 아닌 작은 동네에 동양인이 있으니 신기하게 생각되는 것이 당연했다. 내가 언제 또 이렇게 많은 사람의 주목을 받아보겠는가.

그저 관찰자로 머물러 있는 내가 심심해 보였는지 따루가 춤춰볼 것을 권했다.

"내가 가르쳐줄 테니 언니도 한번 춰볼래?"
"아니, 난 몸치라 잘 못할 거야. 나중에 연습 좀 해서 다시 오자. 그때 시도 해볼게."
"그래. 그런데 여기 온 사람들도 다 잘 추는 것은 아니야. 그냥 이 순간을 즐기는 거지. 스트레스도 풀고. 일종의 취미라고 할 수 있지."
"그러네. 건전하네. 운동도 되고 친목 도모도 되겠다."

외삼촌이 주신 초대권을 갖고 당당하게 참여했지만
나는 그저 남녀가 어울려 춤에 빠진 광경을 지켜보는 것으로 만족했다.
다음번에는 나도 멋진 남자와 춤을 추게 되기를 기대해본다.

진행 방식은 복잡하지 않았다. 시작을 알리는 음악이 나오면 파트너끼리 나와 춤을 춘다. 파트너가 없는 사람은 의자에 앉아 또는 서서 기다린다. 그러다 전광판의 나이스텐 하쿠Naisten Haku에 불이 들어오면 여자가, 미에스텐 하쿠 Miesten Haku에 불이 들어오면 남자가 각자 맘에 드는 이성에게 춤을 요청한다. 새로운 친구를 사귀기 위해 온 사람도 꽤 있기 때문에 서로 춤을 추자고 제안하는 것이다. 춤을 추는 데도 질서가 있다니. 역시 수오미!

운 좋게도 우리가 갔던 날에 유명한 가수 마리타 따비트사이넨Marita Taavitsainen이 초대 가수로 댄스홀을 찾았다. 물론 나는 잘 모르지만 과연 유명한 가수가 맞긴 맞는지 많은 사람이 무대 가까이 가서 환호를 지르고 열렬한 박수를 보냈다. 나도 이에 질세라 무대 가까이로 가 사진을 찍고 신나는 핀란드 가요를 함께 즐겼다. 비록 춤을 추지는 않았지만 새로운 문화를 접할 수 있어 소중한 순간이었다. 다음에 올 때는 한복이라도 챙겨 와서 나에게도 손을 내미는 남자가 있게 만들어볼까? 즐거운 상상이다.

세계에서 손꼽히는 교육이 시작되는 현장

핀란드 초등학교 탐방기

100년이 넘은 초등학교는 어떠한 모습을 하고 있을까? 초등학교 선생님인 엄마가 근무하는 코리아 초등학교를 깜짝 방문하기로 했다.

학교는 아기자기하여 초등학교라기보다 유치원 같은 느낌이었다. 학교 안에서는 수탉(꾸꼬Kukko)이 근엄한 표정을 짓고 있었다. '꾸꼬가 a, b, c를 가르쳐준다.'는 속담이 있을 정도로 핀란드에서 꾸꼬는 중요한 존재다. 커다란 게시판에는 귀여운 인형 그림과 함께 "제가 인형을 잃어버렸어요. 내 인형을 찾아주는 사람에게는 사탕을 3개 드리겠습니다."라는 메모가 붙어 있었다. 아유, 귀여운 것.

엄마가 담임을 맡고 있는 4B 교실 앞에 엄마의 이름과 엄마의 어릴 적 사진이 붙어 있었다. 그 옆으로는 학생들의 옷이 옷걸이에 가지런히 걸려 있었다. 갑자기 찾아간 우리를 보고 엄마는 조금 당황한 눈치였지만, 이내 미소를 띠며 환영해주었다.

한국뿐 아니라 전 세계의 부러움과 질투의 대상이 되는 핀란드 교육이 내가

갑자기 찾아갔음에도 여유롭게 학교를 안내해준 엄마. 역시 센스쟁이!

있는 이 공간에서 시작된다고 생각하니 기분이 묘했다. 객관식이 없는 나라, 오로지 주관식으로만 시험을 보는 학생들. 핀란드에서는 단 한 명의 낙오자도 없이 교육하는 것을 그 핵심으로 삼는다. 학습 능력이 뛰어난 학생 위주로 교육이 움직이는 우리나라와 달리 핀란드는 학습 능력이 떨어지고 성적이 좋지 않은 학생에게 집중하는 구조다. 동시에 아직도 공교육을 교육의 근간으로 여기며, 이를 더욱 강화하고 개선시키면서 자신들만의 교육 모델을 만들어나가고 있다. 핀란드 사람들 스스로도 국가 발전의 원동력을 교육이라고 꼽을 정도다.

물론 핀란드에서도 가정환경, 부모의 능력에 따라 출발점이 달라지기도 한다. 하지만 그러한 문제에 접근하는 방식이 우리와 상이하다. 핀란드 학교는 경쟁을 금지한다. 성적표는 있지만 등수는 표기되지 않는다. 대신 각자의 수준에 맞게 설정한 목표를 얼마나 달성했는지가 기록된다. 즉, 경쟁 대상은 내 옆의 친구가 아니라 나 자신이기 때문에 친구들과 치열하게 경쟁하지 않는 것이다.

하지만 그렇다고 해서 학생들의 수준이 떨어지는 것은 결코 아니다. 세계에서 가장 낮은 학생 간 학업성취도 편차를 보이며, OECD 주관 국제학업성취도 평가PISA에서도 연속 1위를 차지할 정도로 우수하다.

조금 과장된 표현일지도 모르지만 웃으면서 공부하는 핀란드 학생들과 울면서 공부하는 우리나라 학생들, 이 학생들 간의 차이가 한국과 핀란드 교육의 근본적인 차이라는 생각이 든다.

난 죽어도 못 들어가!

핀란드인의 열정적인 사우나 사랑과 얼음 수영

핀란드 하면 떠오르는 단어 중 하나가 '사우나Sauna'라는 것은 익히 들어 알고 있는 사실이겠지만 '사우나'라는 단어가 핀란드어라는 것은 많은 사람이 잘 알지 못한다.

핀란드인에게 사우나는 문화, 전통 그 이상의 것이다. 핀란드 사람들에게 사우나는 삶 그 자체다. 사우나에서 태어나 사우나에서 일생을 마감한다고 말할 정도로 이들은 사우나에서 많은 시간을 보낸다. 이들에게 사우나는 상징적 의미를 지닌 신성한 공간이다.

핀란드의 전형적인 사우나는 호수가 내다보이는 창문이 있는 통나무집이다. 예전에는 난로 안에서 나무를 태워 데우는 훈증 사우나였지만 요즘은 전기 사우나도 많이 이용되고 있다. 또한 한겨울 호숫가에서 사우나를 할 경우, 사우나 안에서 온몸을 뜨겁게 만든 후 얼음이 언 호수로 뛰어들었다가 다시 사우나로 돌아오는 방법을 반복하면서 겨울을 즐긴다. 이러한 문화를 처음 접한 이방인에게 이런 모습은 「세상에 이런 일이」 속 장면으로 보이게 마련이지만 이는 핀란드인들이 추운 겨울을 건강하게 나는 방법이 된다고 하니 이때는 타문화를 존중하는 미덕을 발휘해야 할 것이다.

또 한 가지 핀란드 사우나에서 빠질 수 없는 것이 있는데, 바로 자작나무와 맥주다. 그리하여 사우나를 이용하는 데 있어서는 혈액순환과 피부 미용에 좋은 자작나무 가지로 어깨와 다리, 허리를 때려주는 것이 1단계, 사우나를 즐기는 것이 2단계, 사우나 후 시원한 맥주나 구운 소시지를 먹는 것이 3단계라고 한다. 사우나를 잘 모르는 내가 듣기에도 이러한 단계를 거치면 천국이 따로 없을 것 같다.

뿐만 아니라 핀란드 사람들은 함께 사우나를 하면서 중요한 정치적 논의를 하거나 친목을 도모한다. 예전에는 사우나가 출산 장소의 역할도 했다고 한다. 그만큼 그들에게 사우나는 소중한 존재다.

따루의 집에 처음 방문했을 때, 사우나를 하겠느냐는 따루의 권유에 나는 마치 전공 필수과목을 신청하듯 기계적으로 하겠다고 대답했다.

> "그럼 간단히 설명해줄게. 우리 집에는 전기로 데우는 방식과 옛날 방식의 사우나가 다 있는데, 우선 옛날 방식 사우나를 해보는 게 어때? 간단히 말해서 이 국자로 물을 부으면 온도가 높아져서 더 뜨끈한 사우나를 즐길 수 있어. 혹시 너무 뜨거우면 가만히 있으면 되고. 알았지?"

물을 부으면 뜨거워진다고? 난 뜨거운 거 싫은데…. 절대 가만히 있으리라.

그렇게 호기심 반 두려움 반으로 평생 처음 사우나에 들어간 나는 처음에는 조용히 앉아 있었지만 결국 호기심을 이기지 못하여 국자로 물을 살짝 부어보았다. 그 순간 '치지직' 하는 소리가 났다. 그러면서 사우나 안의 온도가 더 높아지는 모양이었다. 나는 이내 이 정도면 됐겠지 싶어서 밖으로 나왔다. 하지만 밖에 나온 나를 보고 따루네 식구들 모두 깜짝 놀라 말했다.

"벌써 나왔어? 땀이 나올 정도로 있어야지. 땀을 내야 한다고."

너무나 일찍 사우나 밖으로 나온 나를 바라보는 가족들의 어리둥절한 눈빛을 보며, 나는 어색한 미소로 고백했다.

"사실 따루야, 언니가 한국에서도 찜질방을 한 번도 가본 적이 없어. 아니, 공중목욕탕은 초등학교 이후로 아예 가본 적이 없어."

그러자 따루는 안 그래도 큰 눈을 동그랗게 뜨고 한국 사람들은 심심하면 찜질방 가서 사우나 하고 목욕하지 않느냐고 물었다. 아, 왠지 진 것 같은 느낌이 드는 이유는 뭘까. 충격에 휩싸인 따루 때문에 집 안에는 잠시 침묵이 흘렀고, 나는 내가 그동안 찜질방에 가지 않은 이유를 구구절절 설명해야만 했다. 하지만 그 이후 꾸준히 도전한 결과, 조금씩 나의 사우나 입실 시간은 늘어나게 되었고 세 번째 겨울에 방문했을 즈음엔 엄마의 "연희, 사우나 할래?" 하는 물음에 자동반사적으로 "요yoo(yes)"를 외칠 정도가 되었다.

사우나에 조금 적응이 되었다 싶을 때쯤 엄마를 따라 수영장에 가게 되었다. 수영을 잘 하지도 못할뿐더러 수영복을 입은 지도 너무나 오래된지라 난 그냥 기다리겠다면서 수영장 로비에 자리를 잡았다. 물론 실내 수영장이기는 했지만 자신이 없었다. 엄마는 오히려 내가 심심해할까 봐 걱정을 했다. 난 괜찮다며 조용히 수영장 내부를 둘러보다가 따루가 밖으로 나오라고 손짓을 해서 카메라를 들고 나갔다.

역시나 그곳에도 실외 사우나가 있었다. 사우나의 민족답게 사우나를 한 후, 곧바로 얼음 호수로 뛰어들어 수영하는 사람들이 보였다. 엄마와 따루도 당당히 한 자리를 차지하고 있었다. 얼음이 아직 듬성듬성 남아 있는 호수에 사람들이 북적거렸다. 그 와중에 사람들은 내게 손을 흔들며 하나도 안 추우니 어서 물 안으로 들어오라는 악마의 유혹을 보냈다. 저들은 누구이고, 여기는 어디인가? 그리고 또 나는 누구인가. 겨울 호수의 사우나는 그야말로 내게 혼돈의 장소였다.

그런데 생각해보면 우리나라에도 냉탕과 온탕을 왔다 갔다 하는 문화가 있다. 그러고 보면 핀란드 사람들이 좀 더 용기를 내는 것뿐이고, 자연환경이 만들어낸 그들만의 문화인 것이다. 하지만 나는 선뜻 거기에 동참하지 못했다. 따루는 내가 수영을 하지 않은 게 내심 서운한 것 같았지만 어쩔 수 없었다. 우정도 우선 살아야 유지할 수 있는 것 아닌가.

얼음 수영은 하지 못했지만 확 트인 넓은 눈밭에서 핀란드식 스키를 잠깐 배워보는 시간을 갖게 되었다. 계속 넘어지고 난리도 아니었지만 새로운 스포츠를 접했다는 사실에 흥이 났다. 더군다나 나는 수영도 못하지 않았는가. 마치 그

한겨울에 야외 수영이라니.
계속해서 나를
끌어들이려는 저들은
악마인가, 천사인가?

것을 보상받기라도 하려는 듯 더욱 열심히 배우고 탔다. 수영과 마찬가지로 어렸을 때부터 워낙 눈과 함께하는 시간이 많다 보니 스키 또한 핀란드에서는 삶의 일부라고 한다. 핀란드 어린이들이 전 세계적으로 건강하다는 이야기를 들은 적이 있는데, 아마도 이렇게 어릴 때부터 맘껏 뛰어놀기 때문은 아닐까 생각해보았다.

어릴 적 따루가 떼리히와 자주 타고 놀았다는 눈썰매를 보니 오빠들과 아빠가 만들어준 썰매를 지치던 나의 어린 시절이 오버랩되었다. 참 재미있고 행복한 시절이었다. 더불어 우리나라도 조기 체육의 생활화, 누구나 스포츠가 생활이 되는 환경, 누구나 스포츠를 쉽게 접할 기회를 만들어주는 분위기 조성을 통해 육체적으로나 정신적으로 좀 더 건강한 사회가 되기를 희망해본다. 우리가 바라는 것은 언제나 건강하게 오래도록 행복한 삶을 누리는 것이니까.

퀴멘락소

퀴멘락소Kymenlaakso는 핀란드 동남부 지역으로 이 지역을 가로지르는 퀴미 강에서 그 이름을 따왔다. 꼬우볼라Kouvola와 꼬트까Kotka가 이 지역의 주요 도시다. 내 고향 코리아는 원래 엘리매끼Elimäki에 속하는 읍이었지만 2010년에 행정 개편으로 지금은 꼬우볼라에 속하게 되었다.

따루의 추천 볼거리

코리아 박물관 다리 KORIA MUSEUM BRIDGE

퀴미 강에 있는 코리아 다리는 1870년에 지어진 핀란드의 가장 오래된 철교다. 또한 핀란드에서 자신들만의 제조법으로 만든 다리 중 마지막으로 남아 있는 다리이기도 하다.
주소 Koriansuora 360, koria

엘리매끼 교회 Elimäki Church

1600년대에 지어진 엘리매끼 교회는 핀란드의 가장 오래된 목조 교회 중 하나다.

개장시간 6월부터 8월 중순까지 월~금 오전 11시~오후 3시
주소 Vanhamaantie 16, Elimäki
전화 +358 5 3411 305

이띠 교회 Iitti Church

1693년 완공된 이띠 교회는 핀란드의 가장 아름다운 교회로 뽑힐 만큼 유명하다. 교회 바로 인근에 여름카페 겸 갤러리가 있으니 방문해 볼 것.

개장시간 전화로 미리 연락하면 방문 가능, 예배는 매주 일요일 오전 10시
주소 Iitintie 846, Iitti
전화 +358 5 8293 323

따루의 **추천 놀거리**

무스띨라 수목원 Arboretum Mustila

1902년에 세워졌으며 북유럽에서 가장 다양한 수종을 보유하고 있다. 꽃이 크고 아름다운 만병초rhododendron는 무스띨라의 트레이드마크다. 기념품 코너의 와인 가게도 빼놓을 수 없다. 베리로 빚은 와인은 지금까지 알고 있었던 와인과는 사뭇 다른 맛이다.

개장시간 5월부터 9월까지 매일 오전 8시~오후 9시, 10월부터 4월까지는 해가 지기 전까지만 관람 가능
입장료 어른 8유로, 12세 미만 무료
주소 Mustilantie 57, Elimäki
전화 +358 5 3776 678
www.mustila.fi

엘리매끼 지역 박물관 Elimäki Local Museum

엘리매끼 지역 박물관은 일종의 민속촌 같은 곳이다. 옛날 건물들이 그대로 보존되어 있어 과거의 풍경을 보고 있는 듯한 느낌이 든다. 여름에는 연극 공연도 진행된다.

개장시간 6월부터 8월까지 화~금 오전 11시~오후 6시, 토~일 오후 12시~오후 5시
입장료 4유로, 18세 미만 무료
주소 Alppiruusuntie 98, Elimäki
전화 +358 20 615 7875

라우릴라 타조농장

LAURILAN STRUTSITILA

살아 있는 타조를 가까이서 볼 수 있는 농장이다. 운이 좋으면 작은 새끼들도 볼 수 있다.

개장시간 5월 중순부터 8월까지 오전 10시~오후 6시, 월 휴무. 그 외 시간은 미리 연락 바람

입장료 3유로

주소 Lakiasuontie 107, Elimäki

전화 +358 40 8435 065

www.strutsitila.net

뛰끼매끼 놀이공원

TYKKIMÄKI AMUSEMENT PARK

& 아쿠아공원 AQUAPARK

꼬우볼라 시에 위치한 놀이공원으로 워터파크와 캠핑을 즐길 수 있다. 때때로 콘서트도 열리니 일정을 잘 확인해 볼 것!

영업시간 5월부터 8월까지 문을 여는데 일별 개장시간은 그때그때 다르므로 홈페이지 참조

입장료 5유로, 놀이기구 & 워터파크 1일 패스권은 46유로

주소 Kanuunakuja 2, Kouvola

전화 +358 5 778 700

www.tykkimaki.fi

깔리오니에미 댄스 홀

KALLIONIEMI DANCE HALL

코리아 읍에 있는 낭만적인 댄스 홀로 왈츠나 탱고를 추고 소시지와 맥주를 즐길 수 있는 동네 사람들의 만남의 장소다. 진정한 핀란드 문화를 느끼고 싶다면 이곳으로 가자!

영업시간 5월부터 8월까지 금 오후 9시~새벽 1시, 일 오후 3시~오후 7시

입장료 금 14유로, 일 10유로

주소 Puistolantie 1-3, Koria

전화 +358 45 133 1611

www.korianponsi.com/fi-fi/kallioniemi-review

따루의 **추천 먹거리**

삐가 야 렌끼 PIIKA JA RENKI

엘리매끼의 무스띨라 수목원 바로 옆에 있는 낭만적인 커피숍. 수제 케이크도 먹고 기념품 쇼핑도 하고 전시회까지 관람할 수 있는 명소 중의 명소. 특히 산딸기 무스케이크 강력 추천!

영업시간 5월부터 7월까지 월~토 오전 9시~오후 6시, 일 오전 10시~오후 8시, 8월부터 9월 중순까지 월~토 오전 10시~오후 7시, 일 오전 10시~오후 7시

가격 커피 2.30유로, 빵 & 케이크 3유로~6유로

주소 Mustilantie 57, Elimäki

전화 +358 40 417 7246

www.piikajarenki.fi

퀴멘 파빌리온 Kymen Paviljonki

코리아의 몇 안 되는 식당 중 하나다. 휴게소이면서도 인테리어 & 디자인 가게도 있고 저렴한 가격으로 맛있는 점심 뷔페도 즐길 수 있다. 퀴미 강에 위치해 있어 계단으로 내려가면 아름다운 강의 풍경을 감상할 수 있다.

영업시간 월~토 오전 7시 30분~오후 9시, 일 오전 8시 30분~오후 9시

가격 점심 뷔페 10.40유로

주소 Helsingintie 408, Kuusankoski

전화 +358 20 786 1220

www.kymenpaviljonki.fi

따루의 추천 쇼핑지

벤야민의 농산물 가게 Benjamin's Farm Market

퀴멘락소에서 가장 인기 있는 지역 특산품 & 농산물 매장이라고 해도 과언이 아니다. 신선한 채소, 고기, 빵, 생선 등이 많고 안에 작은 카페도 있다. 여기서 파는 베이글은 정말 맛있다.

영업시간 수~금 오전 10시~오후 6시, 토 오전 10시~오후 3시, 일 오후 12시~오후 5시

주소 Kymenrannantie1, Iitti

전화 +358 5 326 0247

www.maatilatori.fi

따루의 추천 숙소

미껠라 농장 Mikkela Farm

코리아에서 하룻밤 보낼 생각이면 숙소로 미껠라 농장을 추천한다.

가격 2인실 76유로

주소 Kukkomäki 59, Koria

전화 +358 40 510 4143

www.mikkelafarm.net/englanti.html

헬싱키에서 퀴멘락소/코리아로 가는 방법

고속버스, 기차, 온니버스 등을 이용할 수 있지만 지역이 넓어서 관광을 제대로 하려면 차를 렌트하는 것이 좋다. 일반 고속버스는 헬싱키에서 출발해서 코리아 시내까지 가는데 약 2시간 10분 소요된다. www.matkahuolto.fi

기차의 경우 헬싱키에서 타고 꼬우볼라 역에서 내리면 된다. 소요시간은 1시간 30분이다. 코리아 역의 작은 빨간 기차lähijuna도 한 방법이다. 꼬우볼라에서 버스를 타면 15분 만에 코리아로 갈 수 있다. 온니버스는 엘리매끼와 꼬우볼라에서 정차한다. www.onnibus.com

꼬우볼라 관광청 www.visitkouvola.fi

핀란드의 역사

북유럽에 위치한 핀란드는 동쪽으로 러시아, 서쪽으로 스웨덴, 북쪽으로 노르웨이, 남쪽으로는 바다 건너 에스토니아와 이웃하고 있다. 핀란드 지역에는 빙하기가 끝날 때부터 사람들이 살아왔다고 하는데 그 사람들이 현재의 핀란드인인지는 정확히 알 수 없다. 다만 가장 보편적인 이론에 의하면 기원전 4000년 즈음에 핀란드인의 조상은 피노우그리아finno-ugric족(헝가리인과 에스토니아인의 조상)과 함께 러시아 볼가 강과 우랄산맥 근처에 살다가 점점 핀란드 지역으로 이동해 왔다고 한다.

핀란드도 한국처럼 지리적 위치 탓에 늘 강대국들 사이에서 고난을 겪어야만 했다. 1200년대에 스웨덴이 핀란드를 합병했는데, 당시 핀란드는 그저 여러 지역으로 나뉘어 있었을 뿐, 국가를 이루지 못하고 있었다. 1600년대부터 스웨덴은 강대국이 되어 세력을 넓혀 나갔지만 1809년 러시아와의 전쟁에서 패함으로써 세력이 위축되었고, 핀란드는 러시아가 통치하는 대공국이 되었다. 1917년에는 비로소 러시아에서 독립했으나 1939년 소련이 전쟁을 시작하여 계속해서 고난을 겪어야만 했다. 2차 세계대전 이후에는 간신히 독립은 유지했지만 영토 일부를 소련에 빼앗기고 말았다.

이처럼 핀란드는 항상 강대국들 사이에 끼어 눈치를 봐야 했고 그 긴 세월 동안 아픈 역사도 많다. 그래서인지 핀란드인도 한국인의 '한'과 비슷한 정서가 있다. 또한 긴 핍박을 견디며 키워 온 시수Sisu정신은 어떠한 시련에도 굴하지 않고 버텨내는 '인내와 끈기'로 핀란드 사람들을 지탱하는 원동력이었다.

핀란드의 언어

핀란드에서는 핀란드어를 쓴다. 영어, 독일어, 프랑스어, 스페인어와 같은 대부분의 유럽 언어들은 인도유럽어족에 속하지만 핀란드어는 헝가리어, 에스토니아어와 함께 우랄어족에 속한다. 많은 한국 사람들은 핀란드어가 한국어처럼 우랄알타이어족에 속한다고 생각하는 경우가 많았지만 이 이론은 더 이상 설득력을 갖지 못한다. 그럼에도 두 언어 사이에는 비슷한 점들이 많이 보이는데, 우선 가장 눈에 띄는 공통점은 교착성이다. 핀란드어도 한국어처럼 다양한 어미를 붙여 문법적인 성격을 나타낸다. 주격, 목적격, 소유격 등의 격을 쓰는 것도 두 언어의 공통점이다. 또한 두 언어 모두 전치사를 사용하지 않으며, 어순이 비교적 자유롭다.

핀란드어는 알파벳으로 표기하며 영어와 달리 적힌 대로 읽으면 된다. 모음은 A(아), E(에), I(이), O(오), U(우), Y(우 움라우트), Ä(아 움라우트), Ö(오 움라우트)가 있고, 같은 모음이 두 번 연달아 적히면 길게 발음하면 된다. 자음은 한국어 된소리와 비슷한 K(ㄲ), P(ㅃ), T(ㄸ)를 많이 쓰며, 스페인어처럼 혀를 굴리는 R, 영어의 Y와 비슷한 J가 있고, 그 외에도 영어와 비슷한 알파벳 자음이 있다. 예를 들어, 핀란드어로 핀란드는 'suomi'이고 발음은 '수오미'라고 한다.

만나거나 헤어질 때의 인사말은 hei(헤이) 또는 moi(모이), 감사합니다는 kiitos(끼이또스), 미안합니다는 anteeksi(안떼엑시)라고 한다. 하지만 핀란드어를 모른다고 해서 걱정할 것은 없다. 대부분의 핀란드 사람들은 영어로 의사소통이 가능하기 때문에 영어만으로도 여행을 하는 데 큰 어려움은 없을 것이다.

05 호수 지역 Järvi-Suomi

하늘빛 호수에 빠지다

핀란드 하면 떠오르는 단어 중 호수를 빼놓을 수 없다.
핀란드에는 약 19만 개에 달하는 호수가 있고, 그중 특히 호수가 많은 곳은 '예르비 수오미Järvi-Suomi'라 불린다. '호수 핀란드', '호수 지역'이라는 뜻이다. 핀란드 호수의 절반 이상이 이 호수 지역에 위치해 있다고 하니 그 수가 얼마일지 감히 상상이 되지 않는다. 호수가 있다면 숲은 자연스럽게 따라오는 법. 이곳에서의 시간은 온전한 자연에 좀 더 가까이 다가갈 수 있는 시간이 된다.
우리는 이제 핀란드 호수 지역으로 달린다.

따루야, 여행보다 사람이 먼저 아니겠니?

세계문화유산 베를라Verla

핀란드가 '호수와 숲의 국가'라는 사실은 많은 사람이 알고 있을 것이다. 핀란드에는 약 18만 8,000개의 호수가 있다. 그중 핀란드에서 가장 커다란 사이마 호수Lake Saimaa는 러시아와 맞닿은 핀란드 동부의 빙하호다. 면적은 무려 4,400km^2. 제주도의 2.4배에 달하는 크기다. 유럽 대륙에서도 네 번째로 큰 호수에 속한다. 또한 이 호수는 러시아 '물의 도시' 상트페테르부르크와 연결된다. 러시아 황제 알렉산드르 1세는 이곳을 방문한 후 "너무 아름다우니 절대로 경관을 해치지 말라."고 당부했다고 한다.

사이마 호수가 있는 핀란드 동쪽의 수백 km에 걸쳐 있는 지역은 유럽에서도 가장 규모가 큰 호수 지역이다. 호수 지역에는 수만 개의 호수와 20만 개의 코티지Cottage가 포진해 있으며, 310여 마리의 얼룩큰점박이 바다표범이 서식하고 있다.

나는 핀란드에서 숲과 호수가 어떤 의미인지, 그리고 핀란드 사람들이 숲과 호수를 통해 어떠한 문화를 만들어가며 생활하는지가 궁금했다. 그래서 꼭 이 지역에 와보고 싶었다. 감사하게도 엄마가 기꺼이 차를 빌려주어 호수 지역, 특히 대표적인 호수 도시 사본린나Savonlinna로 차를 달렸다.

아침 공기가 서늘했지만 핀란드 최고의 절경을 보러 간다는 생각에 기분만은 최고였다. 그런데 운전을 해야 하는 따루의 허리에 갑자기 문제가 생겼다. 호수 지역으로 가는 길목에 위치한 베를라Verla에 도착했을 때 따루는 내가 지금까지 본 따루가 아니었다. 허리가 불편한 탓에 절뚝절뚝 걷는 모습을 보니 미안했고, 여행이 제대로 계속될 수 있을지 불안했다. 함께하는 여행인데 누구는 아프고, 누구만 즐겁게 놀 수는 없는 노릇 아닌가. 운전을 잘 못해 도와줄 수 없는

세월의 흔적이 보이는 암각화. 보일 듯 말 듯한 벽화가 왠지 신석기시대의 그림 같다.

내가 무능력하게 느껴져 따루에게 나중에 다시 오면 되니 돌아가자고 했지만 오히려 따루가 펄쩍 뛰었다.

"안 돼! 얼마나 힘들게 맞춘 일정인데… 갈 수 있는 데까지는 가봐야지."

여행의 시작부터 최대의 위기가 닥친 것 같았지만 우선 계획대로 일정을 소화하기로 했다.

베를라는 유네스코 세계문화유산으로 선정된 곳이다. 19세기 이 지역에서 발달한 펄프 공장과 합판 공장이 그 가치를 인정받았기 때문인데, 나는 공장이 세계문화유산으로 등록된다는 사실이 그저 신기하기만 했다. 대부분 유적이라고 하면 보통 성이나 왕궁, 교회 등을 떠올리게 마련이지 않은가.

이 지역에 공장이 처음 들어선 것은 1872년인데, 1876년에 대화재를 겪은 후 1882년에 다시 지어져 1964년까지 가동되었다고 한다. 지금은 그 역할을 다 한 공장 건물이 박물관으로 개조되어 보존되고 있다. 소규모 지방 공업지대의 뛰어난 보존 사례라고 한다.

박물관을 거쳐 발케알란 베를란 깔리오마알라우스Valkealan Verlan Kalliomaalaus를 둘러봤다. 신석기시대의 것으로 추정되는 암각화라고 한다. 그다음으로 밀 박물관을 거처 몇몇 기념품 가게를 구경했는데, 기억에 가장 많이 남은 것은 깊이 3m, 넓이 80cm의 구멍이다. 빙하가 녹으면서 얼음이 돌고 돌아 만든 동굴인데, 핀란드 사람들은 그 동굴을 원시종교 속 주인공인 도깨비 히시Hiisi가 만들었다고 믿는단다.

도깨비 히시가 만들었다고 전해지는 동굴. 설마 저 안에 도깨비가 있는 것은 아니겠지?

세계문화유산으로 등록되어 있지만 워낙 작은 마을이다 보니 베를라에서는 식당 하나 찾아보기 힘들었다. 나에게는 세계문화유산이라기보다 아주 조용한 마을로 기억될 것 같다. 그리고 다행인 것은 이 작고 조용한 마을을 둘러보면서 따루의 상태가 매우 많이 호전되었다는 사실이다. 도처에 널린 호수, 끊임없이 푸른빛으로 넘실거리는 풍경을 보고 치유가 된 것일까? 어쨌든 조금은 안도하는 마음으로 차를 몰아 다음 목적지 레뽀베시 국립공원으로 향했다.

비가 오면 파전? 핀란드에서는 팬케이크!

레뽀베시 국립공원Repovesi National Park

레뽀베시 국립공원Repovesi National Park 주차장에는 버스와 자동차가 꽤 많이 들어차 있었다. 유명 관광지가 맞는 모양이었다. 핀란드가 숲과 호수의 나라라는 것을 자랑이라도 하듯이 입구에 들어서자마자 길쭉길쭉 하늘을 향해 뻗은 나무들이 시야에 가득 들어왔고, 그 너머로는 파란 하늘과 흰 구름을 머금은 호수가 시선에 탁 꽂혀왔다. 이곳은 자연 그대로의 모습을 온전히 보여주기에 쓸데없는 미사여구는 필요 없는 곳이었다. 왠지 맑은 공기가 눈에 보이는 듯 시야도 한층 상쾌해지는 기분이었다.

레뽀베시 국립공원은 15km^{2}의 면적으로, 소나무와 자작나무가 수종의 주를 이루고 곰, 사슴, 늑대, 다양한 조류가 사는 터전이다. 또한 여기서는 캠핑과 낚시가 가능하며, 핀란드의 모든 국립공원과 마찬가지로 무료 입장이다.

그런데 아뿔싸. 기가 막히게 좋은 경치에 방심하고 있다 보니, 시련이 닥쳐왔다. 국립공원으로 들어가기 위해서는 나무로 만든 흔들 다리를 지나가야 했는

레뽀베시 국립공원. 미사여구가 필요 없는 자연 그대로의 풍광이 한없이 아름답다.

데, 겁쟁이인 나로서는 이게 굉장히 큰 고역이었다. 다리 옆 난간에는 여기를 지나 간 연인들의 사랑의 징표인 듯 열쇠가 주렁주렁 매달려 있었다. 왜 연인들은 이 세상 모든 다리에 열쇠를 매다는 것인지. 눈앞에 닥친 시련 때문에 괜히 이 세상 모든 커플에게 화풀이를 해보지만, 그런다고 문제가 해결될 리 없었다. 체험 학습을 나온 어린 학생들도 잘만 건너가건만 다리가 흔들흔들 출렁거릴 때마다 세상이 무너지는 듯 내 가슴도 철렁 내려앉았다. 따루는 원망스럽게도 이미 자연스럽게 통과했다.

"언니 의외네. 이런 것 겁내지 않을 줄 알았는데. 히히, 재미있네."

"언니가 예전엔 안 그랬는데 이제 나이가 먹으니 겁도 많아졌나 보다."

가까스로 부처님, 공자님, 예수님을 속으로 외치며 무사히 흔들 다리를 통과했는데, 날씨가 흐려지는 것이 영 불안했다. 오는 날이 장날이라던데, 비가 올 듯 말 듯 날씨가 감을 잡기 힘들었다. 내가 어떻게 들어온 국립공원인데, 혹시 비를 쫄딱 맞으며 다녀야 하는 건 아니겠지? 불안한 마음으로 간단히 점심을 먹기 위해 바비큐를 해 먹을 수 있도록 만들어져 있는 실내 오두막 안으로 들어갔

흔들 다리를 건너려니 다리가 후들후들. 누가 나 좀 도와줘!

다. 이미 자리를 잡은 사람이 많았다. 아주머니들이 불을 피우고 준비해온 반죽으로 팬케이크를 굽고 있었다.

우리가 비 오는 날 파전이나 김치전을 생각하는 것처럼 핀란드에서는 비 오는 날 팬케이크를 먹는 건가? 너무 먹고 싶은 티는 내지 않으려고 슬쩍 쳐다보니 잼과 소스도 미리 다 준비해 온 듯했다. 손이 큰 아주머니인지 우리가 같이 먹어도 될 정도로 팬케이크 반죽도 엄청 많았다. 그런데 갑자기 팬케이크를 굽던 아주머니가 우리에게 말을 걸었다.

"어디에서 왔어요?"

"한국에서 왔습니다. 서울."

비가 오는데, 팬케이크라. 파전이 생각나는 걸 보니 나는 한국인이구나 싶다.

오호라, 그러더니 감사하게도 팬케이크 두 장을 접시에 담아주었다. 간단히 준비해 온 샌드위치와 주스만 먹으려고 했는데. 신난 기분을 들키지 않으려고 조신하게 팬케이크를 받아 들어 먹고 있는데 따루가 슬며시 한마디 했다.

"핀란드 사람들은 모르는 사람한테 먹을 것을 잘 안 주는데, 아무래도 동양인 관광객이다 보니 신기했나 봐."

아무려면 어떤가. 역시 여행에서는 생각지도 않은 일들이 벌어지고 그런 기억들이 여행의 한 축을 완성하는 것이니. 어느덧 빗방울이 흙바닥을 적시고 있었다. 살짝 뿌려지는 비와 울창한 나무와 푸른 호수, 오두막집, 그리고 인심 후한 아주머니의 온기가 느껴지는 팬케이크까지. 이보다 더 좋을 수는 없었다.

조금 심심하기는 하겠지만 시끄럽지 않게 자연의 고요함과 여유로움을 느끼고 싶다면 레뽀베시 국립공원에서의 하룻밤을 추천한다. 친구끼리 가족끼리 연인끼리 낚시도 하고 밥도 해 먹고 배도 타면서 시간을 보내다 보면 그 자체가 온전한 힐링의 시간이 될 것이다.

난 정말 숙소 복은 타고났어!

로마모낄라Lomamokkila

우리는 베를라와 레뽀베시 국립공원을 뒤로 하고 사본린나Savonlinna로 달려 갔다. 핀란드 동부의 사본린나는 핀란드가 호수의 나라임을 여실히 보여주는 곳이다. 수상 교통의 허브일 뿐 아니라 각양각색의 수로 덕택에 수상 스포츠와 다양한 래프팅을 제대로 즐길 수 있는 곳이기도 하다. 자동차 창 너머로 사본린나를 상징하는 올라빈린나 성Olavinlinna Castle이 시야에 들어왔다.

하지만 성으로 가는 것은 다음 날의 일정. 일단 목을 축이기 위해 유명하다는 양조장 식당 후빌라Huvila에서 가볍게 맥주를 한잔했다. 운전 때문에 술을 입에 대지 못하는 따루에게는 미안했지만 호수를 바라보며 마시는 맥주의 향이 그날따라 더욱 새로웠다.

사본린나 시내를 벗어나 숙소로 향하는 길. 잠깐 흩뿌리던 비가 어느새 그치고 날씨가 개었다. 하늘은 맑고, 녹음과 갖가지 꽃들로 환상적인 드라이브코스가 만들어졌다. 우리는 황홀한 드라이브 끝에 '환영합니다 Tervetuloa'라는 인사말 표지판을 지나 로마모낄라Lomamokkila 숙소에 도착했다. 주차를 하고 차에서 내리자마자 "와!" 하는 감탄사가 나도 모르게 터져 나왔다. 정말 우리는 숙소 복을 타고 난 듯했다. 넓게 펼쳐진 대지 위에 잘 지어진 건물, 마치 별장 같은 느낌을 주는 숙소였다. 정말 아무것도 안 하고 잘 쉬다 갈 수 있을 것 같았다. 물론 이는 따루의 철저한 자료 조사와 꼼꼼한 예약 덕분이었다.

메인 2층 건물에는 생각보다 많은 객실이 있었다. 공동 주방은 그야말로 입이 떡 벌어질 정도였는데, 확 트인 공간과 높은 천장으로 이루어진 목조 주방에는 없는 것 없이 모든 것이 갖추어져 있었다. 그 어떤 요리라도 척척 해낼 수 있을 정도로 훌륭한 주방이었다. 벽난로와 고풍스러운 시계, 오르간, 꼬마 손님을 배려한 장난감, 싱싱하게 잘 자란 화초, 음악을 들을 수 있는 오디오 시스템 등 보는 것만으로도 우리를 신나게 하는 것들투성이었다. 때마침 그런 주방에 우리뿐이었다. 우리는 어린애들처럼 서두르기 시작했다.

오븐에 따끈하게 데운 피자와 보글보글 맛있게 익은 라면, 거기에 헬싱키에서 사 온 김치, 인스턴트인데도 꽤 맛이 좋은 엄마의 집Casa di Mama 모차렐라 피자, 1리터짜리 까르후Karhu 맥주를 보니 듬직했다. 부엌이 좋아서일까, 기분 탓일까. 오늘은 라면과 피자마저도 궁합이 매우 잘 맞는 최고의 조합이었다.

밥을 먹고 건물 밖으로 나와 보니 농기구들을 넣어두는 조그만 창고가 있는데, 안에는 숙소에서 만든 술과 통조림, 과자가 조그만 쟁반에 놓여 있었다. 정말 소박한 상점이었다. 과자 4봉지, 와인처럼 생긴 과일주 3병, 통조림 2개가 상품의 전부였다.

숙소를 벗어나 멋들어지게 펼쳐진 자작나무숲을 가로질러 호수로 향하는 도중에 그야말로 '엣지' 있는 헤어스타일의 소 떼를 만났다. 사람들이 익숙한지 우리를 보고 전혀 미동도 하지 않았다. 느낌 있는 소를 뒤로하고 계속 자작나무숲을 가로지르니 탁 트인 곳에 호수가 있었다. 저 멀리 보이는 호수 옆 벤치, 그림 같은 평원에 지어진 오두막집… 그냥 보기만 해도 그림인데 따루는 물을 만져보면서 아직도 너무 따뜻하다고, 수영을 해도 될 정도라며 급 흥분 모드에 돌입했다. 수영복을 챙겨왔다면 호수로 뛰어들 태세였다.

평화로운 풍경을 보고 있자니 더 이상 바랄 것이 없었다. 여러 잡다한 고민이 사라지고, 욕심마저도 그 순간만큼은 내려놓게 되었다. 삭막한 잿빛 도시에 남겨둔 사람들에게 미안할 정도의 호사였다. 아등바등 살아가는 도시의 일상에

물을 먹고 있는 소의 헤어스타일을 '엣지' 있다고 느끼는 건 나만이 아닐 거야.

호수로 걸어가는 길에 펼쳐진 자작나무숲길. 장관이다.

서 조금만 용기를 내면 이렇게 아무 생각 없이 쉴 수 있는데, 현대인들은 그 작은 용기도 내기 힘든 환경 속에 놓여 있다. 안타까운 일이다. 돌아오는 길에 다시 한 번 순둥이 소들과 인사를 나누고 방으로 돌아왔다. 이러한 공기 속에서는 잠도 잘 올 것 같다.

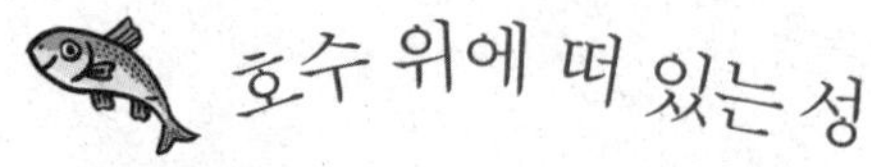

호수 위에 떠 있는 성

올라빈린나 성Olavinlinna Castle

다음 날, 상쾌한 기분으로 아침 식사를 하러 식당에 가 보니 웬만한 호텔 조식 부럽지 않은 식사가 차려져 있었다. 친환경 재료로 만든 그야말로 핀란드 가정식 집밥이었다. 따루는 정갈하게 차려진 음식들을 보며 계속해서 감탄했다.

"언니, 대박. 너무 훌륭한 음식이다. 여태까지 먹은 음식들 중 최고야."

기분 좋게 아침 식사를 마치고 숙소에서 나와 사본린나 시내를 간단히 돌아본 다음, 오늘의 목적지 올라빈린나 성Olavinlinna Castle으로 향했다. 배낭을 멘 여행자들이 성을 향해 걸어가고 있었다. 동네 주민으로 보이는 아저씨는 호수에 낚싯대를 드리우고 있었고, 주인을 따라나선 강아지들은 연신 잔디밭을 뛰어다녔다. 누군가에게는 설레는 여행지가 누군가에게는 평범한 일상의 공간이라는 사실을 잠시 잊고 있었다.

숙소의 아침 식사. 우아, 웬만한 호텔 조식보다 낫다.

사본린나 지역의 상징이기도 한 올라빈린나 성에는 관광객이 많았다. 다양한 언어로 가이드 투어가 진행되고 있어 순서 및 정원에 따라 성 내부를 설명과 함께 구경할 수 있었다.

가이드의 설명을 통해 성의 역사를 정리해보면, 500년의 역사를 자랑하는 올라빈린나 성은 1475년 스웨덴의 통치자였던 에리크 악셀손 또트Erik Axelsson Tott가 세운 일종의 수상 요새다. 방어에 유리하도록 사이마 호수와 가까운 바위투성이 섬에 건축되었는데 당시 스웨덴과 러시아가 그 지역에서 국경을 접하고 있었고 이곳을 두고 수 세기 동안 갈등이 지속되었다고 한다. 그러다가 마침내 성은 러시아의 수중에 떨어졌고, 핀란드가 독립을 얻은 이후에는 군사적 중

올라빈린나 성. 호수 위에 떠 있는 모습이 정말 아름답다.

요성을 상실하게 되었다. 스웨덴이 세우고 러시아의 소유가 되었다가 핀란드의 품으로 돌아온 올라빈린나 성은 3개국의 문화적 색채가 골고루 녹아 있는 역사적 현장인 것이다.

성의 이름은 10세기 가톨릭 성인인 노르웨이인 올로프Olof에서 유래했으며, 성의 구조는 크게 기본 성, 3개의 커다란 탑, 탑으로 강화된 성벽에 둘러싸인 안쪽의 정원으로 나뉜다. 1860년대에 두 차례의 화재가 일어나 커다란 피해를 입기도 했으나, 다행히 1961년부터 1975년 사이에 완전히 복원되었다. 보수공사를 거치며 다양한 문화 행사의 장으로 변모했으며, 지금은 핀란드에서 가장 유명한 관광 명소 중 하나로 자리 잡았다. 그중에서도 손꼽히는 행사는 1912년부터 시작되어 매년 여름 개최되는 오페라 축제인데, 이 축제를 보기 위해 전 세계에서 음악 팬들이 몰려든다고 한다.

성은 1년 내내 일반인에게 개방되며, 성 내부의 타워, 보루, 방 등을 제대로 보기 위해서는 매시 정각에 이루어지는 가이드 투어를 신청해야 한다. 성안에 있는 작은 박물관에는 성의 역사를 간직한 전시물과 함께 동방정교회의 보물들도 전시되어 있다.

좁고 어두운 계단을 올라 성의 망루에 도착하니 거울처럼 맑은 호수가 힘들게 올라온 보상을 해주는 듯했다. 예전에는 지금처럼 상단 부분이 막혀 있지 않고 확 트여 있어 혹시라도 보초를 서는 병사 가운데 살짝이라도 조는 사람이 있으면 바로 호수에 던져버렸다고 한다. 가혹한 벌이다.

고등학교 선생님처럼 열심히 설명을 해주는 가이드와의 투어는 거의 한 시간이 넘어 끝이 났다. 궁금한 점에 친절히 대답해주고 좁은 길을 지날 때나 어두운 계단을 오를 때 혹시 뒤처지는 사람이 없는지 꼼꼼하게 살피는 가이드의 모습이 매우 인상 깊었다.

호수 위에 떠 있는 성, 그 안에 있는 우리, 성 위에서 내려다본 호수의 금빛 물결, 얼굴에 와 닿는 바람을 맞으며 즐기는 오페라 축제… 잠시 눈을 감고 이 모든 것을 느끼고 상상해보았다. 기회가 된다면 축제 기간에 다시 방문하고 싶다. 정말 아름다운 성이다.

올라빈린나 성을 나와 사본린나에만 있다는 빵을 먹으러 항구 쪽으로 걸어갔다. 항구에서는 크기도 모양도 다양한 유람선이 손님맞이 준비에 한창이었다. 여유가 있다면 마음에 드는 유람선을 골라 호수 투어를 하는 것도 좋을 것 같다.

항구 한복판에는 흰색 가운을 입고 높은 의자에 서서 열심히 그림을 그리는 사람들이 있었다. 자세히 보니 'Savonlinna'라고 쓰인 은빛 글씨 뒤로 올라빈린나 성이 그려지고 있었다. 좀 더 많은 이들에게 사본린나를 알리고자 하는 학생들의 노력이었다.

야외시장에는 생선을 파는 아줌마, 꽃을 파는 아저씨, 과일 파는 할머니, 커피를 내리고 있는 아가씨까지, 시장에 왔다는 것을 알 수 있게 해주는 풍경이 펼쳐져 있었다.

그럼 이제 호수 지역에서 먹을 수 있다는 뢰르쯔lörtsy를 먹어볼까? 종이 접시에 담긴 먹음직스러운 빵을 보니 절로 입맛이 돌았다. 사람 얼굴 크기만 한 도넛은 혼자 먹기에는 엄청난 양이었다. 설탕이 듬뿍 묻어 있는 대왕 뭉끼Munkki는 우리 전통 시장에서 파는 도넛과 비슷한 모양새인데 핀란드 사람들이 좋아한다는 카다몸Cardamom이라는 향신료가 들어가 있어 독특한 향이 났다. 그리고 오늘의 하이라이트 깔라꾸꼬! 깔라꾸꼬에는 멸치보다 조금 큰 생선이 들어가 있어 약간 비린내가 났다. 나로서는 일단 이 향에 적응되지 않았다. 하지만 저렴한 가격에 단백질을 공급해주는 만큼 배낭여행자에게는 최고의 음식이었다. 맛은 뭐랄까, 터키에서 먹었던 고등어 케밥이 떠오르는 맛이었다. 따루는 엄마가 좋아하는 음식이라며 포장이라도 해 가고 싶어 했다. 우리도 천안에 가면 호두과자를 사고, 경주에서는 황남빵을 사 오지 않던가. 가족과 맛있는 음식을 나누고자 하는 마음은 여기 핀란드라고 해서 다를 바가 없다. 내 입맛에 맞지는 않았지만 야외에서 시원한 바람과 함께 먹은 착한 가격의 깔라꾸꼬는 분명 잊을 수 없는 맛이었다.

어느 것부터
먹으면 좋을까?
와, 정말 크다.
뭐니 뭐니 해도
깔라꾸꼬부터
먹어야지.
아, 맛있겠다!
이것 봐봐.
뢰르쯔lörtsy가 커,
내 얼굴이 커?

마음속까지 경건해지는 공간에서 뭉끼를 만나다

발라모 수도원Valamo Monastery에서의 하룻밤

자, 이제는 특별한 하루를 보내기 위해 사본린나에서 약 120km거리에 있는 발라모 수도원Valamo Monastery으로 향한다. 수도원에서 잠을 자는 이번 경험은 아마도 생애 최초이자 마지막일 것이었다. 핀란드 동부 헤이내베시Heinävesi로 향하는 길. 어김없이 양옆으로 호수가 펼쳐졌다. 투명하고 맑은 호수를 보며 핀란드에 많이 산다는 엘크와 사슴이 호숫가에 와서 물도 먹고 호수에 본인들의 얼굴도 비춰보는 동화 속 한 장면을 그려보았다. 끊임없이 호수와 자작나무의 향연이 펼쳐지는 가운데 정작 사람은 찾아보기 어려웠다.

바람에 흔들려 부딪히는 자작나무 잎 소리와 새소리에 문득 행복하다는 느낌이 들었다. 곧 마음속으로 자문해보았다. 나는 행복한가? 우리를 행복하게 만드는 것은 무엇일까? 지금 핀란드에서의 나는 행복한가?

핀란드 사람들은 무언가 알고 있는 듯 보이지만 요란하게 얘기하지 않는다. 그들은 그저 가족들과, 때로는 홀로 이런 외딴 숲을 찾아와 오두막에서 조용히 시간을 보내고 사우나를 즐기고 호수에 몸을 담근다. 분명 그 안에 그들 나름대로 간직한 행복의 조각조각이 녹아 있을 것이라 생각하며 나는 잠깐이나마 그들의 행동에 동참하고 싶은 것이다. 그리고 또 한 번 행복의 가치에 대해서 생각하게 된다. 자연 속에서 느껴지는 행복감과 생각을 표현하려 각종 형용사를 모두 동원해 글을 써보지만 이 감정을 담기에는 부족하다. 그런 면에서 문장이란 때로 무력하다.

발라모 수도원은 1940년에 세워진 핀란드 유일의 동방정교회 수도원이다. 러시아 발라모 수도원의 수도사들이 이곳에 정착해 세웠다고 한다. 지금은 핀란드 동부 호수 지역의 관광 명소가 되었다.

발라모 수도원의 전경. 그냥 바라보는 것만으로도 경건해진다.

수도원에는 동방정교회 유물을 모아놓은 박물관과 와인 양조장, 여행자 숙소, 레스토랑 등이 마련되어 있다. 수도원 건물은 창고 2개를 연결한 것인데, 주변 숲, 호수와 어우러져 아름답고 평화로운 풍경을 갖추고 있다. 현재 러시아에 새로 복원된 발라모 수도원과 구분하여 뉴 발라모 수도원New Valamo Monastery 이라고도 불린다.

헤이내베시는 수도인 헬싱키에서 북서쪽으로 약 365km 떨어져 있다. 헬싱키, 쿠오삐오Kuopio, 요엔수Joensuu 등에서 매일 이곳으로 오는 버스가 운행되고, 여름이면 크루즈 여행 상품도 운영된다고 한다. 매년 16만 명 정도의 관광객이 찾아온다고 하니 그 명성이 어느 정도인지 짐작할 만하다.

체크인을 위해 수도원에 들어서니 순백색 블라우스 차림의 직원이 우리를 반갑게 맞이해주었다. 수도원 내부를 소개해주며 가보면 좋을 곳들을 알려주었고, 수도원에서 직접 생산된 와인 자랑도 빼놓지 않았다. 수도원에서 직접 생산된 와인은 병 자체가 예뻐 탐나는 아이템이었다.

실내에는 달콤한 꿀 향기가 인상적인 키다리 초와 다양한 인물의 종교화가 가득했다. 종교의식에 사용되는 물건의 종류가 이렇게 많은 줄 예전에는 미처 몰랐다.

안내를 맡은 인상 좋은 직원은 수도원에서 지켜야 할 규칙 2가지를 알려주었다. 수도사들이 사는 숙소에는 가지 말 것, 수도사를 만나게 되면 아무리 반가워도 허락 없이 사진을 찍지 말 것. 매우 간단한 규칙이었다. 모든 설명을 들은 후 'Valamo'라고 새겨진 종 모양의 나무 열쇠를 받아 들었다. 우리가 묵을 방은 30번 방. 숙소 안에 샤워 시설과 화장실이 없고 공동으로 사용해야 하는 것이 조금 불편할 것 같았지만 충분히 감수할 자신이 있었다.

우리들이 묵을 방 앞에는 잔디밭이 있었다. 그 안에서 강아지, 말, 소, 곰, 닭이 놀고 있었다. 아니, 자세히 보니 모형이었다. 모형이지만 멀리서 보면 착각을 일으킬 정도로 자연스러웠다. 양파 모양의 흰색 건물은 정면의 황금빛 벽화를 자랑하며 우아한 자태로 서 있었다. 수도원에서 직접 운영하는 와이너리의 모습도 보이고, 건물 앞에는 엄청나게 큰 덩치를 자랑하는 와인 통이 놓여 있었다.

근처에는 역시나 호수가 자리하고 있었다. 세르게이Sergei라는 이름의 보트는 주인을 기다리는 듯 무심히 정박 중이었고 대형 트리로 만들면 좋을 것 같은 전나무도 씩씩하게 서 있었다. 보트 앞쪽에는 통나무로 된 야외 기도실이 있었는데, 문을 열어보니 그야말로 혼자 온 마음을 다해 기도하기에 적당한 크기의 공간이었다. 왠지 가만히 있기만 해도 조용하고 차분해지는 곳이었는데, 그곳을 보니 딱히 종교적인 이유가 아니더라도 마음을 차분히 하기 위해 많은 사람이 수도원을 찾는다는 의미를 알 것 같았다. 나도 조용히 사색하며 그동안의 생활을 돌아보고 앞으로 삶의 계획을 세워봐야겠다는 생각이 들었다.

수도원 안에서만 맛볼 수 있는 한정판 와인을 한 잔씩 하고 잠이 들었는데 어느새 날이 밝았다. 그만큼 숙면을 취했다. 창문을 여니 신선한 공기가 밀려와 나른함이 더해졌다. 조금 더 자고 싶은 달콤한 유혹이 밀려왔지만 꾸욱 참았다. 왜? 여기는 수도원이니까. 왠지 나도 바르고 부지런히 생활해야 할 것 같았다.

"따루야, 얼른 가서 아침 먹자. 그리고 디저트로 뭉끼도 한 개?"

야외 기도실의 모습. 간절한 기도 내용을 절로 읊조리게 된다.

어제 수도원에서 만든 뭉끼를 먹지 못한 것이 아쉬워 간단히 세수만 하고 식당으로 향했다. 흥미로운 점은 핀란드어로 수도승과 도넛을 모두 '뭉끼Munkki'라고 부른다는 점이다.

카페 겸 레스토랑 건물에서는 쿠키와 샌드위치, 피자, 각종 음료와 와인을 판매하고 있었다. 구석에 자리를 잡고 주위를 둘러봤는데, 저쪽에서 '그분'들이 이미 식사를 마치고 커피를 마시고 있었다. 바로 뭉끼, 수도승들이었다. 수도원 안에는 뭉끼가 여덟 분밖에 안 계시기도 하고 이곳에 머물면서 뭉끼를 만나기는 힘들다고 하는데, 두 분을 한꺼번에 만난 것이었다.

기회를 보며 따루와 계속해서 눈치를 주고받다가 결국 따루가 용기를 내 나선 덕분에 그분들과 함께 사진을 남기게 되었다. 그렇게 복된 아침을 맞으며 우린 수도원을 나설 채비를 했다.

수도원을 나서 바르까우스Varkaus 시의 또르니Torni 전망대에 올랐다. 파스텔 색조의 조그만 집들이 질서 있게 서 있는 모습과 집들의 반 이상을 둘러싸고 있는 숲, 호수가 장관이었다. 나는 동서남북 모든 방향을 반복해서 돌아다니며 눈앞에 펼쳐진 정경을 두 눈에 담았다.

저 아래의 절경을 보고 있자니 핀란드 자연 다큐멘터리 「숲의 전설」에서 보았던 내용이 떠올랐다. 핀란드인에게 숲은 일종의 성지라고 했다. 나무가 건강

좀처럼 만나 뵙기 힘들다는 뭉끼들과.
그런데 나는 대체 왜 저런 중요한 순간에 눈을 감았을까?

하게 무성히 자라면 인간에게도 행운이 찾아온다고 믿는 사람들, 이는 사람과 나무의 운명이 공존한다고 생각하기에 가능한 일이다. 또한 핀란드인에게 호수는 축복과도 같은 존재이기에 그들은 진심을 다해 호수를 즐긴다. 코티지는 그런 자연과의 만남을 이어주는 주선자와도 같은 존재다.

천만의 인구가 가득 메우고 있는 서울에서 치열하게 살아오다가 과거와 전통이 살아 숨 쉬는 곳, 호수와 녹음으로 가득한 호수 지역에서 보낸 시간은 내게 커다란 축복이었다. 숲과 호수를 통해 '반드시 되찾아야 하는 소중한 것'들을 되돌아볼 수 있었으며, 나 자신을 솔직하게 바라보고 성찰할 수 있었다. 무엇보다 서울에 돌아가 주변 사람들에게 무심한 듯, 하지만 소중하게 건넬 보물과 같은 추억을 만들 수 있었음에 감사하며 호수 지역 여행을 마무리했다.

예르비-수오미 Järvi-Suomi는 직역하자면 '호수 핀란드'로 일명 '호수 지역'으로 불린다. 핀란드의 호수 19만 개 가운데 반 이상이 이 지역에 밀집해 있다. 그중에서도 인구 3만 5천 명의 사본린나Savonlinna는 핀란드의 가장 큰 호수인 사이마Saimaa에 있는 자연 속의 도시다. 코티지를 빌려서 사우나와 수영을 즐기면 자연 속에서 저절로 '힐링'이 될 것이다. 또한 매년 7월에 열리는 오페라축제를 빼놓을 수 없다. 사이마 호수 크루즈는 꼭 타볼 것!

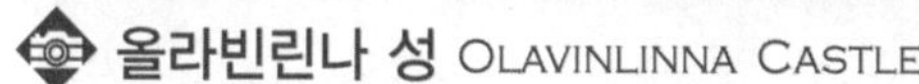

올라빈린나 성 OLAVINLINNA CASTLE

사본린나의 가장 유명한 볼거리다. 러시아로부터 사본린나를 방어하기 위해 지어진 성으로 핀란드의 아픈 역사를 담고 있다. 친절한 가이드와 함께하는 성 투어 프로그램은 들어보는 것이 좋다.

개장시간 6월부터 8월까지 오전 11시~오후 6시, 8월 중순부터 12월 중순까지 1월 초부터 5월 말까지 월~금 오전 10시~오후 4시, 토~일 오전 11시~오후 4시

입장료 어른 9유로, 17세 미만 4.50유로, 7세 미만 무료

주소 Olavinlinna, Savonlinna

전화 +358 295 336 942

www.olavinlinna.fi

 발라모 수도원VALAMO MONASTERY

정말 색다른 여행을 하고 싶다면 발라모 수도원을 추천한다. 사본린나에서 1시간 40분 거리에 위치한 이 수도원에 도착하는 순간 마음이 편해질 것이다. 수도원 안에 있는 기념품 가게의 다양한 소품들이 '지름신'을 강림하게 만들 수도 있으니 조심할 것. 수도원에서 제조하는 와인도 추천 아이템!

개장시간 365일. 단 저녁 9시 이후에는 정숙할 것

가격 25유로부터 90유로까지 다양

주소 Valamontie 42, Uusi-Valamo

전화 +358 17 570 111

www.valamo.fi

사본린나 야외시장 SAVONLINNA MARKET SQUARE

야외시장은 사본린나의 심장이다. 맛있는 사본린나 특산품을 맛볼 수 있는 장소이자 다양한 사람들과 만날 수 있는 곳이다. 여름에는 사이마 크루즈를 타는 것을 추천한다. 청어구이와 돼지고기가 들어간 깔라꾸꼬kalakukko 빵, 동부 지방에서만 먹는 뢰르쯔lörtsy 빵, 생선 무이꾸muikku 훈제구이를 추천한다.

개장시간 7월 월~금 오전 6시~오후 8시, 토 오전 오전 6시~오후 4시, 일 오전 9시~오후 4시, 6월 & 8월 1일부터 15일까지 월~토 오전 6시~오후 4시, 6월 일요일도 오전 9시~오후 4시, 8월 16일부터 다음 해 5월 말까지 월~금 오전 7시~오후 3시, 토 오전 7시~오후 2시

주소 Kauppatori, Savonlinna

www.savonlinnantori.fi

레뽀베시 국립공원 REPOVESI NATIONAL PARK

자연, 등산을 좋아하는 사람에게 적극 추천하고 싶은 곳으로 호수와 숲이 광활하게 펼쳐진다. 다양한 등산 코스가 있으며 7~8월에는 야생 블루베리 천지다. 텐트를 칠 장소도 많고 취사 공간도 마련되어 있다.

주소 Riippusillantie 55, Kouvola

전화 +358 206 395 929

www.nationalparks.fi

베를라 제재 및 판지 공장 VERLA GROUNDWOOD AND BOARD MILL

1870년대에 지어진 베를라는 제재 공장 겸 판지 공장이었다. 핀란드 산림산업의 초기 모습을 확인할 수 있는 곳이며 유네스코 세계문화유산에 등록되었다. 근처에 호수와 대여 가능한 코티지가 많아 놀러가기 좋은 곳이다.

개장시간 5월부터 9월까지 화~일 오전 10시~오후 5시, 7월 매일 오전 10시~오후 6시

입장료 어른 10유로(가이드 포함), 18세 미만 무료

주소 Verlantie 295, Verla

전화 +358 20 415 2170

www.verla.fi

께리매끼 교회 KERIMÄKI CHURCH

사본린나에서 발라모 수도원에 가는 길에 위치한 작지만 매력적인 읍내 께리매끼에 있는 교회. 1847년에 완공되었으며 세계에서 가장 큰 목조 교회로 한꺼번에 5000명의 인원을 수용할 수 있다.

개장시간 6월부터 8월까지 매일 오전 10시~오후 4시. 그 외 시간은 예약 필수

주소 Hälväntie 1, Kerimäki

전화 +358 15 578 9123

www.kerimaenseurakunta.fi

©VisitFinland

따루의 **추천 먹거리**

양조장 식당 후빌라
PANIMORAVINTOLA HUVILA

사본린나의 수제맥주와 수제사이다를 맛볼 수 있다. 2층에는 B&B도 있다. 단, 방은 단 두 개뿐이다.

영업시간 월~토 오후 4시~오후 11시, 주방은 9시까지 개방
가격 요리는 13유로~28유로, B&B는 85유로~125유로
주소 Puistokatu 4, Savonlinna
전화 +358 15 555 0555
www.panimoravintolahuvila.fi

팬케이크 카페 깔리오린나
LETTUKAHVILA KALLIOLINNA

핑크색 외관의 이 카페 메인 메뉴는 팬케이크다. 같은 공간에서 미술 전시회도 열린다. 여름에만 문을 여는 것이 특징이다. 소시지를 구워 먹을 수 있는 자리도 준비되어 있으니 소풍을 가도 좋다.

영업시간 5월 셋째 주부터 8월 중순까지 매일 오전 10시~오후 7시
주소 Sulosaari, Savonlinna
전화 +358 40 828 6600
www.lettukahvilakalliolinna.com

카페 & 레스토랑 까트리안나
CAFE & RESTAURANT KATRIANNA

께리매끼에서 가장 인기 있는 식당 겸 커피숍이다. 저렴한 가격에 푸짐한 핀란드식 점심을 즐길 수 있다. 모든 빵과 케이크는 직접 만든다.

영업시간 월~금 오전 8시~오후 5시, 토 오전 10시~오후 2시
가격 점심 7.90유로~10.50유로
주소 Puruvedentie 63, Kerimäki
전화 +358 15 541 102
www.katrianna.fi

따루의 추천 놀거리

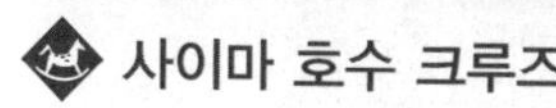

사이마 호수 크루즈

1919년에 건조된 증기선을 이용하는 크루즈로 사본린나 야외시장에서 출발한다. 호수 지역의 아름다운 경치를 감상할 수 있는 최고의 방법이자 여름 필수 코스라 할 만하다.

출발시간 6~8월 매일 오전 11시, 오후 1시, 오후 3시, 오후 5시, 오후 7시
소요시간 1시간 30분
가격 어른 19유로, 7~17세 9유로
주소 Satamakatu 7 as 10, Savonlinna

따루의 추천 숙소

로마모낄라 LOMAMOKKILA B&B

평화롭고 아름다운 이 B&B는 농장 겸 게스트하우스다. 바로 앞에 울창한 자작나무 숲이 펼쳐져 있으며 호숫가에 가면 사우나와 바비큐 시설이 준비되어 있다. 통나무 오두막집, 일반 방 두 종류의 숙박시설이 있다. 조식이 진짜 푸짐하고 맛있다.

가격 시기와 방에 따르다. B&B는 40유로, 8명이 묵을 수 있는 오두막집은 210유로. 자세한 정보는 홈페이지 참조
주소 Mikonkiventie 209, Savonlinna
교통편 사본린나에서 12km 거리에 있어 차로 이동할 것을 추천
전화 +358 15 535 5177
www.lomamokkila.fi

사이마 호수 관광 안내 www.visitsaimaa.fi

사본린나 지역 관광청 www.savonlinna.travel

핀란드의 국립공원 정보 www.nationalparks.fi

핀란드인과 자연

핀란드 사람을 이해하려면 핀란드의 자연을 이해해야 한다. 특히 숲은 핀란드 사람들의 삶과 깊은 연관을 맺고 있다. 핀란드는 국토의 70%가 산림지역이며 이는 사람들의 생계수단이었다. 사람들은 자연에서 사냥과 낚시를 하고 베리와 버섯 등을 따서 식량을 마련했다. 또한 숲은 '핀란드인들의 교회'라는 말이 있을 정도로 종교적 의미를 갖는 장소이기도 하다. 옛날에는 숲에 따비오Tapio라는 신을 비롯해 여러 신비로운 존재들이 산다고 믿었으며, 요즘에도 숲은 신성하고 신비스러운 느낌으로 사람들에게 인식되어 있다.

또한 호수가 19만 개나 되기 때문에 대부분의 핀란드인은 자연스럽게 어릴 때부터 수영을 하며 자란다. 한국에 와서 내가 놀란 것 중 하나가 바로 수영을 하지 못하는 사람들이 많다는 사실이었다. 핀란드인에게 수영은 당연히 하는 것이다. 여름에는 호수에서 아이들을 위한 무료 수영학교가 열리며, 학교에서도 매년 수영을 가르친다. 사우나를 하고 난 뒤 호수에 뛰어들어 거울처럼 잔잔한 물 위를 떠다니며 하늘을 보는 느낌은 이루 말할 수 없다. 마치 천국에 온 것 같은 기분이 든다.

얼음에 구멍을 뚫고 들어가는 겨울 수영도 인기가 높은데 혈액순환과 감기 예방에 탁월한 효과가 있다. 처음에는 사우나를 먼저 하고 몸을 데운 다음 얼음물에 들어가지만, 고수들은 물부터 들어간다. 물론 물에 들어갈 때는 정말 춥다. 목욕탕의 냉탕과는 비교가 안 될 정도로 차갑다. 하지만 물에 들어갔다 오면 온몸이 따뜻해지고 혈액순환이 잘 되어서 피부가 찌릿찌릿한 느낌을 경험할 수 있다. 그렇게 사우나와 호수를 몇 번 왔다 갔다 하다 보면 엔도르핀이 막 쏟아져 나와 식욕도 돋고 잠도 잘 온다.

참고로 핀란드의 수질은 세계에서 손에 꼽을 정도로 우수하다. 보통 해외에 나가면 수돗물은 마시면 안 된다고 하는데 핀란드는 그런 염려할 필요가 없다. 세계 최고 수준의 수돗물이 어디서든 나오기 때문에 물을 굳이 사 먹을 필요가 없다.

핀란드의 자연을 말할 때, 버섯과 베리도 빼놓을 수 없다. 핀란드 사람들은 7월부터 10월까지 각종 베리와 버섯을 따느라 분주하다. 핀란드에서는 자연에서 직접 채취한 것들에 아무런 제재를 가하지 않고, 주인이 있는 땅이라도 베리와 버섯을 따는 데는 아무런 문제가 없다. 단 하나 주의하자면 나무는 땅 주인의 허락 없이 함부로 벨 수 없다. 또한 누구나 자연 속을 마음껏 돌아다니거나 텐트를 치고 머무를 수 있는 권리를 갖고 있다. 이 모든 것은 요카미에헨오이께우스jokamiehenoikeus 덕분인데 번역하자면 '모든 사람들의 권리'라는 의미다.

올란드 Åland 06

핀란드의 제주도

빙하기에 형성된 6,700여 개의 섬으로 이루어진 올란드는
그들 나름의 문화와 경제 체계를 갖는 자치 구역이다.
핀란드 내 지역이기는 하지만 스웨덴어를 쓰는 주민이 많고
올란드만의 자치법도 갖고 있다. 핀란드 속의 또 다른 핀란드,
어쩌면 우리의 제주도를 닮은 곳. 우리는 올란드로 간다.

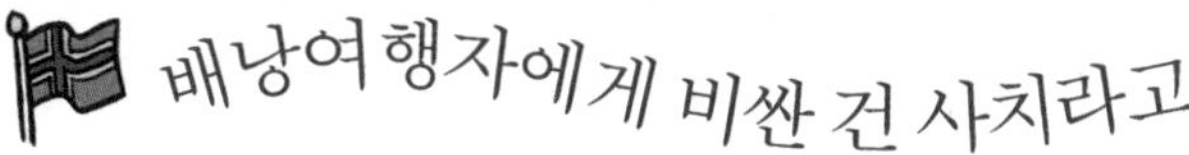

배낭여행자에게 비싼 건 사치라고

특별한 섬, 올란드Åland 가는 길

핀란드 영토이지만 핀란드어를 쓰지 않는 곳이 있다고? 처음에 들었을 때는 이해가 가지 않아 고개를 갸우뚱거릴 수밖에 없었다. 핀란드 내의 또 다른 핀란드라 할 수 있는 올란드는 지리적으로 발트 해 북부, 스웨덴의 스톡홀름과 핀란드 뚜르꾸 사이에 위치하며 1,480km^{2}의 면적에 인구는 2만 9,000여 명, 6,700개의 도서(島嶼)를 포함한다. 중세에는 스웨덴 영토에 속했다가 1809년 러시아에 양도되었고, 1917년부터 핀란드에 귀속된 독립 자치 구역이다. 하지만 언어와 문화는 스웨덴권에 더 가까워 전체 인구의 91%가 스웨덴어를 사용한다.

핀란드에 속해 있지만 스스로의 자치법을 갖는다는 점이 특이하다. 1921년에 국제연맹이 올란드에 자치권을 부여할 것을 명령한 이후, 오늘날 올란드제도는 정치적 중립 지역으로 남아 있다. 주민들은 핀란드의 병역의무 및 방위군 복무 의무 등에서 면제된다. 1920년에 핀란드 국회가 올란드제도의 자치권에 관한 법률을 제정하면서 더욱 광범위한 자치권을 부여받게 된 것인데, 이 법률은 두 차례에 걸쳐 개정되고 보완되었다. 1954년에는 끈질긴 협상 끝에 자체의 국기를 제정하는 데 성공했으니 그야말로 핀란드 속의 또 다른 나라라고 해도 과언이 아니다.

올란드로 향하는 길에는 바이킹 라인Viking Line을 이용하였다. 과거 북유럽 여행을 할 때 스톡홀름에서 헬싱키로 가는 길에 바이킹 라인을 이용한 적이 있다. 지난봄 헬싱키에서 스웨덴을 찾았을 때도 우연히 바이킹 라인을 통해 이동했다. 그리고 이번 따루와의 올란도 자전거 투어를 위해 세 번째로 바이킹 라인에 올랐다. 우리는 중간에 내리지만 바이킹 라인을 따라 계속해서 나아가면 스웨덴 스톡홀름에 도착하게 된다. 가난한 배낭여행자들은 최대한 경제적인 여행을 해야 하기 때문에 저렴한 바이킹 라인은 당연한 선택이었다. 배낭여행자에

즐거운 여행의 시작은 철저한 사전 주류 구입!

배 안에 반려동물 변소가 꾸며져 있다. 반려동물이 증가하는 한국에서도 이러한 시설의 도입을 고려해볼 날이 머지않았다.

게 비싼 것은 사치고말고.

갑판 한쪽에는 역시 동물을 사랑하는 나라답게 반려동물 배변 장소가 아주 예쁘게 꾸며져 있었다. 한국에서는 반려동물이 있으면 승차 거부를 당하는 경우가 많은데, 시간이 지날수록 점점 이런 방향으로 보완되기를 바라본다.

주말이 아니어서 그런지 배에는 노인이 많았다. 대부분 흥겨운 음악에 맞추어 즐겁게 춤을 추고 있었다. 핀란드와 스웨덴을 오가는 크루즈여서인지 두 나라의 노래가 번갈아 나왔다. 음악에 대해 잘 모르는 내가 듣기에 핀란드의 음악 선율이 좀 더 느리고 슬펐다. 따루 말처럼 이 또한 스웨덴과 러시아의 지배를 받은 영향일까? 그렇다면 우리와 비슷한 한의 정서가 그들에게도 존재하고 있을 것이었다. 그래서일까? 이와 달리 지배 국가였던 스웨덴의 노래는 템포가 빠르고 흥겨움이 넘쳐 얄미운 느낌이 들었다.

모두가 흥겹고 즐거운 가운데 원피스 차림의 단정한 할머니가 오랜 시간 홀

우리에게 반전을 선사한 할머니. 알고 보니 능력자였다.

로 앉아 있었다. 안쓰러운 마음에 말을 붙여볼까 생각하는 찰나, 반전이 일어났다. 어디선가 멋진 할아버지가 나타났고 그 할머니는 당당히 그와 손을 잡고 춤을 추기 시작했다. 아, 그때의 배신감이란. 알고 보니 할머니는 인기쟁이였고, 어찌 보면 잠시나마 그런 할머니를 걱정했던 내가 더 외로운 사람이었다. 하지만 내 옆에는 절친한 벗 따루가 있다. 소중한 벗과 하는 여행은 인생의 반려자 혹은 이성과의 여행 못지않게 소중했다. 바이킹 라인은 어느새 발트 해 북쪽 아르키펠라고 해를 지났고, 가까운 시야에 드디어 섬 하나가 들어왔다. 드디어 신비의 섬, 올란드에 도착했다.

조금은 느리게

고난의 자전거 주행기

올란드의 주도(主都)인 마리에함Mariehamn 항구에서 내리자 바로 건너편에 자전거를 대여해준다는 노란색 간판이 눈에 띄었다. 이곳에서 42유로(약55,000원)를 내고 3일 동안 바구니가 달린 빨간색 자전거를 한 대씩 빌리기로 했다. 물론 자전거의 기능, 대여 기간에 따라 가격은 달라진다. 그나저나 우리가 가려고 하는 목적지인 푀글로Föglö까지는 동남쪽으로 대략 30km 거리라고 하는데 최근 몇 년 동안, 아니 언제 자전거 페달을 밟았는지 기억이 가물가물할 정도인 나로서는 그 거리를 제대로 완주할 수 있을지 덜컥 겁이 났다. 하지만 끝까지 가서 아름다운 자연과 비앤비B&B를 보겠다는 일념으로 도전하기로 했다. B&B에 대해서는 뒤에 다시 설명할 것이다.

긴 여정이 될 것이기 때문에 간단한 먹거리를 사기 위해 근처 슈퍼마켓에 들렀다. 그런데 사다 보니 먹거리보다는 전날 면세점에서 산 종이 박스에 담긴 와인, 박스 맥주에 어울릴 만한 치즈, 방울토마토, 특대 감자 스낵만을 골라 담고 있었다. 술과 안주라니. 참 우리다운 쇼핑 목록이었다. 특히 종이 박스 와인은 가볍고 휴대가 간편해 하루빨리 우리나라에서도 판매되기를 기다리게 된 상품이다. 또 하나, 마트에는 싱글들을 위한 전용 바구니가 비치되어 있었는데, 그 바구니를 든 남녀가 인연을 맺게 되는 경우도 있다고 한다.

준비물도 갖추어졌겠다, 이제 자전거 페달을 밟을 시간이다. 하지만 따루는 내가 걱정이 되는지 조심스레 물었다.

"언니, 괜찮겠어? 많이 가야 하는데…."

"야, 괜찮아. 나 자전거 잘 타. 그리고 나에게는 비어(beer)가 있잖아."

우선 시작은 좋았다. 더위에 지치지 않도록 계속해서 바람이 불어왔고 천천히 자전거를 타고 가면서 보게 되는 풍경은 조물주에 감사한 마음이 들 정도로 환상적이었다. 여유롭게 풀을 뜯는 소와 말, 양도 간혹 눈에 띄었다. 무엇보다 자동차 도로와 자전거 도로가 완벽히 구분돼 있어 자전거 여행에는 최고의 조건이었다.

핀란드에는 자전거로 출퇴근하는 자전거 생활인이 많다. 교통 체증이 없는 곳임에도 자전거 인구가 많다는 것은 순수하게 자기 의지대로 자전거를 타는 사람이 많다는 의미다. 또한 주목적이 출퇴근이다 보니 소위 말하는 명품 브랜드 자전거보다 튼튼하고 효율적인 자전거가 대부분이었다. 따루도 어릴 때부터 자전거로 등하교했다고 한다.

거의 모든 도로에 왕복 자전거 차선이 갖춰져 있었고 대도시에는 자전거 전용 신호등이 있는 곳도 있다고 한다. 자전거를 타면서 휴대전화를 들여다보거나 통화를 하는 사람은 없었고, 밤길 운행 시 꼭 전등을 켜고 두 손 운전을 하며, 반드시 헬멧 또한 갖춰야 한다는 규칙이 있다고 한다. 이 모든 것을 잘 지키는 사람들 덕분에 사고율이 굉장히 낮다는 사실은 당연한 결과다. 자전거가 생활의 한 부분으로 자연스레 녹아 있는 모습이다. 하지만 그런 그들도 자전거 문화가 전 세계 1위라는 덴마크를 부러워한다고 하니, 사람의 욕심에는 끝이 없나 보다.

그런데 기분이 좋아서 초반부터 너무 달린 탓일까. 나는 그리 오래 가지 않아 지치기 시작했다. 특히 오르막길이 나올 땐 내가 자전거를 끌고 가는 건지, 자전거에 끌려가는 것인지 구분이 안 될 정도의 상태가 되었다. 그런 나 때문에 예정보다 일찍 쉬어가려고 자전거를 멈춘 곳은 렘스토롬 수로Lemstroms Kanal였다. 그런데 말이 잠시 쉬어가는 곳이지, 그곳 또한 충분히 아름다웠다. 사실 자전거를 타고 지나치는 모든 곳들이 다 좋다 보니 예정된 다른 일정이 없다면 자전거를 세워두고 여유를 부려가면서 머물고 싶은 곳이 한두 군데가 아니었다. 가만

모양은 비슷하지만 색이 다른 핀란드 국기(좌)와 올란드 자치국기(우)

히 앉아 하늘만 쳐다보아도 좋고, 나무를 끌어안고 사색에 잠겨도 행복했고, 조용히 낚시를 해도 즐거울 풍경이었다.

잠시 숨을 돌리면서 따루에게 왜 올란드를 핀란드의 제주도라고 내게 소개했는지 물었다. 올란드처럼 완벽한 자치도는 아니지만 제주도에도 엄연히 자치도라는 이름이 붙어 있고 우리가 제주도를 한국의 최고 휴양지로 꼽듯 이곳 또한 마음 편히 쉬고 싶은 핀란드 사람들이 찾는 곳이기 때문이라고 한다.

그런데 올란드에는 올란드만의 국기가 있다고 한다. 자동차 번호판에도 EU가 아닌 Åland가 표기되며 인터넷 도메인도 fi가 아닌 ax를 따로 사용하고 있다. 2006년부터 기존의 aland.fi에서 aland.ax로 도메인 주소를 바꿨다고 한다.

잠시 숨을 돌린 후 또다시 자전거 페달을 밟았지만 저 앞에 보이는 노란색 물결과도 같은 꽃밭 앞에서 우리는 다시 가던 길을 멈출 수밖에 없었다. 장담하건대, 누구나 이곳에 오면 그냥 지나칠 수 없을 것이다. 가던 길도 멈추고 여기에서 꼭 사진을 남겨야만 한다는 사명감마저 들었다.

새삼스럽게 느낀 것이지만 따루는 카메라와 참 친하다. 방송을 많이 한 덕인지 타고난 능력인지, 아무리 봐도 참 자연스럽게 카메라를 응시한다. 아, 부러워라. 난 왜 이렇게 카메라 앞에서 작아지는 것일까?

중간중간 지친 자전거 여행자들을 위해 준비되어 있는 통나무 의자와 커다란 지도 표지판 덕분에 우리는 현재의 위치와 목적지까지의 거리를 가늠하면서 달릴 수 있었다. 햇빛이 쨍쨍한 날이라 쉬엄쉬엄 가자는 따루의 말에 나는 오히려 용기를 냈고, 마침내 우리가 예약한 B&B까지 우리를 데려다줄 배가 들어오는 스비뇌Svinö라는 조그만 항구에 도착했다. 편의점도 주유소도 심지어 간이

따루는 진짜
카메라 체질인가 보다.
포즈가 어떻게 그리
자연스러운지….

매점조차 없는 작은 항구에서 우리는 도착의 기쁨을 만끽하며 쉴 곳을 찾기 시작했다. 앉을 만한 곳이 보이자 묻지도 따지지도 않고 돗자리를 깔고 앉아 우리만의 파티를 벌였다. 각자의 취향대로 자전거 뒷자리에 고이고이 모셔 온 맥주와 와인을 종이컵에 따라 건배했다. 치즈와 방울토마토, 따루가 어릴 적부터 먹었다던 키즈멧Kismet 초콜릿도 꺼내어 놓으니 그 어떤 만찬도 부럽지 않은 진수성찬이었다.

나란히 사이좋게 서 있는 빨강 자전거 두 대뿐 항구 주위에는 아무것도 없었다. 오로지 물과 하늘과 나무와 구름만이 우리와 함께하고 있었다. 우리의 여행을 축복이라도 하듯 저 멀리 화려한 일곱 빛깔을 자랑하는 선명한 무지개가 떴다. 여행의 출발로서는 꽤 괜찮은 조짐이었다. 그런데 한 캔을 비우고 두 번째 캔을 따는 순간 갑자기 비바람이 몰아치기 시작했다. 부랴부랴 짐을 챙겨 바로 옆에 보이는 통나무 사우나 건물 지붕 밑으로 피하고 나니 얼마 안 가 우리를 태울 흰색 배가 연기를 내뿜으며 서서히 다가왔다.

자전거를 타다
길에서 마시는 술은 꿀맛이다.
저 멀리 여행을 축복하는
무지개까지!
어떤 만찬도 부럽지 않다.

케이크 모양의 3층 배였다. 배에는 올란드 자치국기가 펄럭이고 있었다. 해가 뉘엿뉘엿 지는 풍경을 보고 있는데 문득 승선할 때 요금을 내지 않은 것이 생각났다.

"어, 우리 아직 요금 안 낸 것 같은데?"

"언니, 이상해. 저기 보이는 저 청년이 돈을 안 받네. 그냥 타래."

어라, 웬일인가 싶었지만 그냥 감사히 가만있기로 했다. 형광색 작업복을 입은 청년은 괜히 바쁜 척을 하며 돛을 살피고 배 이곳저곳을 살폈다. 과연 청년의 정체는 무엇일까. 도대체 누군데 요금도 받지 않고 우리를 배에 태워줬을까? 여러가지를 상상할 수 있는 여지를 준 채 배는 서서히 목적지로 향했다.

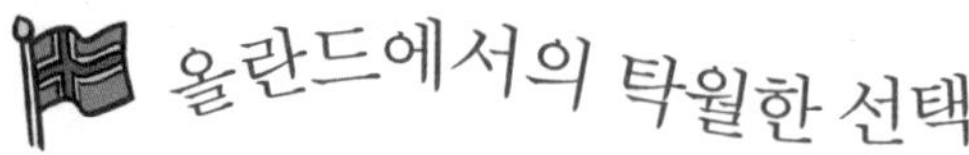

올란드에서의 탁월한 선택

애니그헤텐Enigheten B&B

생크림 케이크 모양의 배가 올란드 푀글로Föglö 지역에 도착하니 해는 이미 거의 다 저물어 있었다. 자전거를 끌고 천천히 주변 경치를 살펴보며 걷자니 우리의 숙소가 눈에 들어오기 시작했다. 드디어 애니그헤텐Enigheten B&B에 도착했다.

핀란드에는 B&B가 많지 않다. 요즘은 핀란드 사람들도 호텔을 많이 이용하고, B&B는 여행객들이 그 지역을 체험하는 형태로 이용하는 경우가 많다고 한다. 우리로 치면 농촌 체험 정도 되겠다.

B&B는 집의 원래 모습을 최대한 유지하는 차원에서 운영되는 것이 보통이다. 예를 들어 화장실을 실내에 다시 만들지 않고, 실외에 있는 공용 화장실을 옛 방식 그대로 이용한다.

사실 핀란드인에게는 B&B보다 코티지 문화가 좀 더 익숙하다. 특히 여름 별장은 핀란드인과 떼려야 뗄 수 없는 중요한 문화다. 핀란드 국민의 60%가 자기

모습을 드러낸 뢰글로 섬. 한 폭의 그림 같은 풍경이다.

소유의 또는 지인의 코티지에 가서 시간을 보낸다고 하니 말이다. 하지만 별장이라고 해서 우리가 상상하는 것만큼 화려한 것은 아니고 건물에 화장실이나 수도시설도 없는 경우가 허다하다. 하지만 그런 불편함을 감수하면서 핀란드 사람들은 기꺼이 여름 휴가 기간에 코티지에 머물며 자연 속에서 휴식을 취한다.

숙소에 들어서는 순간 긴장이 풀린 탓인지 몸이 천근만근이었다. 짧은 체크인 과정마저도 건너뛰고 싶을 정도로 피곤했다. 내 마음을 읽었는지 숙소 주인은 우리를 보자마자 대뜸 하룻밤 자라는 말을 남기고는 붉은색 스포츠카를 타고 휑하니 사라져버렸다. 아무래도 우리가 퇴근 시간을 넘겨 도착한 모양이었다.

사실 우리가 지각을 한 것은 내 저질 체력 때문이었다. 따루야 어릴 때부터 줄곧 통학을 하며 자전거를 탔으니 아무런 문제가 없었지만 나는 그렇지 않았다. 따루의 독려로 여차여차 페달을 밟아 목적지에 도착했지만 아무래도 속도는 느릴 수밖에 없었다.

주인의 자동차가 떠나고 보니 정말 주위에는 아무것도 없고, 사위가 적막했다. 마치 시간이 멈춘 듯한 고요함뿐. 처음 보는 낯선 손님에게 묻지도 따지지도 않고 할 말만 하고 가버리는 사람이 신기했지만 뭐 어떠리. 숙박비 계산이야 내일 하면 되지.

법원Tingshuset이라는 이름의 문 앞에 가니 현관문과 방문에 열쇠가 꽂혀 있었다. 우리는 문을 열고 들어가자마자 동시에 "와!" 하고 함성을 질렀다. 그곳은 마치 궁궐과도 같았다. 고풍스러운 응접실에는 오래된 풍경화와 초상화가 걸려 있었고, 아기자기한 소품에서는 오랜 세월의 흔적이 느껴졌다. 골동품 상점에서나 만날 수 있을 것 같은 오랜 가구들과 촛대, 언제 만들어졌는지 가늠조차 할 수 없는 난로도 있었다. 드레스만 입는다면 바로 고전 영화의 주인공이 될 수 있을 것 같은 분위기였다. 예전에 법원으로 사용되었던 건물이어서 그런지 방마다 변호사실, 판사실, 검사실이라고 이름이 붙어 있었다. 우리가 묵을 방은 판사실.

성수기가 지나서인지 나머지 방에는 투숙객이 없었다. 이 공간 모두가 오늘 밤 온전히 우리만의 놀이터였다. 그 순간 '믿음'이라는 단어가 떠올랐다. 아까 우리를 보자마자 열쇠의 행방만을 알리고 홀연히 사라진 숙소 주인의 행동이 계속 의문이었던 것이다. 낯선 외국인인 나를 보고도 돈을 받지 않고 먼저 열쇠를 건네주었다. 각박한 도시 생활에 익숙해진 탓일까. 사소한 배려에도 마음이 뭉클해진다. 물론 이들의 타인에 대한 무조건적인 믿음은 한두 해에 걸쳐 이루어진 것이 아니리라.

따루는 처음에는 신나고 좋아하더니만 날이 어두워지고 너무 조용하니 오히

이런 곳에서 자다니.
고전 영화의 주인공이
된 듯한 기분이다.

려 으스스한 게 귀신이 나올 것 같다며 무서워했다. 음악이라도 있으면 좋겠다고 생각하는 순간, 노트북에 담아온 노래가 생각났다. 그제서야 따루는 좀 덜 무섭다며 음악 소리 위로 '끼삐스'를 외쳤다. 그 누구도 음악의 볼륨을 문제 삼지 않아 오롯이 우리만의 시간을 가질 수 있었다.

숙면을 취하고 아침에 일어나니 어제 자전거를 오랜 탄 탓인지 몸이 조금 뻐근한 것 빼고는 상쾌한 기분이었다. 어제는 도착하기 바쁘게 밥을 먹고 술을 마시느라 미처 살펴보지 못했는데, 이제 숙소의 모습이 자세히 눈에 들어왔다.

'애니그헤텐에 오신 것을 환영합니다.'라고 쓰인 안내 표지판에 이곳의 역사와 변화 과정이 몇 장의 흑백사진, 지도로 설명되어 있었고, 드넓은 정원에는 야외 분위기를 마음껏 즐길 수 있도록 순백색 테이블과 편안한 의자가 놓여 있었다. 각각의 독립된 건물은 띄엄띄엄 배치되어 여행객은 그 누구의 방해도 받지 않고 푹 쉬다 갈 수 있을 것 같았다.

조식이 기다리고 있는 곳으로 가니 언제 왔는지 주인아주머니가 정갈한 아침상으로 우리를 맞았다. 훌륭한 아침상에 다시 한 번 감동! 너무 많은 사람에게 이곳을 알리면 안 되겠다고 생각하며 이곳을 우리만의 아지트로 만들고 싶은 욕심이 생겼다. 하지만 이제 다시 길을 나설 시간이다.

푀글로는 그야말로 자전거가 제 기능을 발휘할 수 있는 마을이었다. 맑고 푸른 물결의 바다, 녹색 나무들을 올려다보며 자전거를 달렸다. 갈매기조차도 유유히 자기 갈 길만 가는 듯 조용한 마을이다. 따루는 핀란드인이라서 그런지 그동안 우리가 여행했던 다른 곳들과 올란드가 확연히 다르다고 말했다. 나와 같은 외국인은 알 수 없는 어떤 뚜렷한 느낌이 있다고 했다. 앞서 밝혔듯이 이곳에는 핀란드어보다 스웨덴어를 하는 사람이 더 많아 따루는 올란드에서 줄곧 영어로 대화를 했다. 아마 그런 차이가 따루에게 어떤 새로운 기분을 느끼게 하는 것 같았다.

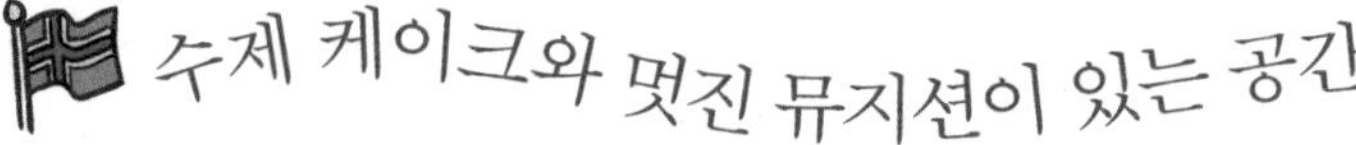

크와른부 게스트하우스Kvarnbo Guesthouse

다음 날, 우리는 버스를 타고 마리에함에서 북쪽으로 30분 거리에 있는 크와른부Kvarnbo로 향했다. 아무 생각 없이 정류장이 아닌 도로에서 기다리다가 갑자기 다가오는 버스를 피해 달아난 낯선 여행객을 버스 기사 아저씨는 웃으면서 맞이해주었다.

크와른부에서 자전거를 세워두고 다음 숙소에 가기 위해 새로운 버스를 타는데 자전거가 살짝 걱정되기 시작했다. 설마 우리 자전거를 훔쳐 가지는 않겠지? 보아하니 여기 사람들 자동차 문도 안 잠그고 다니기도 하던데, 자전거쯤이야 괜찮겠지? 여기는 핀란드니까.

차창 밖 마을에는 지나가는 사람이 거의 없었고, 차도 보이지 않았다. 마트가 있기는 했지만 문도 안 연 것 같아서 불길했다. 여기 정말 뭐가 있기는 한가?

버스에서 내려 10여 분을 걸어 두 번째 숙소 크와른부 게스트하우스Kvarnbo Guesthouse에 도착했다. 우리를 반갑게 맞는 친절한 주인아저씨의 안내로 우리가 묵을 방에 들어간 순간, 어제와는 다른 색깔에 놀라움과 환호성이 터져 나왔다.

깔끔하게 정리되어 있는 2개의 침대에는 웰컴 쿠키가 놓여 있고 방 안에는 사다리를 통해 올라갈 수 있는 다락방이 있었다. 따루와 나는 차례로 사다리에서 포즈를 취하며 숙소 입성을 자축했다. 첫 번째 숙소가 우리만의 공간이었다면 여기는 고풍스러움과 대중적인 분위기를 모두 겸비하고 있었다. 원한다면 무료로 사우나를 할 수 있었고, 바비큐를 해 먹을 수 있는 넓은 정원도 딸려 있었다.

호수로 수영을 하러 가는 길 여기저기에 올란드 국기가 펄럭이고 있었다. 따루는 정말 시간이 허락할 때마다 수영을 하러 가자고 보챘다. 하지만 나는 차마 동참할 수 없어 이번에도 그저 카메라의 셔터를 누르는 것으로 만족해야 했다. 6시가 다 된 시간이라 수영이 과연 가능할까 궁금했는데, 따루는 물에 손을 담가보더니 "아직 충분히 따뜻해."라며 좋아했다. 내가 만지는 물의 온도와 따루가 느끼는 온도가 다르단 말인가? 뭐 상관없다. 어린아이처럼 물에 뛰어들어 물살을 가르는 따루 덕에 나도 기분이 좋아졌으니. 그리고 나도 꼭 수영을 배워 다음에는 함께 물속에 들어가겠노라고 다짐했다.

저녁은 역시나 우리만의 만찬이었는데, 우리 외에도 여행객들이 나름대로의 저녁 식사를 준비하고 있었다. 그런데 옆 테이블의 노부부는 취기가 올랐는지 전자레인지에서 피자를 꺼내지 못하고 연신 버튼만 눌러댔다. 평소 같으면 우스워 보일 수도 있었겠지만 이날만큼은 즐겁게 둘만의 시간을 보내고 있는 것 같아 보기 좋았다. 우리는 전날 과음한 탓에 맥주 한 캔과 와인 한 잔으로 소박

올란드에서의 두 번째 숙소 크와른부 게스트하우스의 외관과 내부 모습.
첫 번째 숙소보다 대중적인 분위기다.

하게 저녁 식사를 마쳤다.

다음 날 일어나 받은 아침 식사도 그야말로 폭풍 감동을 불러일으켰다. 아침을 먹을 때마다 감동을 연발하니 신뢰도가 떨어질까 염려되기도 하지만 내가 경험한 맛을 표현하자니 매번 감탄사를 연발하는 수밖에 없다. 그 어떤 별 10개짜리 호텔, 아니 세기의 갑부가 묵은 호텔의 조식도 부럽지 않았다. 수제 케이크는 그 어디에서도 먹어보지 못한 환상의 맛이었고, 직접 갈아서 마실 수 있는 오렌지 주스도 시중에서 마실 수 있는 것과는 차원이 달랐다.

퇴실 시간이 되어 여사장님에게 우리의 다음 목적지에 대한 정보를 자세히 물어봤는데, 어라 사장님 얼굴이 왠지 낯익은데? 웬일인가 싶어 한참을 들여다보다가 문득 어제 마을 주변에서 보았던 포스터가 생각났다. 포스터에는 세 여인이 있었는데, 알고 보니 그들은 자매였고 나름 유명한 뮤지션이었다. 사장님, 언제일지는 모르지만 다음에는 꼭 음악을 들려주세요.

또다시 행복한 문화 충격, 안녕 올란드!

까스텔홀름 성Kastelholm Castle

뛰어야 한다. 1년 동안 달릴 거리를 이미 모두 뛴 것만 같다. 숨이 너무 차 심장이 터질 것 같다. 나는 달린다기보다 사실 기어가는 것처럼 느렸다. 아, 세월은 무상하여라. 이렇게 달리기 하나로 인간이 비참해지다니. 얼굴이 빨갛게 달아오를 정도로 필사적으로 뛰고 뛰어서 간신히 정류장이라고 생각되는 곳에 도착했지만 버스가 이미 지나갔을 것 같은 생각이 들었다. 숨을 헉헉거리면서도 암울한 미래가 걱정되었다.

우리가 이렇게 버스를 놓치지 않기 위해 헐레벌떡 달린 이유는 불과 두세 시간 전의 사건 때문이다. 기분 좋게 점심을 먹고 도착한 곳은 핀란드가 스웨덴령에 속해 있을 때 지어진 까스텔홀름 성Kastelholm Castle이었다.

많은 사람이 여행의 목적을 역사 탐방에 두고 유적지와 박물관, 미술관 등을 섭렵한다. 또 다른 누구는 가보지 못했던 도시에서 쇼핑을 실컷 하기 위해 여행을 하고, 어떤 이는 여행의 묘미란 그 지역의 맛집을 다니며 입을 즐겁게 하는 것이라고 한다. 우리의 목적은 이 모든 것을 다하는 것이었고, 그 지난한 목표를 달성하기 위해 정말 열심히 쏘다녔다. 그러다 어느 순간, 모든 것이 지겨워지는 순간이 오고 말았다.

까스텔홀름 성에 도착했지만 이미 지칠 대로 지친 우리는 차마 성 안으로 들어가고 싶은 생각이 들지 않았다. 많은 사람이 찾는 곳이니 저 안에 분명 뭔가 특별한 것이 있을 것이라 생각하면서도 들어가고 싶지 않았다. 무엇보다 "이 좋은 날씨에 이 좋은 경치를 두고 실내에 들어가는 것은 죄악이야!"라는 말도 안 되는 핑계로 스스로를 합리화하며 조금이라도 더 올란드의 자연을 느끼는 것이 맞다고 생각했다.

여행에서 돌아와 한참이 지난 후 그날 들어가보지 못했던 까스텔홀름 성이 궁금해져 이런저런 자료를 찾아보았다. 까스텔홈름 성은 14세기 무렵 스웨덴에 의해 건설되었으며 올란드제도의 주 섬인 파스타 올란드Fasta Åland의 동쪽 끝 순드Sund 자치구에 위치해 있다. 현재 핀란드에 남아 있는 5개 중세 시대 성 가운데 하나다.

성은 돌과 모르타르로 만들어진 3m 두께의 외벽으로 이루어져 있고, 입구에는 15m 높이의 게이트 타워가 있으며, 성 주변에는 성당, 감옥, 창고 등의 유적이 남아 있다고 한다. 성의 정확한 건축 시기는 알려져 있지 않지만, 스웨덴의 귀족 부 욘손 그리프Bo Jonsson Grip가 덴마크의 여왕 마르그레테 1세에게 이 성을 헌납했다는 기록이 남아 있다.

스웨덴과 핀란드 사이의 보트니아 만 입구에 위치하고 있어 전략적으로 중요한 역할을 했으며, 여러 차례 소유주가 바뀌면서 왕, 귀족, 영주 등의 거주지

까스텔홀름 성.
다음에 기회가 된다면
꼭 안에 들어가
봐야겠다.

로 사용되었다. 16~17세기에 걸친 수차례의 전쟁으로 많은 곳이 파괴되었고, 이후에는 감옥, 곡물 저장고, 채석장 등으로 사용되다가 1980년대 대대적인 복원을 거쳐 일반인에게 공개되었다.

매년 7월 이곳에서는 민속춤과 전통 음식을 즐길 수 있는 중세 축제가 열리고, 성 주변에는 목조건물로 이루어진 얀 카를스코르덴 야외 박물관Outdoor Museum of Jan Karlsgården을 비롯해 순드 중세 교회The Medieval Church of Sund,

비타 뵈른 감옥박물관Vita Björn Prison Museum 등이 있다.

어쨌든 그렇게 한참 동안 자연 속에 모든 것을 놓고 있다가 불현듯 머릿속을 스치는 불안한 생각. 버스는 대체 언제 오는 거지? 대강 그러한 스토리다. 빨리 달리지 못해서 미안해하는 나와 히치하이크라도 하면 되지 않느냐는 따루가 마지막 희망을 갖고 초조하게 서 있는데, 이럴 수가! 저기 멀리서 버스 한 대가 다가왔다.

"아저씨, 마리에함 버스 터미널까지 가나요?"

"네, 얼른 타세요."

순간 눈물이 날 뻔했다. 허락된 체력 이상으로 눈물겹게 뛰고 또 뛴 것이 생각나 감격할 지경이었다. 만약 버스를 놓쳤다면 어딘지 모를 숲 속에서 밤을 지새야 하는 데다가 대륙으로 돌아갈 배를 놓치는 것이라 말 그대로 '멘붕'이었는데, 다행히 죽으라는 법은 없나 보다. 정신을 추스르고 보니 버스 기사님은 어제 우리를 두 번째 숙소로 데려다준 바로 그분이었다. 이렇게 반가울 수가!

우리가 버스 시간을 혼동했던 것은 성수기와 비성수기의 구분 때문이었다. 보통 성수기는 6월부터 8월 첫째 주까지를 말한다. 우리가 갔던 시기는 막 비수기로 접어든 때라 버스가 성 바로 앞 정류장까지 들어오지 않았는데, 우리는 그 사실을 모른 채 세월아 네월아 태평하게 앉아서 경치만 감상하고 있었던 것이다.

그리고 나를 놀라게 한 또 하나의 작은 기적. 전날 세워둔 자전거가 어제 그

자리에 그대로 있었다. 역시 난 도시에만 살아서 삭막해질 대로 삭막해졌나 보다. 이미 핀란드 사람들의 성향을 경험할 만큼 경험했음에도 의심 한 가닥은 끝까지 마음속을 떠나지 않았던 것이다. 내 자신이 부끄러워지는 순간이었다.

자전거를 반납하기 위해 대여점 앞에서 주인에게 전화를 했는데, 주인은 아무렇지 않게 자전거를 잠가 세워 두고 열쇠는 문틈으로 던져놓으라고 했다. 여기는 어지간하면 믿는 것이 미덕인 곳이구나. 숙소 주인아주머니도 자전거 대여점 주인도 그저 그들만의 문화에 따라 행동한 것이지만 이 모든 것이 나에겐 작은 기적처럼 느껴졌다. 그저 이러한 환경에서 성장한 따루가 부러울 따름이었다.

올란드에서의 며칠은 아무 일도 없었다고 할 정도로 평온한 나날이었다. 그저 자전거를 타고 경치를 보고, 숙소에 묵었다가 다시 자전거를 타는 일의 반복이었다. 하지만 지금 와서 돌이켜보면 다른 어떤 곳보다도 기억에 남는 여행지가 바로 올란드다. 조용히 자신의 생각을 정리하고 싶은 사람, 일상의 온갖 복잡한 것들을 잊고자 하는 사람에게 나는 주저 없이 핀란드의 올란드를 권할 것이다. 나 또한 언젠가 다시 찾을 날을 기약하면서 올란드와 작별을 고했다.

올란드Åland는 핀란드의 제주도라고 생각하면 된다. 6,757개의 섬으로 이루어진 올란드는 자치법을 갖고 있으며 핀란드어보다 스웨덴어를 하는 사람이 훨씬 많다. 본토의 주민들이 이주해 가는 것도 가능하지만 투표권, 부동산 구입 권리, 사업을 할 권리 등은 5년 이상 거주해야만 부여된다. 대륙보다 기후가 따뜻하며 섬의 자연과 풍광이 정말 아름답다. 자전거로 여행하기 좋은 곳이다.

따루의 **추천 볼거리**

까스텔홀름 성 KASTELHOLM CASTLE

1300년대에 짓기 시작한 까스텔홀름 성은 올란드 내 유일한 중세기 성이다. 한때 올란드의 행정적 중심지였으며 여러 용도를 거쳐 지금의 관광지가 되었다. 성 근처에 골프장이 2개나 있고 올란드 최고의 맛집 스마크뷘도 바로 옆에 있다.

개장시간 5월부터 6월까지 매일 오전 10시~오후 5시, 7월 매일 오전 10시~오전 6시, 8월부터 9월 중순까지 매일 오전 10시~오후 5시, 그 외 기간에 방문할 경우 전화로 문의

입장료 6유로, 감옥도 구경할 경우 1유로 추가

주소 Kungsgårdsallén 5, Kastelholm

교통편 마리에함 버스터미널에서 4번 버스, 요금은 3.40유로, 35분 내외 소요

전화 +358 18 432 150

www.kastelholm.ax/en

범선 포메른호 & 올란드 해양박물관

S/V POMMERN & ÅLAND MARITIME MUSEUM

전 세계에서 유일하게 옛 모습이 그대로 남아 있는 범선이다. 1903년 스코틀랜드에서 만들어졌으며 유럽에서 대서양을 거쳐 남아공으로 화물을 운반했다. 1950년대에 현재 위치에 자리 잡아 박물관으로 사용되고 있다. 1900년대 초 선원의 생활에 대해 짐작해볼 수 있다.

개장시간 6월부터 8월까지 매일 오전 11시~오후 5시, 9월부터 다음해 5월까지 매일 오전 11시~오후 4시
입장료 10유로, 7세에서 17세까지는 6유로
주소 Hamngatan 2, Mariehamn
교통편 크루즈 터미널에서 500m 거리
전화 +358 18 19 930
www.sjofartsmuseum.ax/en

©Vastavalo/Jouni Nurmiio/VisitFinland

따루의 **추천 먹거리**

스마크뷘 Smakbyn

스칸디나비아의 가장 유명한 스타 쉐프 중 한 명인 미카엘 브요르클룬드Michael Björklund가 직접 운영하는 올란드 최고의 맛집을 그냥 지나쳐서는 안 된다. 특히 점심 때 부담 없는 가격으로 즐길 수 있는 것이 장점이다. 양이 많으니 주문할 때 주의! 저녁 때는 예약 필수! 특히 훈제 연어샐러드가 맛있다.

영업시간 점심 월~목 오전 11시~오후 7시, 금 오전 11시~오후 11시, 토 오후 1시~오후 9시
가격 점심 10유로 내외, 저녁 코스요리는 40유로~50유로, 아이들은 반값 할인
주소 Slottsvägen 134, Kastelholm
전화 +358 18 43 666
www.smakbyn.ax

시그램 Seagram

돈을 주고도 살 수 없는 훌륭한 풍경을 보며 저렴한 가격으로 점심식사를 할 수 있는 곳이다. 깔끔한 인테리어와 가격 대비 저렴한 양질의 뷔페를 이용할 수 있다. 애니그헤텐 게스트하우스에 묵었다가 이곳으로 점심을 먹는 것을 추천한다. 시그램 토스트도 '강추'한다.

영업시간 점심 월~금 오전 11시~오후 2시, 저녁은 시간이 자주 변동되니 홈페이지 참조

가격 점심 10유로 정도, 저녁 10유로부터 34유로까지

주소 Lotsuddsvägen, Degerby, Föglö

전화 +358 18 51 092

www.seagram.ax/english

스딸하겐 STALLHAGEN

올란드 수제맥주의 자존심! 맥주를 사랑하는 이라면 놓치면 후회할 양조장 식당이다. 특히 꿀맥주를 추천한다. 사전 예약 시 양조장 투어 및 시음 가능(31유로)

영업시간 월~금 오전 10시 30분~ 오후 2시(점심), 토~일 오후 12시부터

가격 점심은 10유로 내외

주소 Getavägen 196, Godby

전화 +358 18 48 500

www.stallhagen.com

올란드 가는 방법　헬싱키나 뚜르꾸에서 바이킹라인Viking Line이나 실야라인Silja Line 크루즈를 타는 것을 추천한다. 마리에함 터미널에서 자전거나 차를 빌리거나 버스를 이용하는 것도 좋다. 다만 버스 시간표를 잘 확인할 것! 식당, 마트 등이 일찍 문을 닫으므로 마리에함에서 미리 구입해두는 것이 좋다.

페리와 버스 안내와 시간표　www.Alandstrafiken.ax/en

 애니그헤텐 B&B

ENIGHETEN B&B

푀글로에 위치한 애니그헤텐은 1700년대에 지어진 법원 건물을 사용한다. 문화유산으로 보호받는 건물이라 화장실과 샤워 시설은 건물 밖에 있다. 게스트하우스에서 자전거를 빌려 섬 한 바퀴를 돌면 황홀한 경치를 감상할 수 있다.

영업시간 매년 6월~8월

가격 1인실 57유로, 2인실 85유로, 오두막은 1인당 35유로, 반려동물은 5유로 추가

주소 Tingsvägen, Föglö

교통편 마리에함 버스터미널에서 5번 버스를 타서 'Föglö Linjen' 정류장에서 내려서 페리를 타면 된다. 버스 요금은 3.40유로, 페리는 사람만 타면 무료, 자전거나 차를 타고 가면 유료. 홈페이지에서 페리 시간표를 확인할 것(스웨덴어)

www.Alandstrafiken.ax/sites/www.Alandstrafiken.ax/files/foglolinjen.pdf

전화 +358 18 50 310

www.alandstrafiken.ax/sites/www.alandstrafiken.ax/files/foglo_linjen.pdf

---

 크와른부 게스트하우스

KVARNBO GUESTHOUSE

1800년대에 지어진 건물로 그림같이 예쁜 곳이다. 마당에는 고기를 구워 먹을 수 있는 그릴이 준비되어 있으며, 사우나도 미리 말만 하면 이용할 수 있다. 특히 환상적인 조식 뷔페를 경험할 수 있는 곳이다. 게스트하우스 주인이 와인 소믈리에로 사전 예약 시 와인 시음회도 가능하다.

영업시간 매년 4월~12월

가격 2인실 92유로, 3인실 105유로, 4인실 120유로

주소 Kvarnbo–Kyrkvägen 48, Saltvik

교통편 마리에함 터미널에서 3번 버스

전화 +358 18 44 015

www.kvarnbogasthem.com

올란드 관광청 www.visitaland.com

핀란드의 술문화

핀란드인들도 한국인들만큼 술을 많이 마시는 것으로 유명한데, 15세 이상 인구 1인당 연간 알코올 소비량은 12.3리터다. WHO의 평균인 6.3리터보다 무려 두 배나 많다. 그야말로 술을 스펀지처럼 흡수한다고 말할 정도로 음주를 좋아하는 민족이다. 핀란드와 한국의 공통점은 둘 다 취하려고 마신다는 점이다. 단, 한국인들은 요일과 상관없이 음주를 즐기는 반면 핀란드에서는 주중에 마시는 것은 조금 이상하게 바라본다. 고백하자면 사실은 나도 한국에 처음 왔을 때 알코올 중독자가 많은 나라라고 생각했다.

핀란드는 원래 도수가 센 독주를 마시는 문화이지만 요즘은 총 알코올 소비량의 50% 정도를 맥주가 차지한다. 핀란드의 대표적인 술은 꼬스껜꼬르바Koskenkorva로 소주처럼 맑고 투명한 38도의 독주다. 줄여서 '꼬쑤Kossu'라고 부른다. 꼬쑤는 핀란드 서부 꼬스껜꼬르바란 마을에서 1953년부터 제조되기 시작했다. 원래는 감자로 만들었는데 요즘은 보리가 주 재료로 이용된다. 꼬쑤는 스트레이트로 마시는 게 보통이지만 약하게 먹고 싶으면 토닉워터랑 섞어 먹으면 된다.

또한 살마리salmari라는 술도 꼬쑤 못지않게 사람들이 많이 마신다. 살마리는 꼬수에 암모니아와 감초로 만든 원액을 넣에 만든 달콤한 리큐르다. 1993년 출시될 당시에는 꼬수와 같은 38도였으나 이내 32도로 낮춰졌고 출시 후 두 달 동안 무려 백만 병이나 팔리는 폭발적인 인기를 누렸다. 리큐르로 분류된 덕분에 꼬수와 도수가 비슷함에도 가격은 15% 정도 저렴했기 때문이다. 하지만 살마리가 단기간에 너무 많이 팔리는 것을 우려한 당국의 조치로 1994년부터 일시적으로 판매가 중지되었다가 1년 뒤인 1995년에 재개되었다.

한국 사람들은 술을 마실 때 안주를 먹지만 핀란드사람들은 대개 술만 마신다. 심지어 술집에서도 안주를 팔지 않는다. 기껏 해야 땅콩이나 감자스낵 정도다. 나는 한국에 산 지 오래 돼서 이제 더 이상 안주 없이 술을 마신다는 것은 상상조차 할 수 없게 되었다. 삼겹살에 소주, 막걸리에 홍어, 맥주에 치킨! 이 멋진 궁합을 핀란드 사람들에게 알려주고 싶을 정도다.

핀란드에는 술로 인한 사회적인 부작용이 많기 때문에 주세가 높고 판매도 엄격히 제한되어 있다. 일반 마트에서는 알코올 도수 4.7% 이하인 맥주, 발효 사이다 등만 판매할 수 있으며 판매 시간도 아침 9시부터 저녁 9시까지 제한되어 있다. 맥주보다 센 술은 알꼬Alko라는 국영 주류 판매점을 찾아가야 한다. 알꼬에 가면 와인부터 샴페인, 소주, 보드카까지 다양한 주종을 구입할 수 있다. 알꼬는 대체로 평일 아침 9시부터 저녁 8시까지 문을 연다. 토요일은 저녁 6시까지, 일요일은 아예 문을 닫는다.

핀란드인들은 보통 집에서 파티를 연다. 밖에서 마시면 술값이 비싸니 친구 몇 명 불러서 집에서 간단히 술을 마신다. 물론 집에서만 마시는 것은 아니다. 호텔 방이나 호스텔, 날씨가 좋으면 강가나 바닷가에서 소풍하듯이 한잔하는 것도 좋다. 참고로 핀란드에서는 공공장소에서 술을 마시는 건 불법이 아니다. 단, 다른 사람들한테 피해를 줘서는 안 되고, 술 마시다가 쓰러지면 유치장에 가 있는 자신을 발견하게 될 수도 있으니 조심해야 한다.

이렇게 간단히 술을 마신 다음에는 '펍'으로 간다. 펍은 술 전문가들이 많이 가는 곳과 일반 손님이 가는 곳이 구분되어 있다. 낮부터 영업을 시작하는 펍의 경우, 술에 취한 아저씨가 있을 확률이 더 많다. 다만 이런 술집들은 핀란드 친구를 쉽게 사귈 수 있다는 장점이 있다. 저녁에 장사를 시작하는 술집은 조금 더 깔끔한 반면 가격 부담이 있을 수 있다. 일반 술집의 경우, 맥주 400cc에 5~10유로 정도 한다. 도시마다 2~3유로로 한잔 할 수 있는 술집들이 있으니 현지인이나 숙소 직원에게 문의하는 것이 좋다. 헬싱키 시내에서 2km 거리에 있는 깔리오Kallio 지역에서 저렴한 가게를 많이 찾을 수 있다.

핀란드 술집에는 맥주뿐만 아니라 발효 사이다 실떼리siideri와 롱께로Lonkero가 있다. 실떼리는 사과나 배를 발효시켜서 만든 술로 도수가 낮아 여자들에게 인기가 많다. 1952년 헬싱키 올림픽 때 발매된 롱께로는 진으로 만든 우윳빛 술이다. 롱께로 또한 도수가 낮아 남녀 구분 없이 모두 다 즐기는 술이다.

마지막 목적지는 대개 클럽이다. 대부분의 클럽들은 주말에 새벽 4시까지 영업한다. 한국의 나이트클럽과는 다르게 부킹이 없고 알아서 '낚시'를 해야 된다. 입장료는 보통 8~10유로이며 입장할 때 옷을 맡겨야 한다. 마찬가지로 술값이 센 편이라 그 전에 충분히 마시고 가는 것이 좋다. 클럽에 갔다가 출출하면 새벽에만 영업하는 끼오스끼kioski의 고기파이를 사먹을 것을 추천한다. 고기파이에 작은 소시지 두 개, 오이샐러드, 마늘, 양파, 머스타드 소스 등을 곁들인 핀란드식 야식이다.

문제는 다음 날 해장이다. 핀란드의 전통 해장 방법은 짭조름한 청어 절임을 곁들

인 호밀빵이다. 요즘은 피자나 햄버거 같은 기름진 음식이나 과일로 해장을 하기도 하지만 아무래도 한국 사람이 해장하기에는 적절하지 않아 보인다. 역시 한국인들에게 최고의 해장은 라면. 적당한 양의 라면을 준비해가는 것이 최선이지 않을까?

라플란드 Lapland 07

겨울 왕국의 주인공이 되다

핀란드의 최북단 라플란드의 겨울은 문자 그대로 설국이다.
주위가 온통 흰 눈으로 덮여 있는 세상이다. 눈 위에 새겨진 발자국이
얼마 못 가 겨울바람으로 인해 사라지는 것처럼, 오랜 시간
사람들로부터 훼손되지 않고 자연 그대로의 모습을 간직한 순수한 땅이다.
허스키가 끄는 썰매를 타고 눈밭을 달리며 동화 속 주인공이 되어볼 수 있는 곳,
우리의 마지막 여정은 겨울 왕국 라플란드다.

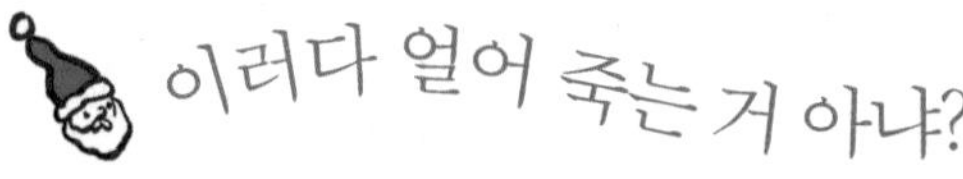

이러다 얼어 죽는 거 아냐?

야밤의 스노모빌 활주기

수화물 문제로 인천공항에서부터 정신없이 탑승해서 그런지 이전보다 두 배는 더 피곤한 비행이었다. 때문에 헬싱키 반타 공항Helsinki-Vantaa Airport에서 로바니에미Rovaniemi로 향하는 핀에어 항공편을 갈아타기 위해 기다리는 시간은 유독 괴로웠지만 그토록 오랫동안 가보고 싶었던 산타마을에 갈 수 있어 즐거운 마음이었다.

산타마을이 위치한 라플란드Lapland는 총 면적 10만km^2로 핀란드 면적의 3분의 1을 차지하는 지역이고, 인구는 18만여 명으로 핀란드에서도 인구밀도가 낮은 지역에 속한다. 봄, 여름, 가을, 겨울의 사계절이 존재하긴 하지만 평균적으로 우리나라에 비해 기온이 낮다. 기온은 지역마다 편차가 있지만 라플란드의 대표 도시 로바니에미의 경우 여름에는 평균 기온이 15.2도, 겨울에는 -10.8도다. 여름에는 백야를, 겨울에는 오로라를 만날 수 있는 매력적인 설국, 그야말로 겨울 왕국이라 부를 만한 지역이다. 우리는 라플란드의 겨울을 경험하고자 1월에 여행길에 올랐다.

한 시간 조금 넘는 비행 끝에 도착한 로바니에미 공항은 예상한 대로 매우 소박하고 아담했다. 아무리 작은 국내선 공항이라고 하지만 외국인인 내가 아무런 수속도 없이 바로 짐을 찾을 수 있는 데다 마중 나온 사람들도 바로 앞에서 대기할 수 있는 곳이라니. 탑승자와 주민의 경계가 없다는 느낌이었다.

기분 좋게 어마어마한 양의 수화물을 기다리고 있는데, 저 멀리서 따루가 보였다. 웬 낯선 남자와 함께 있었는데, 아마도 우리가 그날 묵을 곳의 주인인 것 같았다.

"언니, 먼 길 오느라 고생했어."

"응, 근데 저 사람은? 네 친구야?"

"아니, 나도 오늘 처음 봤어. 숙소를 인터넷으로 검색해서 찾았는데, 괜찮을 거 같아서 바로 예약했지. 오늘은 저 사람 집에서 잘 거야."

뭐라고? 알지도 못하는 사람 집에서 잠을 잔다고? 이미 몇 번씩이나 핀란드 특유의 넉넉함을 경험해놓고도 왠지 불길한 생각이 엄습해왔다. 하지만 따루가 설마 아무 생각 없이 예약하지는 않았을 것이다. 또한 그동안의 여행에서 묵었던 숙소들이 굉장히 성공적이었기 때문에 이번에도 그럴 것이라 생각하며 따루가 소개해준 남자와 어색한 인사를 나누었다. 무엇보다 앞뒤 가릴 것 없이 너무 피곤했다. 빨리 숙소로 가서 뜨거운 물로 샤워를 하고 푹신한 이불 속에서 쉬고 싶은 마음뿐이었다.

무거운 짐을 끌고 낑낑대며 공항 밖으로 나갔다. 깜깜한 밤인데도 새하얀 눈이 세상을 뒤덮고 있음이 느껴졌다. 그래, 여기까지는 좋았다. 그런데 숙소의 주인장이 우리를 주차장이 아니라 이상한 느낌의 뒷길로 인도하는 것이 아닌가? 나의 각본대로라면 주차장으로 간 후 자동차 트렁크에 모든 짐을 싣고 차를 타고 숙소까지 편안하게 가야 하건만 우리는 계속 걷기만 했다. 이거 역시 불안한데?

앞서 가며 따루와 뭔가 긴밀한 대화를 나누는 듯하던 남자가 잠깐 기다리라는 손짓을 하더니 잠시 후 웬 요상한 탈것을 가지고 왔다. 바로 핀란드 북쪽 지방의 겨울철 교통수단인 '스노모빌'이었다. 한겨울에 자동차도 아니고 썰매를 타고 간다고? 그것도 오픈카로?

그는 우리에게 처음 보는 커다란 옷을 건네며 입고 뒷자리에 타라고 했다. 난 안 입어도 괜찮다고 손사래를 쳤다. 무엇보다 빨리 집에 가서 쉬고픈 마음뿐이었다. 하지만 주인 남자는 큰일 난다면서 억지로 내가 입고 있는 옷 위에 빨간색 스노모빌용 겉옷을 입혔다. 난 어색하고 불편한 마음으로 스노모빌에 몸을 맡겼다.

그리고 이내 남자가 썰매를 출발시켰는데 아, 이럴 수가! 난 그제야 어째서 저 남자가 그렇게 요란스럽게 내게 옷을 입으라고 했는지 알게 되었다. 그야말로 살인적인 추위! 아무런 불빛조차 없는 새하얀 눈길을 달리고 또 달리는 동안 몸이 점점 얼어갔다. 평소 나는 추위에 강하다고 자부하면서 "도대체 내복이 뭐야? 부츠를 더워서 어떻게 신어?" 하고 말했는데 그건 크나큰 오만이었음을 깨달았다. 말 그대로 추워 돌아가시기 직전의 상태가 되었다. 더군다나 기내에서 가벼운 복장을 하고 있다가 공항에 내린 직후였다. 추위에 대비하고 오라는 따루의 말에 새로 장만한 내복, 두꺼운 양말, 털 부츠, 모자, 장갑, 목도리, 그리고 핫 팩은 모두 나의 캐리어 안에 들어가 있었다. 그저 기도하는 마음으로 썰매가 어서 빨리 멈추기만을 바랄 뿐이었다.

"괜찮아요?"

주인장은 중간에 잠시 멈추어 우리가 제대로 살아 있는지를 확인했다. 속으로는 물론 '안 괜찮아, 이 사람아. 도대체 나를 어디로 끌고 가는 거야?'라고 말하고 싶었지만 "아직 멀었어요?" 하고 말하는 데 그쳤다. 그는 "거의 다 왔어요. 조금만 가면 됩니다."라고 대답하며 다시 달릴 준비를 했다. '그래, 믿자. 얼마 안 남았을 거야. 조금만 있으면 무사히 따뜻한 집에 도착해 저녁도 먹고 잠도 편안하게 잘 수 있을 거야.'라고 애써 주문을 외우며 그 뒤로도 그저 시간이 빨리 흘러가기만을 간절히 기도했다. 그렇게 가도 가도 끝없는 어둠을 헤치고 어느덧 목적지인 남자의 코티지에 도착했다. 그야말로 죽다 살아난 날이었다.

코티지는 핀란드를 상징하는 중요한 곳이다. 그런 곳에서의 하룻밤은 분명 의미 있는 시간이 될 것이었다. 무사히 도착한 것을 위안으로 삼았다. 그런데 집 안에 들어가니 실내 온도가 바깥과 별 차이가 없었다. 이게 어떻게 된 일이지? 주인이 급하게 공항으로 마중 나온다고 보일러 켜는 것을 잊었나? 그러나 나의 기대 섞인 불안을 무심하게 저버리고 주인장은 촛불을 켜고 아주 낡아 보이는 난로에 장작을 때기 시작했다.

우리의 핀란드 겨울 여행, 라플란드 여행의 첫 숙소는 바로 '자연'이었다. 코티지에는 전기도 물도 없었다. 그저 자연을 해치지 않는 차원에서 최소의 것들만을 이용해 살아가는 곳이었다. 저녁을 먹기 위해 촛불 하나를 켜고 마주 앉아서야 비로소 우리는 제대로 된 자기소개를 할 수 있었다.

"안녕하세요, 저는 한국, 서울에서 온 이연희라고 해요. 한국에서 녹차를 갖고 왔어요."
"네, 감사합니다. 나는 에에로입니다. 네덜란드에서 직장을 다니다가 지금은 로바니에미에서 살고 있어요."

알고 보니 마음씨 좋은 에에로. 의심해서 미안해.

그제야 자세히 얼굴을 보니 에에로는 굉장히 선한 인상의 남자였다. 이런 남자를 두고 의심을 했다니, 미안한 마음이 들었다.

주전자의 물이 끓자 나는 캐리어에서 컵라면을 꺼내 물을 붓고 녹차도 끓였다. 에에로는 MSG가 들어간 것은 먹지 않는다고 완곡하게 거절했다. 어쩔 수 없이 한국에서 갖고 온 인스턴트 밥과 김을 꺼내어 권했다. 설마 김을 맛있어할까 싶었는데 어라, 너무 맛있게 잘 먹는 것이 아닌가? 하긴 한국에서 따루가 처음 도전했던 음식도 김이라고 들은 바 있다. 그러고 보면 김은 다른 나라 사람들에게 진입 장벽이 낮은 음식인가 보다. 로바니에미에서 김 사업을 하면 대박을 터뜨릴 수 있을까?

급한 대로 그럭저럭 허기를 면하니 긴장이 풀리면서 졸음이 쏟아졌다. 비록 물이 없어 씻지도 못하고 옷도 벗지 못한 채, 그저 침낭을 이불 삼아 자야 했지만, 언제 또 이런 곳에서 잠을 자보겠는가. 그렇게 로바니에미에서의 신고식은 끝이 났다.

다음 날에는 눈이 저절로 떠졌다. 아니, 잘 수 없었다고 하는 것이 정답일 것이다. 아무리 좋은 마음으로 잠에 들려고 했지만, 낯선 환경 탓에 숙면은 무리였다. 그래도 볼일이 급해서 일단 춥더라도 화장실에는 갔다. 우리네 시골 화장실 같았다.

정신을 차리고 사위가 밝아지니 과연 어제 짐작했던 대로 눈 세상이었다. 어제 어떻게 이 오두막까지 왔을까 궁금할 정도로 광활한 곳에 코티지가 있었다. 나는 아름다운 순백색의 아름다움에 빠져들어 연신 카메라 셔터를 눌러댔다. 처마 밑에 줄지어 매달린 고드름은 내가 어렸을 때 시골 할머니 댁에서 본 것보다 부쩍 길었고 주위의 모든 나무들은 크리스마스트리로 쓰고 싶을 정도로 탐스러웠다. 지붕 위에 소복이 내려앉은 눈은 새하얀 생크림 같았다. 앞을 봐도 뒤를 봐도 온통 흰 눈뿐인 세상. 그토록 내가 머릿속으로 수없이 그렸던 핀란드의 겨울이 그대로 내 앞에 펼쳐져 있었다.

아침 식사는 전날과 똑같았다. 사실 지난봄이나 여름에는 인스턴트 밥을 여유 있게 갖고 왔는데 이번에는 짐도 많고 되도록 한국 음식을 먹지 않겠다는 결심으로 3개만 가지고 왔다. 예상보다 빠르게 밥은 벌써 동이 났지만 덕분에 짐은 조금 가벼워졌다. 그래도 다행인 것은 에에로가 처음 먹어본다는 밥과 김을 굉장히 맛있게 먹어주었다는 점이다.

머리를 길게 묶은 에에로의 모습, 불을 때는 아궁이, 새까맣게 그을린 주전자를 보며 문득 이 사람은 왜 이러한 삶을 선택했는지 궁금해졌다. 그리고 나의 삶에 대해서도 생각해보게 되었다. 많은 것을 가지고 있으면서도 늘 부족하다고 생각하여 주어진 것들을 고마워할 줄 몰랐던 그동안의 나. 과연 나는 내가 가진 모든 것을 포기하고 에에로와 같은 삶을 살 수 있을까? 결코 자신이 없었다. 무엇이 그를 이런 곳으로 이끌었는지 모르겠으나 그에게도 꽤 무거운 삶의 고민이 있었던 듯싶다. 그 누구도 삶의 형태를 갑자기 바꾸는 데는 많은 희생과 에너지를 쓰게 된다. 모르긴 몰라도 에에로 역시 수많은 고민 끝에 내린 결정이었을 것이라 생각되었다.

재워준 것도 고마운데 심지어 에에로는 우리를 산타마을 앞까지 데려다주겠다며 스노모빌을 점검하기 시작했다. 이렇게 마음 써주는 그가 진심으로 고마웠다. 기온이 워낙 낮기 때문에 간밤에 탈이 나지는 않았는지 스노모빌을 점검

우리가 묵었던
미스터리 오두막집과
주인장 에에로

하는 것은 필수라고 했다. 에에로가 스노모빌을 수리하는 동안에 우리는 조금은 새로운 방법의 설거지와 청소를 했다. 물을 실내에서 버릴 수 없기 때문에 물을 받아와서 설거지를 하고 그 물을 밖에다 버려야 했다. 불편하지만 건강한 삶을 살아가려는 노력의 일환이었다.

사실 원시적인 자연의 모습을 간직한 라플란드에서 살아가는 방법은 단순했다. 그저 자연이 움직이는 대로 묵묵히 따라가면 되었다. 편의점도 없고 백화점도 없지만 에에로에게는 숲과 호수가 냉장고였고, 겨울에 먹을 것은 여름에 미리 넉넉하게 채워 놓으면 됐다. 봄과 여름이 되면 온통 자연에 먹을 것들이 널려 있기 때문이다. 자연이 많은 것을 준다면 풍족하게 생활하고 그렇지 않으면 절약하고 아끼는 삶을 살아가면 되는 것이다. 하지만 그 단순하고 간단한 자연의 이치를 따르기에 우리는 이미 문명화되어 버렸다. '문명화'라는 용어가 과연 긍정적인 의미를 담고 있는 것인지, 진지하게 생각해봐야겠다.

에에로,
뭐 하는 거야?
영차
얼음 수영장 관리를
해야 해서 말이야.
이 얼음을 캐서
저기로 가져다
놓으면 돼.
끙끙
이 얼음
진짜 무겁네.
밥도 제대로
못 먹었는데.
자, 그럼 한번
들어가볼까?
헉! 뭐 하는 거야?
그러다 큰일 난다.
우리는 책임 못 져.

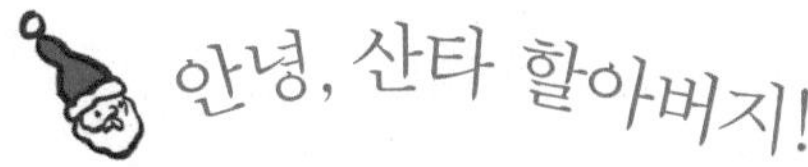

안녕, 산타 할아버지!

산타마을Joulupukin Pajakylä 입성

어제에 이어 다시금 스노모빌을 타고 달렸다. 물론 오늘은 장갑, 마스크, 목도리로 완벽하게 중무장을 했다. 비록 어젯밤 극강의 추위를 맛보기는 했지만 눈길에서 자유를 만끽하고 싶다면 스노모빌을 타는 것이 최고의 선택이다. 스노모빌은 '눈길의 오토바이'로, 바퀴 대신 스키 플레이트가 달려 있다는 점이 일반적인 오토바이와 다른 점이다. 가죽이 아니라 포근한 순록의 털이 의자에 깔려 있다는 점도 특이했다. 루돌프의 코를 닮은 스노모빌을 타고 순백의 눈길을 달리며 주위 풍경을 마주하면 정말 세상의 끝에 와 있는 기분을 느낄 수 있을 것이다.

하지만 역시나 추위는 두 번째라고 해서 결코 적응되지 않았다. 그나마 환상적인 풍경이 있었기에 망정이지 아무것도 없이 달렸다면 역시나 동사할 뻔했다. 산타마을 앞에 도착했을 땐 온몸이 덜덜덜 떨리고 있었다. 이것이 진정 수오미의 매운맛이구나 싶었다.

에에로와 작별하고 급하게 주유소 앞 카페에서 차를 한잔하며 몸을 녹인 후, 드디어 산타마을에 입성하게 되었다. 입구에서는 내 키를 훌쩍 뛰어넘는 거대한 눈사람이 우리를 맞았고 각 나라의 국기들도 펄럭이고 있었다. 그런데… 태극기는 아무리 두 눈을 크게 뜨고 봐도 찾을 수가 없었다. 아, 좀 더 분발하자, 대한민국….

산타마을은 서울시청 앞 광장 규모의 작은 공간임에도 연간 33만여 명의 관광객들이 찾는 명소다. 방문객들이 산타클로스와 함께 사진을 촬영할 수 있는

산타마을 입구에는
초대형 눈사람이 서 있다.

산타클로스 사무실과 이곳의 특별한 소인을 찍을 수 있는 산타 우체국, 관광안내소, 기념품 상점 건물이 옹기종기 모여 있었다.

뽀드득 소리를 내며 아무도 밟지 않은 눈길을 걸어가다 보니 '허스키 공원Husky Park'이라고 쓰인 플래카드가 보였다. 물론 씩씩한 모습의 허스키 사진도 함께 말이다. 산타마을에서는 허스키가 끄는 썰매가 유명한데 이곳에 왔으니 당연히 한번 타보기로 했다. 무거운 나를 끌고 달릴 허스키들을 생각하니 벌써부터 미안한 마음이 앞섰다.

"혹시라도 오히려 우리가 허스키들을 끌어줘야 하는 건 아니겠지?"

"하하, 그런 불상사가 생기면 안 되지."

미안한 마음 반, 설레는 마음 반으로 들어간 곳에서 허스키들이 위풍당당한 모습을 드러냈다. 훈련이 잘 된 덕분인지 다들 착하고 순해 보였다. 거금 35유로(약 46,000원)를 내고 허스키 썰매를 타기 위해 정류장 앞으로 갔다. 혹시라도 두세 마리가 끄는 것은 아닌가 걱정했는데 무려 13마리나 있었다. 좀 덜 미안하게 됐다. 그런데 자세히 보니 이 녀석들, 그동안 내가 한국에서 봐왔던 허스키들과는 몸매 자체가 달랐다. 하나같이 통통했던 한국의 허스키들과 달리 운동량이 많아서인지 몸집이 상당히 날렵해 보였다. 이제는 허스키의 몸매마저도 부러워해야 하는 것인가.

대장 허스키의 진두지휘 아래 드디어 2km의 대장정이 시작되었다. 생각보다 속도가 빨라서 다시 한 번 로바니에미의 바람을 제대로 느낄 수 있었다. 하지만

얘들아, 나를 태우고
멋지게 달려줘서 고마워!

설경을 감상하며 달리는 기분이 상쾌해 견딜 만했다. 순록 썰매를 타는 것이 아장아장 걷는 산책과도 같다면 허스키 썰매는 한낮에 눈 속을 내달리는 경주와 흡사했다. 힘이 넘치는 허스키들이 시속 20km 속도로 달리니 나뭇가지가 아슬아슬하게 머리 옆으로 휙휙 지나갈 정도였다. 정신없이 달려 정류장에 다시 도착하자 언제 그랬냐는 듯 녀석들은 다소곳하게 앉아 지시를 기다렸다. 썰매를 열정적으로 끌 때의 모습과는 또 다른 모습이었다.

이제는 산타 할아버지를 만나러 갈 시간이다. 따루가 미리 방문 메일을 보낸 덕분에 산타마을 측에서 빨간색 공식 프레스 조끼를 지급해줬다. 왠지 우쭐거리게 되는 마음으로 산타를 만나러 갔다. 마치 모험의 나라로 들어가는 것처럼 화려한 색상의 조명이 켜져 있고 알록달록 화려한 색깔로 포장된 선물이 도처에 널려 있었다. 한 책장에는 한글로 『크리스마스의 소망』, 『고요한 밤』, 『성탄절의 기적』이라고 쓰인 책들이 꽂혀 있었다. 아까 국기를 찾을 때는 그렇게 안 보이더니 로바니에미에서 한글을 볼 줄이야. 외국에 나가면 누구나 다 애국자가 된다더니 틀린 말이 아니다.

직원들이 문을 열어 맞이해준 그곳에 산타 할아버지가 있었다. 따루가 핀란드어로 우리들을 소개했고 그는 내게 어디서 왔느냐고 물었다.

나의 사랑 산타 할아버지와 함께. 유머러스한 그 모습이 잊히지 않는다.

"서울이요. 혹시 한국을 아시나요?"

"그럼요. 알지요."

누가 보면 이 나이에 웬 산타클로스 타령이냐고 비웃을지 모르겠지만 내게 산타클로스는 유년의 추억을 간직한 소중한 존재다. 핀란드어는 모르지만 영어로 소소한 몇 마디를 나누고 사진을 찍은 그 짧은 순간을 나는 오래오래 기억할 것이다.

산타 할아버지와의 유쾌한 만남 뒤에 들른 기념품 상점에는 핀란드 북부를

외국에서 보낸 편지를 한참 후에 받는 느낌은 어떨까? 에잇, 써보고 올걸 그랬다.

경험할 수 있는 선물들이 가득했고, 산타마을 우체국에서는 많은 사람이 편지를 쓰고 있었다. 이곳에서의 추억을 그리운 사람과 함께하고 싶은 마음에 테이블 곳곳을 가득 메운 사람들은 저마다 사랑하는 사람들을 떠올리며 정성스레 편지를 쓰고 있었다. 이곳엔 1년 365일 세계 각국에서 온 편지들이 넘쳐난다고 한다. 실제 전 세계 어린이에게서 온 편지가 국가별로 가지런히 정리되어 있었는데 우리나라 어린이들이 보낸 편지도 상당히 많았다.

이제 두 번째 숙소인 호텔로 가기 위해 버스에 올랐다. 역시나 짐이 가득 든 캐리어 때문에 곤욕을 치렀다. 숙소인 아께누스Aakenus 호텔 객실은 화려하지 않아도 침대가 무려 4개나 있어 우리에게는 호사스러운 방이었다. 무료로 사우나를 이용할 수 있는 것은 당연했다. 전날 밤 코티지에서 잔 탓에 따뜻한 온수로 샤워를 하고, 냉장고를 사용할 수 있다는 것만으로도 감격스럽기 그지없었다.

로바니에미 시내에는 쇼핑몰도 있고 심지어 아시아슈퍼도 있었다. 역시 라플란드를 대표하는 도시다. 그런데 저기 반가운 간판이 보였다. 그 이름도 유명한 헤스버거. 오늘 저녁은 고민할 필요도 없다. 따루와 나는 무언가에 이끌리듯 자연스럽게 들어갔다. 서울에서도 헤스버거 맛볼 날을 기대하며 또다시 아쉬운 하루를 마무리했다.

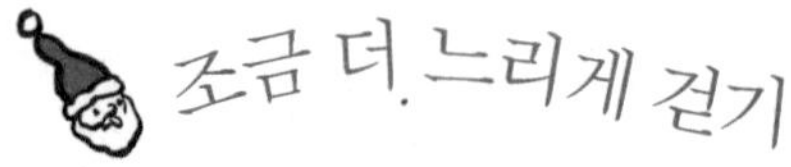

아르크티쿰Arktikum과 삘케 과학 센터Science Centre Pilke

넓은 방에서 호강하며 편히 자고 눈을 떠보니 창밖은 마치 페인트칠을 해놓은 것처럼 온통 하얀색이었다. 아침이나 저녁이나 온통 순백의 세계인 곳. 시계를 보니 아침이 맞긴 맞았다. 조식을 단단히 챙겨 먹고 찾아간 곳은 아르크티쿰Arktikum과 삘케 과학 센터Science Centre Pilke였다.

아르크티쿰은 북극의 생활방식, 문화, 역사 등에 대한 자료를 전시하는 곳으로 연구소이자 박물관, 과학 센터이기도 하다. 아름다운 자연경관과 어우러진 긴 유리 지붕이 신비스럽고 매혹적인 곳이었다.

박물관의 구성은 파리의 오르세 미술관과 비슷했다. 다른 점이 있다면 모든 것이 흰색으로 이루어져 있었다. 이 박물관의 하이라이트는 오로라였다. 비록 인공 오로라이지만 누워서 편안한 자세로 감상할 수 있었다. 따루는 이따금씩 지금 오로라를 보고 있다는 말로 한국에 있는 내게 안부를 묻는다.

아르크티쿰은 온통 흰색이었고, 삘케 과학 센터는 온통 초록색 물결이었다.

아르크티쿰의 내부. 자연경관과 어우러진 유리 지붕이 매혹적이다.

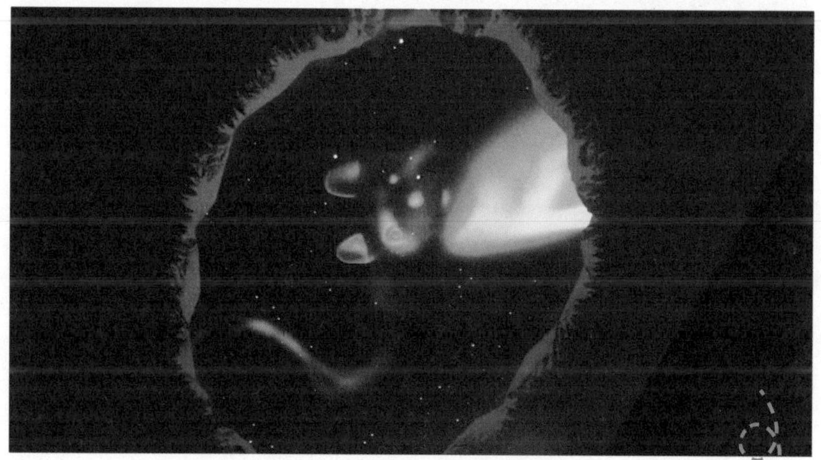

인공 오로라를 보고 나니 언젠가 꼭 진짜 오로라를 보겠다는 결심을 품게 된다.

따루는 아무리 봐도 한국인 같다. 어떻게 깔깔이가 이리도 잘 어울리는지….

어떻게 하면 지속 가능한 자원을 균형 있게 이용할 수 있는지, 친환경적 생활을 위해서는 어떤 노력들이 필요한지 숙고해볼 수 있는 기회를 던져주는 공간이었다.

재밌는 여담 하나, '엘크 사냥 게임'이라고 라플란드에서 유명한 게임을 하면서 일명 '깔깔이'를 입고 총 쏠 자세를 취하는 따루를 보고 웃음을 참기 힘들었다. 따루는 평소에도 방송에서 깔깔이를 예찬했다. 겨울을 보내기에 이보다 좋은 의상이 없다며 추운 겨울이면 항상 깔깔이를 입고 다닌다. 정말 한국인이지 않은가 의심이 드는 순간이다.

우리가 일상에서 쉽게 쓰고 버리는 휴지가 어떻게 만들어지는지, 쓰레기는 어디로 가서 어떻게 처리되는지… 그것이 다 자원을 소모하는 것인 줄 알면서도 편안한 생활에 익숙해진 나머지 우리는 그 간단한 사실을 잘 망각한다. 그러기에 때때로 이런 곳에 와 문제의식을 가질 필요가 있다고 생각했다. 내 옆에서는 아까부터 뭐가 그리 궁금한지 꼬마 하나가 나를 뚫어져라 쳐다보고 있었다. 꼬마야, 나도 환경친화적인 어른이야. 생긴 것은 너와 다르지만 나도 나무, 꽃, 호수를 좋아한단다.

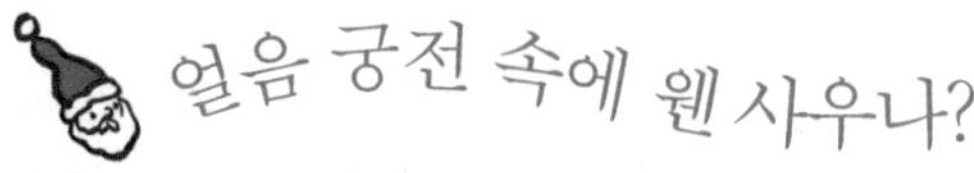

얼음 궁전 속에 웬 사우나?

아르크틱 스노 호텔Arctic Snow Hotel

과학 센터를 둘러본 다음에는 렌트한 차를 찾으러 헤르츠로 향했다. 산타를 닮은 새빨간 색, 크기도 적당한 포드 자동차가 우리를 기다리고 있었다. 바퀴에 징이 달려 있었는데, 11월 초부터 3월 말까지 핀란드에는 눈이 많이 오기 때문에 바퀴에 이러한 안전장치를 하고 운전을 하도록 법에 정해져 있다고 한다. 또한 얼음길에서의 미끄럼에 대비해 운전학원에서 특별히 만든 미끄러운 트랙에서 운전 연습을 한다고 들었다.

둘이서 여행할 때마다 반복되는 문제지만 장롱면허 수준인 나로서는 조수석에 앉아 운전대를 잡은 따루가 졸지 않도록 하는 것 외에는 할 수 있는 게 없다. 특히나 오늘은 눈길이라 더욱 걱정이 많았는데, 역시 베스트 드라이버 따루 덕분에 우리는 다음 목적지인 아르크틱 스노 호텔Arctic Snow Hotel에 무사히 도착했다.

호텔은 큰 얼음 궁전의 일부였다. 라플란드에 와서 동화 속 분위기를 느껴보

신비로운 느낌의 빛으로 가득 찬 호텔 내부.
사진으로 포착할 수 없는 색감이다.

고 싶다면 이만한 곳이 없다. 얼음 궁전에는 호텔, 레스토랑, 상점, 예배당, 놀이 광장 등 없는 것 없이 모두 갖추어져 있었다. 매년 눈이 쌓이기 시작하는 크리스마스 때 오픈하여 3월까지 운영하고, 날씨가 따뜻해져 얼음이 녹기 시작하면 다시 자연으로 돌아가게 한다니 이런 친환경적인 호텔이 있을 수 없다. 더구나 화려했던 성이 온데간데없이 사라져버리니 그야말로 마법의 성이라 할 만하다.

하지만 이토록 낭만적인 얼음 궁전 속 호텔은 실내 온도가 0~5도 정도였음에도 내겐 추워도 너무 추웠다. 사랑하는 사람들과 온다면 이까짓 추위쯤 사랑의 힘으로 이겨내겠지만 내게는 너무나 추운 곳이었다. 비록 그 모습은 매우 매혹적이었지만, 사는 게 먼저라는 생각에 숙박은 포기해야 했다.

하지만 숙박은 못 하더라도 사우나는 해야 하는 법! 얼음 사우나가 있다는 소식에 호기심이 발동했다. 그런데 고온다습한 사우나가 이런 환경에 있으면 당연히 얼음이 녹지 않을까?

그런데 정작 문제는 얼음이 녹는 게 아니었다. 좁은 공간에서 사우나의 수증기가 뿜어져 나오니 숨 쉬기조차 힘들었다. 5분이 마치 50분 같았다. 덕분에 수많은 사우나 중에서 얼음 사우나는 첫손에 꼽을 정도로 아주 오래 기억에 남을 것 같다.

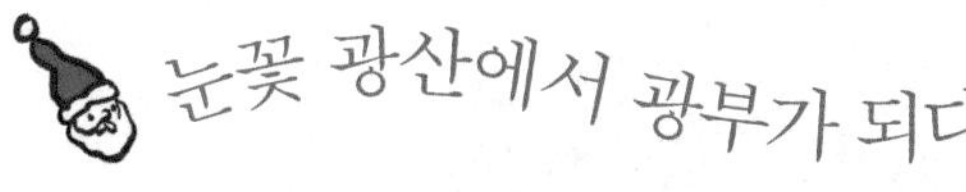

눈꽃 광산에서 광부가 되다

람삐바라 자수정 광산Lampivaaran Amethyst Mine과

꼬빠라 순록 농장Kopara Reindeer Farm

핀란드의 겨울은 어쩌면 어느 정도의 '구속'과 타협을 하는 것이다. 겨울 여행을 하기 위해서는 시간을 잘 조절해야 하기 때문이다. 해가 떠 있는 시간이 생각보다 짧기 때문에 낮 시간을 최대한 활용하고 어두워지기 전에 숙소를 찾아가야만 한다. 그렇지 않다면 칠흑 같은 어둠 속에서 추위에 떨며 공포스러운 밤을 지새워야 할지도 모른다. 그러므로 차의 내비게이션 점검도 확실히 하고 휴대전화 배터리도 충분히 충전해주어야 한다. 눈이 펑펑 내리는 도로를 운전하다 보면 도로표지판조차 눈으로 뒤덮여 지금 어디로 가고 있는지, 여기가 어디인지 전혀 구분할 수 없을 정도로 앞을 알아보기가 힘들기 때문이다.

그밖에 중요한 것은 바로 운전자의 취향이다. 따루는 워낙 음악을 좋아해서 힘겨운 운전을 하는 동안 꼭 음악을 듣는다. 다행히 내가 휴대전화에 담아온 음악 덕분에 그럭저럭 견딜 만한 것 같았다. 그런데 음악을 너무 많이 들었는지 전화 배터리가 얼마 남지 않아서 충전을 해야 했는데, 이럴 수가. 차 안에서 충전

순백의 풍경이 마치
다른 세상의 모습 같다.
설국이라는 말 이외에는
표현할 방법이 없다.

이 되지 않았다. 우리의 목숨과도 같은 내비게이션이 전화로 작동되고 있었기 때문에 마음이 조마조마했다. 혹시라도 어두운 길 한복판에서 내비게이션 없이 가야 한다면? 끔찍한 상상이 아닐 수 없었다. 다행히 전화가 잘 버텨준 덕분에 무사히 숙소에 도착했는데, 긴장했기 때문인지 그야말로 기운이 쑤욱 빠지는 것을 느꼈다.

그렇게 또 코티지에서의 하룻밤을 보낸 우리는 숙소 근처에 있는 하뚠뚜리 Pyhätunturi 스키장에 들렀다가 다음 목적지인 람삐바라 자수정 광산Lampivaaran Amethyst Mine에 도착했다. 주차장인지 눈밭인지 분간이 안 되는 곳에 주차를 하고 광산까지 가는 스노 트레인 티켓을 사기 위해 카페로 천천히 걸어갔다. 카페까지 버스를 타고 가는 방법도 있었지만, 급할 것도 없고 해서 걷기로 한 것인데 정말 그러길 잘했다. 사진으로는 다 표현할 수 없는 이 멋진 길을 차로 올라갔다면 얼마나 후회스러웠을까. 어떠한 형용사로도 제대로 표현할 수 없는 풍경이 끝없이 펼쳐졌다. 생각보다 카페로 가는 길은 멀었고, 조금씩 지쳐가긴 했지만 풍경이 아름다워 견딜 수 있었다. 이곳이야말로 세상의 끝, 내가 그토록 머릿속에 그리던 핀란드의 겨울 풍경이었다. 지금 와서 생각해보니 그날 그 길을 걸었던 것이 이번 겨울 여행의 절정이라고 해도 과언이 아닌 듯하다.

스노 트레인을 타러 가기까지의 시간은 길었지만 정작 그것을 타고 광산으로 가는 데는 10분도 채 걸리지 않았다. 우리 말고도 광산에 있는 자수정을 채취해 일확천금하려는 다양한 국적의 관광객이 많이 와 있었다. 광산에 들어가기 전 따뜻한 차를 마시며 간단한 오리엔테이션을 통해 지하에 묻혀 있는 광물 샘플을 만져보는 시간을 가진 뒤, 드디어 광산으로 내려갔다. 그런데 생각했던 것보다 깊지 않고 가는 길도 확 트여 있어 광산이란 느낌이 들지 않았다. 관광지이니 당연한 일이겠지만 1960년대 독일에 파견 나간 한국 광부들의 모습을 매스컴에서 많이 접한 탓인지, 좀 싱거운 느낌이었달까.

광산 직원은 우리에게 망치를 하나씩 챙기라고 하더니 자유롭게 광물을 채취하라고 했다. 그 말에 너도 나도 부지런히 자수정을 캤다. 서로 각자 캐낸 자수정을 보여주며 자랑도 하고 전문가에게 자수정 품질 검사를 부탁하기도 했다. 그게 뭐 그리 대단하다고 검사를 해주는 전문가의 표정도 사뭇 진지했다.

자수정 광산은 약 20억 년 전에 형성되었다고 한다. 자수정의 가치에 대해서는 많은 사람이 이야기했는데, 그중에서 가장 흥미로웠던 것은 레오나르도 다

어디 값 좀 나가는 것 없나? 너도 나도 자수청 채취에 한창이다.

빈치의 일화다. 그는 일기에 "자수정은 나쁜 생각을 떨쳐버리게 하고 진정한 사고를 촉진한다."고 썼다. 나도 그날 캔 자수정 중 가장 마음에 드는 녀석을 서울로 갖고 와 집에 모셔두고 있다.

광산 다음으로 들른 곳은 꼬빠라 순록 농장Kopara Reindeer Farm이었다. 순록은 핀란드 사람들에게 굉장히 소중한 존재다. 썰매를 끌기도 하고 그 털은 체온을 보존해줄 옷으로도 이용되기 때문이다. 안 그래도 귀하신 녀석들인데 이 농장의 녀석들은 특히나 더 극진한 대접을 받는 스타 순록이다. 선한 얼굴로 먹이를 달라고 쳐다보는 녀석들을 도저히 그냥 지나칠 수가 없어 손바닥으로 먹이를 주니 얼굴을 디밀고 잘도 먹는다. 이렇게 사람을 잘 따르는 놈이 있는가 하면 우리는 거들떠보지도 않고 자기들끼리 노는 순록도 있었다. 사람 성격이 제각각이듯 순록 또한 마찬가지인 듯했다. 하지만 공통적으로 전혀 사람들을 경계하거나 두려워하지 않았다.

라플란드 원주민에게 순록은 주요 먹거리이기도 하다. 산타의 썰매를 끄는 루돌프를 먹는다고 생각하니 잠시 멈칫하게 되지만, 그도 그럴 것이 이곳에는 사람보다 순록의 수가 더 많다. 라플란드 지방의 총 인구는 18만 명인데 비해 순록은 20만 마리 가까이 된다고 한다.

순록 사육은 라플란드 지방의 원주민인 사미Sami족의 생계수단이었다. 순록이 태어나면 주인은 순록의 귀를 조금 잘라 자신의 것임을 표시한다. 혹한기 중요한 식량 자원인 순록을 제대로 관리하기 위해서다. 오래전부터 사미족은 다양한 방식으로 순록을 요리했고, 마트에 가면 훈제, 스테이크, 소시지 등 다양한 방식으로 조리된 순록 식재료를 구입할 수 있다.

먹이를 갈구하는 순록의 적극적인 모습을 보라!

순록은 태어나면서 죽을 때까지 오직 인간만을 위하는 애틋한 동물이다. 사람을 위해 일하고 죽어서는 고기가 되고 남은 털은 옷이 된다. 순록 가죽으로 만든 옷은 북극 강추위에도 끄떡없을 정도로 따뜻하다고 한다. 순록을 가만히 보고 있자니 커다란 눈망울이 선한 우리의 소가 생각났다. 소 또한 농사를 돕고 죽어서는 고기를 남기고 심지어 그 뼈까지도 인간의 영양 공급원이 될 정도로 모든 것을 인간에게 주는 존재이니 말이다.

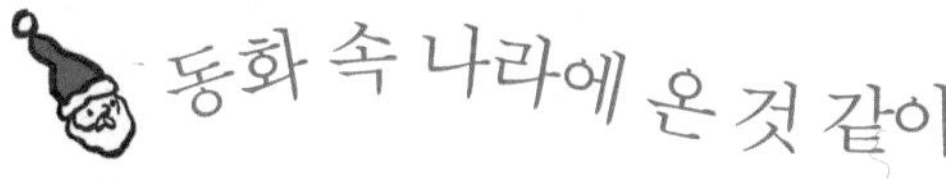

동화 속 나라에 온 것 같아

일베스린나 호텔Hotel Ilveslinna과 라누아 동물원Ranua Zoo

광산에서 출발해 2시간여 만에 도착한 곳은 동물원이 있는 라누아Ranua라는 도시였다. 사실 도시라기보다 마을에 가까운 한산한 곳이었다. 그런데 라누아에 거의 도착할 때쯤 걸려온 한 통의 전화. 누구지?

혹시 체크인 시간에 늦을 것 같으면 뒷문 비밀번호를 알려주겠다는 호텔의 전화였다. 그러나 우리는 그런 걱정할 필요 없이 일찍 도착했다. 일베스린나 호텔Hotel Ilveslinna의 첫인상은 마치 그림형제의 동화 『헨젤과 그레텔』을 연상시킬 정도로 아기자기한 모습이었다.

제대로 식사도 하지 못한 채 달려와서 그런지 너무나 배가 고파 간단한 먹거리를 사려고 나왔는데 문을 연 마트가 없었다. 식당도 마찬가지였다. 간신히 주민들의 도움을 받아 찾아간 허름한 펍에는 서부극에서나 볼 수 있는 아저씨들이 하루를 마무리하면서 맥주 한잔을 기울이고 있었다. 우리는 시원한 맥주와 윙과 피자를 주문했는데 상당히 훌륭한 맛이었다. 물론 배가 고프기도 했지만 간만에 맛있고 배부른 저녁 식사를 했다.

라누아에서 가장 큰 볼거리 중 하나인 라누아 동물원Ranua Zoo은 동물에게 더할 나위 없이 최적의 환경을 제공하는 곳으로 유명하다. 총 50여 종의 야생동물을 보호하고 있는데 이들을 모두 보려면 2.5km를 걸어야 한다. 되도록 자연 지형을 살리는 방법으로 조성된 야생동물원이다. 때문에 숲 속에 숨어 있는 동물들을 숨은그림찾기 하듯 찾아내야 한다.

핀란드를 여행하다 보면 야생동물을 마주칠 확률이 상당히 높다. 언제 어디서 야생동물들이 출현할지 모르기 때문에 운전자들은 항상 조심해야 한다. 핀란드 도로에도 '엘크 조심'이라는 표지판이 많이 있고 그물을 이용해 야생동물이 도로에 뛰어드는 것을 방지하는 모습도 쉽게 볼 수 있다.

온통 눈 세상이어서 그런지 동물이 어디 있는지 구분하기가 힘들 것 같았지만 조용히 발걸음을 옮기다 보니 하나둘씩 보이기 시작했다. 간신히 눈 속에서 흰색 올빼미를 발견했다. 이름도 snowy owl, 눈 올빼미라고 하니 생긴 대로 이름 한번 제대로 지어준 것 같다. 우윳빛 몸과 둥근 머리, 진한 노란색의 눈망울에 도도하고 새침한 표정이 매력적인 녀석이었다. 저 멀리서 우리를 쳐다보고 있는 또 다른 올빼미는 북방올빼미였다. 수리부엉이와 견줄 정도로 거대한 덩치의 소유자였다. 하지만 큰 몸집에 비해 마음은 연약해서 작은 설치류를 주로 먹는다고 한다.

이번에는 눈밭에서 무언가를 먹고 있던 멧돼지가 우리와 눈이 마주쳤는데, 하얀 눈이 코에 묻어 있어 웃음을 자아냈다. 그리고 일명 '코카콜라 북극곰'을 만났는데 높은 벽을 사이에 두고 독방을 쓰는 북금곡 두 마리가 왠지 외로워 보

라누아 동물원에서 나와 따루. 나름 느낌 있는 사진이다.

였다. 무언가를 말하려는 듯 틈 사이로 계속 얼굴을 부비는 모습이 애틋하기까지 했다. 저놈들은 왜 혼자 지내게 되었을까?

핀란드의 대표 동물이기도 한 순록도 마치 눈 속에서 찜질을 하고 있는 것처럼 가만히 누워 우리를 쳐다보고 있었다. 추운 겨울에는 오히려 눈 속의 온도가 더 높기 때문에 눈 안에 들어가 있는 경우가 많다고 한다. 어마어마한 덩치 때문에 둔해 보이지만 의외로 날렵한 모습을 보여준다는 사향소, 여러 감각을 총출동해서 무리들끼리 의사소통을 한다는 늑대, 멸종 위기에 처한 스라소니 등을 찾는 재미에 우리는 어느새 동물원 한 바퀴를 다 돌게 되었다.

동물과의 만남을 끝내고 돌아오는 길, 기념품 상점에는 라누아 지역의 베리를 이용한 음료와 와인이 예쁘게 진열되어 있었는데 개성 넘치게 생긴 아저씨

새침한 표정이 매력적인 눈 올빼미와
광고에서 자주 본 일명 '코카콜라 북극곰'

화려한 입담의 소유자 일명 '베리 와인 아저씨'. 외국 말인데도 다 알아들은 듯한 이 기분은 뭐지?

가 우리를 반기며 와인에 관해 자세히 설명해주었다. 이 지역 베리 와인과 주스에 대한 자부심이 대단해 보였다. 나와 말이 통하지 않음에도 열정적으로 계속해 설명하려는 모습이 인상 깊었다. 뿐만 아니라 내가 한국에서 왔다고 하니 관심을 보이며 예전에 선원으로 일할 때 부산에서 지냈던 이야기를 해주었다. 핀란드에 와서 부산에 추억이 있는 사람을 만나다니. 여행은 예상치 못한 인연을 만들어내는 힘이 있다. 결국 우리는 아저씨의 입담에 이끌려 베리 와인 3병을 구매한 후, 마지막 여정지 께미Kemi로 달려갔다.

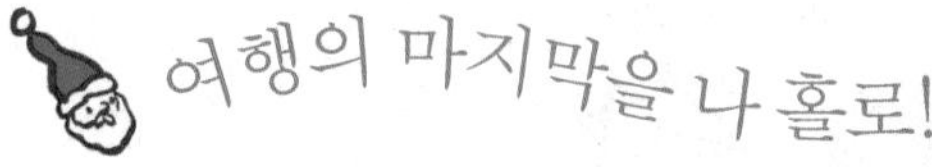

여행의 마지막을 나 홀로!

삼뽀 쇄빙선 크루즈Sampo Icebreaker Cruise

아요스Ajos 항구는 쇄빙선 크루즈로 유명하다. 삼뽀 쇄빙선Sampo Icebreaker은 1960년대에 건조되어 30여 년 동안 무역선들이 보트니아 만을 다닐 수 있도록 얼음을 깨는 일을 했다. 1987년에 께미 시에 판매되었고 1988년에 쇄빙선 크루즈 운행을 시작했다. 꽁꽁 얼어붙은 50cm의 바다 얼음을 시속 13km라는 놀라운 속도로 깨며 나아가는 동안 150여 명의 승객들은 크루즈 위에서 만찬을 즐길 수 있고 얼음 수영을 즐길 수도 있다. 세계 각국에서 자발적으로 혹한의 추위를 경험하고자 얼음 수영을 하러 방문한다고 하니 나라고 질 수 없었다. 호기롭게 예약하려 했는데 그 비용이 자그마치 270유로(약 36만 원)였다. 많이 부담스러운 가격이었지만 여기까지 와서 포기할 수 없었다. 결국 예약을 하고 말았다.

라플란드 여행의 마지막 코스는 따루 없이 나 혼자만의 시간이었다. 따루는 내가 크루즈를 즐길 동안 숙소를 잡고 장을 봐두기로 했다. 크루즈가 끝나는 시간에 맞춰 대기하고 있겠다며 차를 몰고 어두운 항구를 빠져나갔다. 쇄빙선에 오르니 스노모빌을 타고 질주했을 때보다 더한 추위가 전신을 강타했다. 허겁지겁 실내로 들어가니 나의 크루즈 관광을 담당해줄 리아Lia라는 직원이 내게 인사를 건넸다. 전담 가이드까지 있다니 역시 비싼 이유가 있었다.

크루즈 안에는 수많은 관광객이 쇄빙선 여행을 즐기고 있었다. 중국 단체 관광객들은 이곳에도 빠지지 않았으며, 특히 눈을 거의 볼 수 없는 이탈리아와 스페인의 단체 여행객들도 시끌벅적 수다를 떨면서 핀란드 북부의 겨울을 만끽하고 있었다.

내가 체험한 크루즈는 오후 5시에 승선하는 프로그램으로 6시 30분까지 자유롭게 식사를 하고 이후 가이드 설명을 들으면서 쇄빙선 내부 투어를 하는 순서로 진행된다. 그리고는 다시 출발지인 께미 항구로 돌아가는 길에 얼음 수영을 실시한다. 보통 7시 45분부터 시작되며 이를 위해 지정된 곳에서 한 시간 정

바깥에서 바라본 삼뽀 쇄빙선

도 배를 멈추게 된다. 총 4시간에 걸친 프로그램이다.

대강 분위기 파악을 한 후 저녁을 먹기 위해 자리를 잡았다. 일행들과 시끄럽게 떠들고 있는 다른 사람들과 달리 나는 홀로 조용히 앉아 연어수프와 빵, 커피를 먹었다. 혼자 식사를 하는 내 모습을 힐끗힐끗 쳐다보고 가는 중국 사람들이 있었지만 나는 당당히, 맛있게, 최대한 자연스럽게 식사를 해나갔다. 혼자 오면 안 될 게 뭐가 있느냐고 생각하면서도 왠지 위축되는 것은 어쩔 수 없었다. 핀란드에서는 안 그럴 줄 알았는데. 혹시 내가 과민하게 반응하는 건가?

갑자기 많은 사람의 시선을 받다 보니 신혼여행지의 천국이라는 발리로 여행 갔던 일이 생각났다. 늘 혼자 배낭여행 가는 것을 좋아했기에 발리에도 혼자 가려고 계획을 세워놨는데 일부 친구들이 제발 참으라며 나를 만류했다. 신혼여행지에 혼자 가면 낭패를 겪는다나 뭐라나. 그러나 그런 말들을 대수롭지 않게 여긴 나는 결국 혼자서 발리에 가고야 말았는데, 결국 친구들이 우려한 일이 벌어져버렸다. 택시를 타도 식사를 주문해도 남편은 어디 있느냐고 물어보는 사람들 때문에 난감했던 것이다. 아마도 그때의 기억 때문에 더욱 사람들의 시선이 신경 쓰이는 것 같았다.

결국 선실 밖으로 나갔지만 해가 진 관계로 풍경을 자세히 볼 수 없었다. 대신 배에 달린 조명이 쇄빙선이 가르고 나아가는 물살을 비춰주었다. 배가 스치고 지나가는 모든 곳은 다 새하얀 얼음이었다. 마치 거대한 화이트 초콜릿 전시장 같기도 한 모습에 넋이 나갈 뻔했다. 사람들의 시선 때문에 혼자 크루즈를 하는 이 순간이 후회되기도 했지만 예정되어 있는 얼음 수영을 기대하며 우울한 감정을 바닷바람에 실어 날려보냈다.

나 쇄빙선 투어 수료한 여자야!

얼음 수영 체험

두근두근. 드디어 얼음 수영의 시간이 다가왔다. 가슴이 요동을 치고 나도 모르게 후덜덜 몸이 떨려왔다. 과연 무사히 얼음물 속에 들어갔다 나올 수 있을까? 리아는 내게 안전복 입는 방법에 대해 자세히 설명해주었다. 얼굴까지 안전복을 덮어쓸 수는 없기에 얼굴 추위는 감당해야 했다. 특히 안경이 깨지지 않도록 조심하라고 겁을 주기도 했다.

진한 오렌지색의 얼음 수영복은 두 사람이 들어가도 될 만큼 어마어마한 크기였다. 추위를 견디기 위한 목적으로 만들어져서 그런지 엄청나게 따뜻해 보였다.

바다로 내려가기 위해 밟는 계단은 왜 이리 무겁게 느껴질까. 순간 내가 왜 스스로 이 미친 짓을 하고 있나 하는 생각과 함께 다 포기하고 도망갈까 고민도 됐지만, 이내 곧 죽기야 하겠느냐는 독한 마음과 함께 시도해보기로 굳게 마음을 다잡았다.

다른 사람들과 함께 얼음 바다에 뛰어들었다. 맨정신으로 저걸 어떻게 했지? 그래도 수료증을 받았으니 보람은 있다.

마침내! 다 같이 얼음 바다에 뛰어들었다. 정말 한순간이었다. 어떻게 내가 바다에 떠 있었는지를 모르겠다. 생각보다 춥지 않았고 단지 스산하다고 느껴질 정도였다. 얼음물에 들어가 있다는 것이 실감 나지 않았다. 오히려 가이드들의 부축을 받고 다시 위로 올라오니 추위가 밀려왔다.

'아, 드디어 끝났구나.'

역시 모든 건 해보기 전에는 모르는 법이다. 수영 체험 전에는 무섭고 두렵기만 했는데 지나고 나니 이러한 경험을 하지 못했다면 평생 두고두고 후회했을 것이라는 생각이 들었다. 장하다, 이연희! 스스로에게 박수를 보냈다. 지금도 책장 위에 자랑스럽게 놓인 삼뽀 쇄빙선 투어 수료증을 보면 영원히 잊을 수 없는 그날의 소중한 경험이 생각난다. 그렇게 인생 최고의, 두려웠지만 영원히 잊지 못할 쇄빙선 크루즈는 무사히 끝이 났다.

리아와 작별 인사를 하고 2015년 1월 23일이라고 찍힌 수료증을 받아 위풍당당하게 쇄빙선 밖으로 걸어 나왔는데 어라? 시간 맞춰 항구 앞에서 기다리겠다던 따루가 없었다. 아무리 살펴봐도 우리의 빨간색 애마가 보이지 않았다. 순간 긴장감이 몰려왔다. 해가 진 지는 이미 오래인 데다 초행길이니 혹시 운전하다가 무슨 일이 생긴 건 아닌지 애가 타기 시작했다. 늦어도 좋으니 제발 무사히 오기만을 기도했다.

그 와중에도 어째서 추위는 이렇게 어김없이 찾아오는지. 참으로 그 순간만큼은 겨울 칼바람이 원망스러웠다. 시간이 지날수록 바람은 더욱 매섭게 불어오는데 크루즈에서 이미 내렸기 때문에 다시 들어가기도 애매한 상황이었다. 어쩔 수 없이 출입문 근처에서 배회하고 있는데 고맙게도 내게 말을 걸어주는 직원이 있었다.

"추운데 배 안에 들어와 있어요. 여기 창문으로 보면 차가 오는 것이 보이니까요."

"아! 감사합니다. 정말 감사합니다."

정말 그때는 그 사람이 구세주였다. 그렇게 고마울 수가 없었다. 직원의 배려로 다시 배 안으로 들어가니 내 가이드였던 리아가 콜택시를 기다리고 있었다. 따루가 무사히 항구까지 오기를 기다리며 리아와 이런저런 이야기를 나누었다. 남편과 떨어져 지내면서 일을 하고 있다는 리아는 나이가 나보다 한참 어리지만 생활력이 강하고 야무졌다. 하지만 리아와 이야기를 하면서도 내 신경은 온통 창밖에 쏠려 있었다.

그리고 드디어 저 멀리서 빨간색 자동차가 들어오는 것이 보였다. 기다린 것은 30분이 채 안 되었는데 몇 시간은 기다린 것 같았다. 그렇게 반가울 수가 없었다. 리아와 인사를 하고 마치 이산가족이라도 상봉하는 것처럼 밖으로 달려 나갔다. 따루는 어둡고 초행길이라 조금 헤맸다며 미안해했지만 나는 따루가 무사히 다시 와준 것이 감사할 뿐이었다.

다시 어둠을 헤치고 호텔에 도착했지만 이미 직원들이 모두 퇴근한 상태였다. 그래서 직접 뒷문 비밀번호를 누르고 방으로 들어갔다. 몇 차례의 핀란드 여행을 통해 이제 이런 방식에 좀 익숙해진 듯하다.

핀란드 사람들은 퇴근 시간을 정확히 지킨다. 물론 그렇다고 해서 손님을 기다리게 한다든가 방으로 들어가지 못하게 하는 일은 없다. 어떻게 보면 굉장히 효율적으로 일하는 셈이다. 우리는 2명이 지내기에는 충분히 아늑하고 편안한 방에서 라플란드 여행의 마지막을 아쉬워하며 '끼삐스'를 외쳤다.

새로운 날이 밝았고 다시 로바니에미로 가야 할 시간이 왔다. 짧다면 짧고 길다면 긴 시간을 함께한 빨강이 포드와도 작별 인사를 해야 했다. 차를 반납하고 버스 터미널로 가기 전에 잠시 호텔 로비에서 쉬고 있는데 따루는 운전이 고됐는지 소파에 앉자마자 잠에 빠져버렸다.

집도, 나무도, 호수도, 땅도 온통 하얀 눈에 둘러싸여 도저히 경계를 알 수 없는 핀란드의 라플란드. 해마다 빨간 모자를 쓴 산타가 순록이 끄는 썰매를 타고 전 세계 곳곳의 착한 어린이들을 위해 출장을 떠나는 곳. 동화 속 나라를 닮은 겨울의 라플란드는 볼거리와 즐길 거리를 모두 갖춘 천국과도 같은 곳이었다.

라플란드의 겨울은 과연 나에게 어떠한 의미였을까? 나는 여기서 허스키가 끄는 썰매를 타고, 어디를 가나 펼쳐져 있는 순백색 눈의 향연에 황홀감을 느끼고, 용기 내어 얼음 바다에 뛰어들었다. 모두 내게 소중한 추억이자 잊을 수 없는 경험이 될 것이다. 그리고 나아가 그 모든 시간은 대자연 앞에 한없이 겸손해지는 또 다른 나를 성찰할 수 있는 기회였다.

이제는 모든 여정을 마칠 시간이다. 모든 여행은 언젠가는 끝이 나는 법이다. 그럼, 이제 정말 안녕Moi.

로바니에미

로바니에미Rovaniemi의 인구는 6만여 명으로 라플란드에서 가장 큰 도시인 동시에 행정 중심지다. 유일하게 1년 365일 산타를 만날 수 있는 곳이다. 핀란드의 가장 유명한 건축가 알바르 알토Alvar Aalto가 설계한 로바니에미 시가지도는 재미있게도 순록 머리 모양이다. 북극선에 위치해 있어 여름에는 백야, 겨울에는 흑야를 경험할 수 있다. 오로라는 9월부터 3월까지 하늘이 맑을 경우 3일에 한 번 꼴로 볼 수 있다.

©Visitrovaniemi

따루의 추천 볼거리

산타 사무실
JOULUPUKIN KAMMARY

산타마을Joulupukin Pajakylä 명소 중의 명소. 산타가 어떻게 일하고 있는지 확인하고 싶은 어린아이들을 위한 장소!

개장시간 9월부터 11월까지 매일 오전 10시~오후 5시, 12월부터 1월 6일까지 매일 오전 9시~오후 7시, 1월 7일부터 5월까지 매일 오전 10시~오후 5시, 6월부터 8월까지 매일 오전 9시~오후 6시
입장료 없음. 단, 산타와 사진 찍는 것은 유료
주소 Joulumaantie 1
교통편 공항에서 8번 버스, 차로 5분 거리
전화 +358 20 799 999
www.santaclauslive.com

산타 우체국
JOULUPUKIN PÄÄPOSTI

산타 우체국에서 엽서나 편지를 보내면 산타마을 특별 도장을 찍어준다. 산타는 매년 50만여 장의 편지를 받으며 모든 사람들에게 답장을 보내주는 것으로 유명하다. 한국에서 온 편지도 상당하다. 편지 보낼 주소는 Santa Claus, Santa Claus' Main Post Office, Tähtikuja 1, FI-96930 Arctic Circle

개장시간 산타 사무실과 동일
입장료 없음
주소 Tähtikuja 1
교통편 공항에서 8번 버스
www.santaclaus.posti.fi

아르크티쿰 ARKTIKUM

아르크티쿰에서는 북극권의 역사와 현대를 보고 느낄 수 있다. 라플란드의 문화와 자연에 대해 배울 수 있는 좋은 기회다.

개장시간 6월~8월 오전 9시~오후 6시, 9월~5월 화~일 오전 10시~오후 6시. 단 12월~1월 10일까지 매일 오전 10시~오후 6시

입장료 어른 12유로, 15세 미만 5유로, 7세 미만 무료

주소 Pohjoisranta 4

전화 +358 16 322 3260

www.arktikum.fi

©VisitFinland

삘케 과학 센터

SCIENCE CENTRE PILKE

북부지방의 숲의 의미와 미래에 대해 배울 수 있는 공간이다. 직접 해볼 수 있는 것이 많아서 아이들이 특히 좋아할 만한 곳이다. 휴게실에는 30센트로 커피나 블루베리 수프를 먹을 수 있는 자판기가 있다.

개장시간 월~금 오전 9시~오후 6시, 토~일 오전 10시~오후 6시, 가을과 봄에는 월 휴무

입장료 어른 7유로, 15세 미만 5유로, 7세 미만 무료

주소 Ounasjoentie 6

전화 +358 20 639 7820

www.tiedekeskus-pilke.fi

아르크틱 스노 호텔

ARCTIC SNOW HOTEL

눈과 얼음으로 만들어진 이 호텔은 방 온도가 영상 0도~5도로 유지되며 모든 침대에는 따뜻한 순록 모피가 깔려 있다. 얼음 사우나가 이곳의 하이라이트. 누워서 오로라를 볼 수 있는 유리 이글루도 경험해 볼 만하다.

개장시간 매년 크리스마스 때부터 3월 말까지

가격 묵지 않고 구경만 할 경우 입장료는 15유로, 얼음 호텔 2인실~6인실 130유로, 4세~14세 80유로, 스위트룸 350유로(더 자세한 사항은 홈페이지 참조)

주소 Lehtoahontie 27, Sinettä

교통편 로바니에미 시내에서 26km 거리. 자가용으로 이동하는 것이 가장 편하지만 버스나 픽업서비스도 있다. (info@arcticsnowhotel.fi)

전화 +358 400 284 409

www.arcticsnowhotel.fi

문화의 집 꼬룬디 CULTURE HOUSE KORUNDI

핀란드 현대 미술과 다양한 음악 공연을 감상할 수 있는 문화의 집 꼬룬디는 로바니에미의 가장 아름다운 건물 중 하나로 손꼽힌다.

개장시간 화~일 오전 10시~오후 6시, 목요일은 오후 8시까지(6시~8시 무료 입장)

주소 Lapinkävijäntie 4

입장료 어른 8유로, 15세 미만 4유로, 7세 미만 무료

전화 +358 16 322 2822

www.korundi.fi

따루의 추천 먹거리

산타 새먼 플레이스 SANTA'S SALMON PLACE

산타마을 안에 위치한 이 식당은 연어 직화구이로 유명하다. 전통 꼬따(라플란드 스타일 원뿔 모양의 천막)에서 모닥불에 굽는 연어를 한번 맛보면 평생 잊을 수 없다는 말이 있다. 디저트로는 라플란드 전통 치즈를 추천한다.

영업시간 그때그때 조금씩 다르니 페이스북 참조

가격 연어구이+감자샐러드+빵 19유로, 커피/음료 3유로, 디저트 5유로

주소 Tähtikuja

전화 +358 45 605 8443

www.santas-salmon-place.com

레스토랑 닐리 RESTAURANT NILI

진정한 라플란드의 맛을 느낄 수 있는 레스토랑. 라플란드에 방문했다면 순록고기를 꼭 먹어봐야 한다.

영업시간 매일 오후 5시~오후 11시

주소 Valtakatu 20

가격 순록찜 22.60유로, 로바니에미 메뉴 58유로, 다른 메뉴는 9.90유로~33.60유로

전화 +358 400 369 669

www.nili.fi

라플란드 레스토랑 가이싸

LAPPIRAVINTOLA GAISSA

라플란드의 맛을 그대로 느낄 수 있는 맛집이다. 순록 요리부터 라파스(라플란드 스타일 타파스)까지 메뉴가 다양하다. 바로 옆 Zoomup이라는 식당에선 점심 뷔페를 12유로로 즐길 수 있다.

영업시간 월~목 오후 5시~오후 10시, 금~토 오후 5시~오후 11시
가격 메인 메뉴 15유로~39유로
주소 Koskikatu 14, 2층
전화 +358 16 321 3227
www.hotelsantaclaus.fi/fi/gaissa

따루의 추천 놀거리

오우나스바라 스키 리조트

OUNASVAARA SKI RESORT

다양한 레저 스포츠를 경험할 수 있는 곳으로 겨울에는 스키, 노르딕 스키, 여름에는 등산, 사이클링, 골프 등을 즐길 수 있다. 눈이 아직 녹지 않은 3~4월에는 로바니에미 시를 가르는 오우나스 강 얼음 위에서 노르딕 스키와 스케이트를 타는 사람들이 많다. 선글라스는 꼭 챙겨야 한다.

영업시간 월~금 오후 12시~오후 8시, 1월 8일부터 3월까지 매일 오전 10시~오후 5시

스키 티켓 가격 하루 35유로. 인터넷으로 사면 더 저렴한 가격에 구입할 수 있다.
교통편 시내에서 9번 버스
주소 Taunontie 14
전화 +358 44 764 2830
www.ounasvaara.fi

눈사람 월드 SNOWMAN WORLD

산타마을에 새로 생긴 눈사람 월드는 어린이들이 특히 좋아하는 체험공원이다. 썰매 타기, 스케이트, 스노보드 등 다양한 활동을 할 수 있다. 이글루 호텔과 얼음 레스토랑도 준비되어 있다.

입장료 18유로
교통편 공항에서 8번 버스
주소 Joulumaantie 5
전화 +358 40 519 4444
www.snowmanworld.fi

허스키파크 HUSKYPARK

라플란드까지 왔으면 허스키썰매는 꼭 타봐야 한다고 생각한다. 약 100여 마리의 허스키를 보유하고 있으며 1년 내내 관람이 가능하다.

영업시간 매일 오전 10시~오후 4시. 단 영하 30도 아래로 내려가면 동상 위험 때문에 이용 불가
입장료 여름/가을 어른 8유로, 4세~12세 5유로, 겨울 5유로, 가족 티켓 15유로(최대 15명)
허스키썰매 가격 500m 28유로, 2km 40유로, 5km 62유로, 12세 미만 약 50% 할인
교통편 공항에서 8번 버스
주소 Kulkuskuja 1
전화 +358 40 824 7503
www.huskypark.fi

펀 온 아이스 FUN ON ICE

로바니에미 시내에 있는 야외 아이스링크. 저렴한 가격에 스케이트를 즐길 수 있는 곳이다.

영업시간 12월부터 1월까지 매일 오후 12시~오후 8시
입장료 10유로 (스케이트 및 헬멧 대여료 포함, 교습 포함, 시간제한 없음)
주소 Toripuistikko 2, Vanha tori
전화 +358 40 5544 486
www.funonice.fi

요울라까 JOULUKKA

시에리야르비 호수에 위치해 있으며 어린이들이 홀딱 반할 만한 신비로운 투어 프로그램이 많다. 가격은 비싸지만 후회하지 않을 것이라고 장담한다.

프로그램 시간 프로그램마다 다르므로 홈페이지 참조
가격 72유로~169유로. 프로그램마다 다르다.
전화 +358 600 301 203
www.joulukka.com

따루의 추천 쇼핑지

타이가 주얼리 TAIGA JEWELLERY

라플란드 자연을 모티브로 한 주얼리를 디자인하는 가게다. 아주 특별한 커플링이나 결혼반지를 찾는 사람에게 안성맞춤. 로바니에미 시내와 산타마을에 매장이 있다.

영업시간 시내점은 월~금 오전 10시~오후 6시, 토 오전 10시~오후 3시
산타마을점은 매일 오전 10시~오후 5시
주소 Koskikatu 25 (시내)/Joulumaantie 1 (산타마을)
교통편 산타마을점은 공항에서 8번 버스
전화 +358 16 313 070(시내)
또는 310 313(산타마을)
www.taigakoru.fi

산타마을 기념품 가게 SHOPS IN SANTA CLAUS VILLAGE

산타마을에는 이딸라, 마리메꼬 같은 유명 브랜드도 들어와 있다. 그 외에도 라플란드 수공예품, 전통 칼, 순록 가죽 등의 제품도 많이 찾을 수 있다.

영업시간 가게마다 다를 수 있는데 산타마을 개장시간과 같다고 보면 된다.
주소 Joulumaantie 1
교통편 공항에서 8번 버스
www.santaclausvillage.info/shopping/shopping-info

마르띠니 MARTTIINI

1928년부터 핀란드 전통 칼 뿌우꼬puukko를 만들어 온 회사다. 핀란드 남자들은 전통적으로 뿌우꼬를 들고 다니며 생선을 손질하거나 사냥한 동물의 껍질을 벗겼다. 특히 캠핑을 좋아하는 사람에게 강력 추천!

영업시간 공장 아웃렛 월~금 오전 10시~오후 7시, 토 오전 11시~오후 5시
주소 Koskikatu 25(공장 아웃렛), 산타마을에도 매장이 있다.
전화 +358 403 110 606
www.marttiini.fi

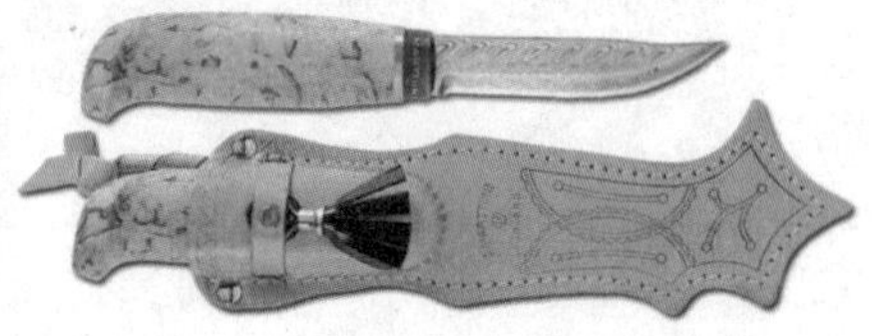

로바니에미 관광청 www.visitrovaniemi.fi

라누아Ranua는 로바니에미에서 남쪽으로 80km 거리에 있으며 동물원으로 유명하다. 등산과 캠핑을 즐기기에 적합한 곳이다.

따루의 추천 놀거리

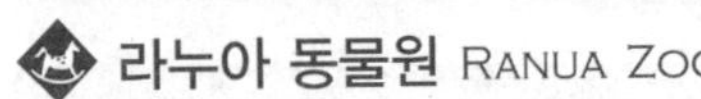

라누아 동물원 RANUA ZOO

북극권 동물들이 사는 모습을 관찰할 수 있다. 눈 때문에 동물들이 잘 보이지 않을 수 있으니 주의 깊게 살펴보자!

개장시간 9월부터 5월까지 매일 오전 10시~오후 4시, 6월부터 8월까지 매일 오전 9시~오후 7시

입장료 14유로~17.50유로로 유동적

주소 Rovaniementie 29, Ranua

전화 +358 16 355 1921

www.ranuazoo.com

따루의 **추천 쇼핑지**

 라누아 레본뚤리 비니 & 마르야트 RANUA REVONTULI OY VIINI & MARJAT

라누아 동물원에 있는 라플란드 수제와인 전문점이다. 자연산 라플란드 베리로 만든 와인은 세상 어디서도 맛볼 수 없는 특별한 상품이다.

영업시간 매일 오전 10시~오후 4시, 6월 중순에서 8월 중순에는 매일 오전 10시~오후 6시
가격 와인 한 병 15유로~30유로
주소 Rovaniementie 29, Ranua
전화 +358 16 3552 400
www.ranuarevontuli.fi

따루의 **추천 숙소**

 호텔 일베스린나 HOTEL ILVESLINNA

라누아 읍내에 있으며 인간미 넘치는 주인이 손님들을 따뜻하게 맞이한다. 근처에 마트가 하나밖에 없으니 비상식량을 준비해 갈 것을 권한다. 저녁 6시에 직원이 퇴근하기 때문에 늦어질 것 같으면 미리 연락을 해야 한다.

숙박 가격대 2인실 99유로
주소 Keskustie 10, Ranua
전화 +358 400 177 130
www.hotelliilveslinna.fi

뼤하 & 루오스또 지역 Pyhä/Luosto area은 로바니에미에서 북쪽으로 1시간 30분 거리에 있는 국립공원이다. 스키장과 순록농장, 자수정 광산이 유명하다. 차를 빌려 관광하는 것이 편리하다.

따루의 **추천 볼거리**

람삐바라 자수성 광산 LAMPIVAARAN AMETHYST MINE

20억 년 전에 형성된 광산으로 직접 땅을 파 찾은 자수정을 가져갈 수 있다. 광산도 멋지지만 주차장에서 광산으로 가는 길이 정말 아름답다. 조금 힘들지라도 꼭 걸어갈 것을 추천한다.

개장시간 6월~8월 중순 매일 오전 10시~오후 5시 매시간 출발, 8월 중순~9월 매일 오전 10시~오후 4시, 10월 매일 오전 10시~오후 3시, 12월~4월 월~토 오전 11시와 오후 2시 출발. 자세한 시간은 홈페이지 참조

가격 어디서 출발하는지에 따라 다르다. 겨울에는 25유로~59유로, 여름에는 16유로

주소 Lampivaara, 99555 Luosto

교통편 Ukko~Luosto, 주차장에서 걸어가거나 셔틀버스를 타고 이동

전화 +358 16 465 3530

www.ametistikaivos.fi

 꼬빠라 순록농장 체험

KOPARA REINDEER EXPERIENCE

영화에도 출연한 유명한 순록들을 만나볼 수 있다. 식당에서는 맛있는 순록 수프도 맛볼 수 있다.

개장시간 겨울 매일 오전 10시~오후 4시, 여름 월~금 오전 11시~오후 3시

입장료 5유로, 순록 사파리는 길이에 따라 30유로~210유로까지 다양

주소 Luostontie 1160, Pyhätunturi

교통편 로바니에미에서 차를 대여해서 가는 것이 가장 편하다.

전화 +358 40 587 9949

www.kopara.fi

 루오스또 스키 센터

LUOSTO SKI CENTER

노르딕 스키, 겨울 수영, 허스키썰매, 스노모빌, 얼음 낚시 등 다양한 레저를 즐길 수 있는 곳이다. 바로 인근에 람삐바라 자수정 광산도 있다. 514m 높이의 우꼬루오스또 산에서는 400년이 넘은 소나무 숲을 감상할 수 있다.

개장시간 12월부터 4월 24일까지 매일 오전 10시~오후 5시

가격 스키 티켓 하루 35유로

주소 Offpiste 4, Luosto

교통편 로바니에미에서 스키버스를 타면 된다. 90분 내외 소요

전화 +358 40 684 9101

www.luosto.fi

 뿨하 스키 센터

PYHÄ SKI CENTER

루오스또 산 근처에 있는 뿨하 산도 스키장으로 유명하다. 스키를 타지 않더라도 라플란드의 아름다운 자연을 감상할 수 있는 장소. 뿨하 산과 루오스또 산을 연결하는 뿨하-루오스또 국립공원도 가볼 만하다

개장시간 그때그때 다르므로 홈페이지 참조

가격 스키 티켓 하루 41유로

주소 Kultakeronkatu 21, Pyhätunturi

교통편 로바니에미에서 스키버스를 타면 된다. 90분 내외 소요

전화 +358 40 0101 600

www.ski.pyha.fi

©Flatlight Films/Visit Finland

께미 Kemi는 인구 2만의 도시로 보트니아 만 맨 안쪽에 위치한 도시로 라플란드 바다 지역의 가장 유명한 관광지다. 얼음성과 쇄빙선 크루즈는 모르는 사람이 없을 정도로 유명하며 해외 관광객도 많이 찾는 관광명소다.

따루의 **추천 볼거리**

루미린나 얼음궁전 LUMILINNA SNOWCASTLE

핀란드에서 가장 유명한 눈 궁전이다. 1996년에 처음 건설되었으며 매년 다른 외관을 보여준다. 식당, 결혼식장, 호텔 등의 시설이 제공된다. 물론 모든 시설문은 눈으로 지어진다.

개장시간 1월 마지막 주부터 4월 10일까지 매일 오전 10시~오후 6시, 개장시간은 매년 조금씩 다르므로 방문하기 전 홈페이지 참조

입장료 15유로, 4세~11세 7.50유로, 4세 미만 무료

주소 Inner Harbour, Kauppakatu 29

전화 +358 16 258 878

www.visitkemi.fi/en/snowcastle

삼뽀 쇄빙선 SAMPO ICEBREAKER

쇄빙선 삼뽀는 세상 어디에도 없는 독특한 관광상품이다. 얼음을 깨며 나아가는 75m 길이의 쇄빙선을 타고 바다 한가운데서 식사를 하고 얼음물에 둥둥 떠 있는 경험을 할 수 있다. 프로그램은 대략 4시간 정도 소요되며 사전 예약은 필수! 여름에는 크루즈 프로그램은 없지만 쇄빙선 구경은 가능하다.

개장시간 12월부터 4월까지, 자세한 날짜와 시간은 홈페이지 참조
비용 날짜와 출발 시간에 따라 다르므로 홈페이지 참조
대략 300유로~462유로, 4세~11세 221유로~277유로
주소 Ajos Harbour
전화 +358 16 258 878
www.visitkemi.fi/en/sampo-icebreaker

©Visit Finland

얄로끼비갈레리아 보석 갤러리 JALOKIVIGALLERIA GEMSTONE GALLERY

세계 곳곳의 보석들을 감상할 수 있는 곳으로 하이라이트는 단연 핀란드 왕을 위해 디자인된 왕관이다. 핀란드에는 왕이 있었던 적이 없었지만 1917년 독립 당시 일부 세력이 한 독일 왕자를 핀란드의 왕으로 삼으려 시도했던 산물이다.

개장시간 홈페이지 참조
입장료 10유로, 4세~11세 5유로, 4세 미만 무료
주소 Kauppakatu 29, Kemi
전화 +358 16 258 878
www.visitkemi.fi/en/kemi#jkefel-1-3

따루의 추천 먹거리

레스토랑 샤마니 RESTAURANT SAMAANI

께미의 가장 인기 있는 스테이크 레스토랑 샤마니는 음식양이 푸짐하고 가격도 안정적인 식당이다.

영업시간 월~화 오전 7시~오후 5시, 수~목 오전 7시~밤 12시, 금 오전 7시~새벽 2시, 토 오후 12시~새벽 2시, 일 오후 12시~오후 10시
가격 점심 뷔페 9유로, 스테이크 28유로~36유로
주소 Keskuspuistokatu 1
전화 +358 400 789 058
www.samaani.com

바다 라플란드 관광정보
www.visitsealapland.com

핀란드의 날씨

많은 사람들이 핀란드가 1년 내내 춥다고 생각하는데, 핀란드도 한국처럼 사계절이 있다. 여름은 6월~8월, 가을은 9~10월, 겨울은 11월~3월, 봄은 4~5월이다. 이중 어떤 계절에 여행하는 것이 좋을까? 결론부터 말하자면 봄, 가을보다 여름과 겨울 날씨가 여행하기에 좋다고 생각한다.

핀란드의 여름은 빛의 계절이다. 북쪽에서는 해가 두 달 동안 지지 않는 백야가 지속되며 남쪽은 해가 지기는 하지만 역시나 환해서 시계를 보지 않으면 계속 대낮 같은 느낌이다. 그만큼 놀기 좋은 계절이며 곳곳에서 다양한 축제와 행사가 열린다. 남쪽 지방의 온도와 습도는 한국의 가을 날씨와 비슷하지만 여름 날씨는 워낙 변화가 많아 정확히 예측하기 힘들다. 라플란드에는 여름에 모기가 많은데 주민의 반 정도는 면역이 생겨서 모기에게 물려도 가렵지 않을 정도다.

개인적으로 여름은 내가 가장 좋아하는 계절로 핀란드로 여행을 간다면 7월을 추천하고 싶다. 날씨도 가장 좋고 별다른 표정이 없는 핀란드 사람들의 웃는 모습을 가장 많이 볼 수 있는 시기이기도 하다. 또한 여름에만 문을 여는 맛집들도 있다.

가을은 쌀쌀한 날씨에 비가 많이 온다. 덕분에 비를 맞은 버섯이 무럭무럭 자란다. 또한 단풍이 매우 아름다우니 국립공원 등에 가보는 것도 좋다. 그중에서도 라플란드의 단풍이 특히 유명하다. 여름에 비해 해가 점점 짧아지며 사람들은 따뜻한 옷을 꺼내 입는다. 핀란드 사람에게도 가을은 낭만의 계절이다.

겨울에 핀란드를 방문한다면 라플란드 방문을 추천한다. 눈 덮인 산과 들, 푸른 밤하늘, 오로라, 하늘에 빛나는 수많은 별들이 눈앞에 펼쳐진다. 꼭 한번 경험해볼 만한 풍경이다. 기온이 영하 20~30도로 매우 낮지만 바람이 별로 불지 않고 건조하기 때문에 옷만 잘 챙겨 입는다면 의외로 춥지 않게 지낼 수 있다. 라플란드의 겨울은 대개 6~7개월이지만, 올란드의 겨울은 3개월 정도로 짧은 편이다. 북부와 남부의 기온 차도 커서 지난 30년 동안 핀란드 남부의 겨울 평균 기온은 영하 5도 정도로 생각하는 것만큼 춥지 않다.

봄에는 3월의 마지막 일요일에 시작되는 서머타임으로 낮이 길어지며 4월부터 길가에 쌓인 눈이 서서히 녹기 시작한다. 봄을 맞아 자작나무 수액을 마시는 것이 일반적이다. 핀란드 3대 명절 중 하나인 부활절이 이 시기인데, 이때는 대부분의 가게가 문을 닫으니 여행은 피하는 것이 좋다.

에필로그

내 여행의 종착지, 핀란드

10여 년 전 혼자 핀란드에 간 적이 있습니다. 그때는 대부분의 여행객이 그러하듯 북유럽의 나라 핀란드, 그 수도인 헬싱키에 그저 발 도장을 하나 찍는다는 생각이 컸습니다. 그러면서도 한편으로는 핀란드가 참 소박하고 조용한 곳이라는 인상을 받았습니다. 하지만 이후에도 여러 번 곳곳으로 여행을 다니다 보니 자연스레 그곳은 잊고 지내게 되었습니다. 그런데 그렇게 잊힐 뻔한 헬싱키, 핀란드가 따루를 만나면서 다시금 되살아났습니다.

핀란드는 대중적으로 인기 있는 여행지가 아닐뿐더러 주위에 핀란드를 잘 아는 사람도 많지 않은 탓에 다시 그곳으로 향하게 되리라고는 전혀 생각하지 못했습니다. 그런데 핀란드인 따루와 핀란드를 여행하게 되다니. 그곳에서 과연 무엇을 보고 느끼고 경험하게 될지 궁금해서 견딜 수가 없었습니다. 그렇게 따루와의 여행은 시작되었고, 3번의 여정은 무사히 끝을 맺었습니다.

결론적으로 핀란드는 알면 알수록 매력적인 나라였습니다. 교육 강국이자 최고 수준의 복지를 자랑하는 나라였고, 무민을 닮은 착한 사람들이 사는 나라였습니다. 좀처럼 눈을 마주치지 않고 짤막한 대답만을 내놓기에 처음에는 핀란드 사람들이 차갑다고 생각했는데, 조금씩 알아갈수록 그들은 그 누구보다 정겹고 따뜻한 사람들이었습니다. 그러한 부분이 정서적으로 우리와 가깝게 느껴졌습니다.

무엇보다 울창한 숲과 맑고 투명한 호수로 가득 찬 시골에서 일상의 무게를 내려놓고 평화롭고 조용하게 보낸 시간을 잊을 수가 없습니다. 또한 너무 춥지는 않을까 걱정했던 핀란드의 겨울은 바람이 심하게 불지 않아 낮은 기온에도 상쾌하다는 느낌이 들 정도였고, 여름 역시 습하지 않아 잠을 설칠 정도로 힘들게 여름밤을 보낼 일이 없었습니다. 또 오랜 세월 동안 여러 국가의 영향을 받아온 탓에 다양한 문화가 조화롭고 질서 있게 섞여 있는 모습도 인상적이었습니다. 여행을 거듭할수록 그동안 지니고 있던 핀란드에 대한 선입견이나 오해 들이 풀려갔습니다.

그리고 그동안 다닌 여행지 중 어디가 가장 좋았느냐고 묻는 많은 사람들에게 이제는 아무런 갈등 없이 "핀란드!"라고 말할 수 있게 되었기에 이 소중한 여행 기록을 책을 통해 보다 많은 사람들과 공유하고 싶었습니다. 우리의 여정을 함께 한 사람들이 조금이라도 핀란드에 관심을 갖게 되고, 핀란드의 역사와 전통, 생활과 문화를 이해하고, 나아가 저처럼 핀란드에 대해 친밀감과 애정을 갖게 된다면 더 바랄 것이 없겠습니다.

저는 오랫동안 혼자만의 배낭여행을 즐겨왔습니다. 그것이 저의 여행 철학이었지요. 그러다 누군가와 함께하는 여행은 어떨까? 그러한 여행도 즐겁지 않을까… 하고 막연히 생각하게 되었을 때 따루가 손을 내밀어주었습니다. 막걸리를 통해 5년 이상 친분을 맺어오기는 했지만 여행을 같이하는 것은 또 다를 수 있었기에 사실 여행을 떠나기 전 내심 걱정이 되었습니다.

고백하자면 따루를 만나고, 함께 여행할 수 있었던 것은 제 인생의 커다란 행운이었습니다. 따루에게 진심으로 고맙고, 기회가 되면 다시 함께 여행할 수 있기를 바랍니다. 또한 우리의 여행이 정신적으로 풍족할 수 있었던 것은 따루의 부모님과 동생 떼리히, 외삼촌과 외숙모, 그리고 귀여운 마우노와 예꾸, 유소 덕분이었습니다. 그들에게 다시금 감사한 마음을 전합니다. 이들을 통해 핀란드는 이제 여행하고 싶은 나라가 아니라 살고 싶은 나라가 되었습니다.

마지막으로 언제나 저를 믿고 힘을 보태주는 사랑하는 가족과 이 책이 나오기까지 많은 도움을 주신 비아북 한상준 대표님과 편집자 이경민 님에게도 감사의 말씀을 전합니다.

2016년 2월

서울에서 이연희

Lapland
Järvi-Suomi
Tampere
Åland
Turku
Helsinki
Koria

가장 가까운 유럽, 핀란드

지은이 | 따루 살미넨 · 이연희

초판 1쇄 인쇄일 2016년 2월 12일
초판 1쇄 발행일 2016년 2월 22일

발행인 | 한상준
편집 | 김민정 · 이경민 · 이현령
표지 디자인 | 조경규
본문 디자인 | 김경희
마케팅 | 이정욱
종이 | 화인페이퍼
제작 | 第二吾

발행처 | 비아북(ViaBook Publisher)
출판등록 | 제313-2007-218호(2007년 11월 2일)
주소 | 서울시 마포구 월드컵북로 6길 97 2층 (연남동 567-40)
전화 | 02-334-6123 팩스 | 02-334-6126 전자우편 | crm@viabook.kr 홈페이지 | viabook.kr

ISBN 979-11-86712-09-2 03810

• 이 도서의 국립중앙도서관 출판시도서목록(CIP)은 e-CIP홈페이지(http://www.nl.go.kr/ecip)와
국가자료공동목록시스템(http://www.nl.go.kr/kolisnet)에서 이용하실 수 있습니다. (CIP 제어번호 : CIP2016003126)
• 잘못된 책은 바꿔드립니다.